EUROPAVERLAG

Matthias Matussek

Armageddon

Roman

EUROPAVERLAG

Inhalt

9 **Teil I –
Der Nazi auf der Party**

11 One World im Supermarkt
24 Windräder und Aberglaube
37 Feldgottesdienst
40 Der Südsee-Insulaner
48 Auftritt Jan Fleischhauer
56 Auftragsmord
61 Das Reh
66 Der Fall Stuckrad-Barre
73 Heiner Müller
82 Kai Diekmann und andere
89 Bescherung
93 Nachtradio
95 Ricos Lügenseminar
105 Rico rappt

115 Sportpalast mit Böhmermann
122 Erste Liebe, letzte Lügen
128 Deutschland, Beziehungsstatus: kompliziert
132 Kampf gegen das Christentum

137 **Teil II – Bericht eines angekündigten Todes**

139 Die Kultur des Todes
154 Dunkle Faszination
159 Peter Pan
167 Gespenstisches Duell
181 Putzer und die Minimaus
184 Todessehnsucht im Frühling
193 Orpheus in der Unterwelt
198 Jardin du Luxembourg
203 L'amour, die Liebe
207 Die echten Nazis
212 Eine Akte zum Judenmord
219 Die Armeen des Teufels
223 Putzer und Mädchenträume
227 Endspiel
232 Letzte Worte
237 Erste Hilfe
239 Putzer erledigt Geschäfte
241 Vollendete Tatsachen

245 **Teil III – Armageddon**

- 247 Putzers Hamburg
- 256 Ein Todesdatum
- 258 Das Gewehr
- 260 Totenwache
- 263 Karwoche
- 266 Putzer schreitet zur Tat
- 269 Armageddon
- 279 Der Schuss
- 281 Nachspiel
- 285 Morphium

Teil I – Der Nazi auf der Party

»Und wenn ein Rechter fällt,
ist das Geheule groß.«
(Egotronic)

One World
im Supermarkt

»Pass doch auf, Penner!«

Rico drehte sich erschrocken um. Ein Kerl mit rotgesprenkelter schwarzer Lederjacke hatte ihn vor der Tiefkühltruhe angerempelt, ein paar Schritte hinter der Säule, auf der im Lidl Brot und andere Sachen, die nicht mehr tagesfrisch waren, zu Schnäppchenpreisen aufgebaut waren.

»Und setz deine Maske richtig auf!«, kläffte der Typ.

Weitere Kunden drehten sich zu ihm hin, ärgerlich. Rico sah in ein Paar wässriger blauer Augen mit entzündeten Lidern, dunkelblonde Haare wie schmutziges Stroh. Ein wildes, irres Starren.

»Ach du Scheiße«, setzte die Lederjacke nach, »gibt's doch nicht, hat sich der Nazi hierher verzogen!« Er hatte eine hohe, kehlige Stimme.

Rico war wütend über sich, weil er sich reflexhaft und gehorsam seine Maske wieder über die Nase geschoben hatte. Er seinerseits traute seinen Augen nicht. Was hatte so ein Kerl hier an der Küste verloren, in diesem Luftkurort mit gerade mal zweitausend Einwohnern? Es gab mehr Schafe als Menschen hier oben. Im Lidl deckten sich die Bauern der Gegend ein und die Stadtflüchtigen, Rentner wie er, pensionierte Ärzte, Unternehmer, Künstler, die sich hier niedergelassen hatten, um genau solche Typen zu meiden.

Da er ein cholerisches Temperament hatte, sah er sich schon nach der Erbsenkonserve im Regal neben sich greifen, um sie dem ungewaschenen Stadtindianer ins Maul zu stoßen. Ein wilder Adrenalinschub ließ diese Fantasiebilder durch sein Hirn schießen – splitternde Zähne, breiiges Hirn – und das alles verglühen wie eine giftige Verpuffung. Er erschrak. Wie viel Wut da hochschoss über diesen Verpetzer, diesen Büttel und eilfertigen Krachschlager und Denunzianten, der dabei war, ein Riesentheater zu veranstalten.

Kamen sich diese jungen Radikalen nicht dämlich vor, für die Einhaltung der Hausordnung zu sorgen? Er schluckte seinen Ärger herunter, schüttelte den Kopf und schob seinen Wagen weiter durch die Regale, an den gekühlten Wurst- und Käseangeboten vorbei. Er war beunruhigt. Mehr als das. Alarmiert. Was hatte der Typ hier verloren?

Rico war fast täglich hier und deckte sich ein. Es gab alles. Prime-Rib aus den USA, Rinder-Carpaccio aus Argentinien, Lachs aus Norwegen, französischen Camembert, die Welt war zu Hause hier in der Küsteneinöde. Er musste sie nicht mehr haben die Welt, er hatte sich hinlänglich in ihr herumgetrieben, jetzt genoss er das Nichts.

One World in Ahrensfeld, klappt doch, dachte er sich.

Aber jetzt dieser Typ. Er spürte seinen Ärger wie einen schmutzigen Lappen im Mund. Automatisch dachte er an das Gewehr, das nach seinem fünfundsechzigsten Geburtstag auf ihn gerichtet worden war, weil er ein Rechter war, ein Nazi, wie es in diesem Song hieß.

Milch, Joghurt, Äpfel, Bananen. Konzentrieren. Durchatmen.

Als er an der Kasse seine paar Einkäufe aufs Laufband legte, hatte er sich wieder geerdet. Beide Füße auf dem Boden. Atmen. Er hielt seine Lidl-App in den Laser und überließ sich seinen angenehmeren Reflexen. Die Blonde, die seine Einkäufe über das Einlesequadrat zog, sah niedlich aus, sah aus wie Michelle Pfeifer, und er sagte: »Sie sehen aus wie Michelle Pfeifer, wieso sitzen sie hier rum und nicht in Hollywood«?

Die müden Züge der Blonden hellten sich auf. »Ich müsste ins Bett«, sagte sie und schniefte.

»Dann aber schnell«, sagte er und lächelte. »Übrigens, Michelle Pfeifer wurde auch im Supermarkt entdeckt«, worauf die Blonde, die durchaus nicht nach Hollywoodflausen klang, sondern robust nach Scholle und hartem Küstenwind, stöhnte:

»Warum passiert mir das nicht?«

Der Lidl war eine große Lagerhalle am Ostende eines Karrees, wie eine amerikanische Mall. Im Westen das große Autohaus, Kia und Hyundai, daneben die Apotheke, geradeaus Fleischer, Souvenirs, Friseur, neben dem Lidl die Postfächer, mittendrin der Parkplatz und die überdachte Sammelstelle der Einkaufswagen. In den Hecken gegenüber ging er ab und zu pinkeln – im Alter steigt der Druck, der ihn bisweilen schlagartig überfiel. Dort stand die Lederjacke, der rote gesprühte Stern auf dem Rücken war schon halb abgeblättert, der Typ brüllte in sein Handy:

»Ich schwöre, es war der Hausmann.«

Rico lief mit seinen Tüten an ihm vorbei, immer der Straße entlang. Hinter sich hörte er Hupen und quietschende Reifen, der Typ war in seiner Schrottkiste, einem verspachtelten und scheckig lackierten alten Toyota, links in die Nordstraße abgebogen und hatte den Gegenverkehr zum Stillstand gebracht. Fuhr Richtung Flensburg.

Die Landstraße begrenzte den alten Ortskern, trennte ihn vom Nichts, das sich hinter der Lidl-Lagerhalle mit ein paar Einfamilienhäuschen verlor, besonders jetzt im trüben Februar war das alles hier ein graues Niemandsland, eine Strafe, eine verlorene Kolonie am Ende der Welt, man hätte Häftlinge hierher in die Verbannung schicken können, der Winter war wie gemacht für den Spruch, der hier Redensart war, wenn man über den eisigen Wind fluchte: »Nur die Harten kommen in den Garten.« Stell dich nicht so an.

Er zog sich den Schal fest und stöpselte die Ohrhörer wieder in sein iPhone, denn noch war seine Aufregung nicht verschwunden, seine Angstwut nicht ganz verblasst. Er ging mit Rod Stewart dagegen an, »A Nod's as Good as a Wink ... To a blind horse«, rauer, früher Rod Stewart mit den Faces, das brauchte er jetzt, er tauchte gerne in die gute alte Zeit ab, er hatte ihn vor einem halben Jahrhundert im Frankfurter Waldstadion erlebt. Rod war betrunken und einfach fantastisch, noch nicht der glatte Achtzigerjahre-Salonlöwe, sondern ein Hooligan, kein Kiffer, sondern Biertrinker, die neue LP war gerade rausgekommen, »Too bad« hieß der Song, und er handelte davon, wie sie, die Faces mit Ronnie Wood, von einer High-Class-Party rausgeschmissen wurden, weil sie so gar nicht reinpassten »Too bad we were thrown downstairs, we never got a chance to sing«, Rico saß damals mit seinen WG-Freaks auf dem durchweichten Rasen im Matsch im Regen.

Hier oben an der Küste gab es nur Matsch ohne Rod Stewart, von High-Class-Partys gar nicht erst zu reden, was er völlig in Ordnung fand, denn die Zeiten, in denen er auf solche eingeladen wurde, waren sowieso vorbei.

Die Tage waren kurz, um vier dämmerte es bereits, auf der Höhe der Touristeninfo überquerte er die Landstraße und bog hinter der Sparkasse hinüber zum Bürgerpark, in dem nur ein paar Enten unterwegs waren und eine alte Frau, die ihren Hund in einem Halfter spazieren führte und wahrscheinlich darauf hoffte, dass die Töle bald ihren braunen Brocken rausdrückte, damit sie wieder hineindurfte, zu Tee mit Rum und der Fernsehillustrierten.

»Moin«, sagt er zur Alten, sie »mointe« zurück, er hatte sich allmählich daran gewöhnt, dass mit »Moin« nicht etwa das berlinernde »Morjen« gemeint war, das eine Tageszeit bezeichnete, sondern dass es aus dem Friesischen stammte. Moien bedeutete »angenehm« und »schön«, man wünschte den Seeleuten einen moien Wind, der sie nach Hause tragen würde, und hier wünschte man sich das zum Gruß den ganzen Tag. Wer »Moin Moin« sagte, galt schon als geschwätzig oder als Tourist, was aufs Gleiche hinauslief.

Die schwarzen Skelette der Buchen und Eichen streckten ihre entlaubten Äste in den grauen Himmel, er lief auf dem kleinen braunen Weg hinunter durch die Wiese, zur Holzbrücke über den Bach, der den Teich mit den Enten speiste, eine sanfte Senke dieser Bürgerpark, umstanden von hohen Bäumen, friedlich.

Doch in ihm rumorte es wieder.

Rod röhrte ihm »Miss Judy's Farm« in die Ohren. Miss Judy, das Satansweib, schickt ihn raus ins Korn für einen Hungerlohn, und er tritt ihren blondierten Pudel wie einen Fußball in die Gegend, wofür er ausgepeitscht wird – »Miss Judy, she was moody, owned a sweaty farm in old Alabam« –, aber Rod rächt sich und fackelt ihre Scheune ab, allerdings nur in diesem Song, er lässt Luft ab, so wie er selbst, Rico, in Gedanken den geistlosen Antifa-Penner verdrosch.

Der Typ war Anfang zwanzig und stank, als ob er in einem Erdloch wohnte. In diesem Alter hatte er längst als Redakteur gearbeitet. Sein Gedankenkarussell rotierte, immer die alten gleichen Runden, wenn er auf die sogenannten »Antifaschisten« traf.

Klar war auch er mal links und radikal, aber der Unterschied zwischen ihren Generationen war gewaltig, sagte er sich, denn als er in dem Alter war, waren er und seine Buddys Antiestablishment und Antiregierung, und sie hatten ein paar Bücher gelesen.

Nicht nur ein paar, weil sie, zumindest galt das für ihn, dem Betriebsgeheimnis der Welt draußen und der Gesellschaft auf die Spur kommen wollten, und ihrem eigenen, kurz, sie wollten den Sinn, oder, wie es bei ihrem damaligen Comic-Kultautor Douglas Adams aus seiner Galaxie-Serie hieß, »die ultimative Antwort auf das Leben, das Universum und den ganzen Rest«.

Die Leute, die diesen komischen Planeten in der Milchstraße bevölkern, stellen die Frage dem Supercomputer »Deep Thought«, und nach 7,5 Millionen Jahren Rechenzeit spuckt er die Antwort aus. Er sagt einschränkend, um die Euphorie der wartenden Massen zu dämpfen:

»Sie wird euch nicht gefallen.«

»Egal, mach schon, schieß los«, brüllt es aus der Menge.

»Also«, sagte Deep Thought und räusperte sich. »Die Antwort ist 42.«

Fand er großartig.

Verstieß zwar gegen seine religiöse Überzeugung, war aber witzig, und bei einem guten Witz wurde er schwach, und der hier ließ die künstliche Intelligenz eindeutig ins Leere laufen, und all die transhumanistischen Glaubenspartikel der Technikgläubigen gleich mit. Die KI, die künstliche Intelligenz, brachte es eben auch nicht.

Sie damals suchten ihre Antworten bei Marx, Freud, Reich, Adorno. Hunderte Male hatte er seine eigenen idiotischen Jugendirrtümer zu rechtfertigen gesucht und sie gegen die Idiotien der Heutigen in Stellung gebracht. Den Hauptunterschied sah er in der Dummheit, der totalen Verblödung. Besonders aber darin, dass ihr Gegner damals die Regierung war, die Staatsgewalt. Sie wollten die Revolution, ja, sie wollten in ihren verkifften Birnen den Staatsstreich.

Doch die heutigen Bürschchen verstanden sich als Prätorianergarde der Regierung, als illegaler Arm der Staatsgewalt, als Kämpfer gegen Rechts, gegen die Nazis, sie schwammen im Mainstream. Sie nannten sich Antifaschisten. Eine Frechheit, fand er, sich in eine Reihe mit den Lübecker Märtyrern oder mit Stauffenberg, Bonhoeffer oder den Geschwistern Scholl zu sehen. Ja, es war diese moralische Anmaßung, die ihn auf die Palme trieb. Sie lagen auf ihren Matratzen herum, tranken Bier und behaupteten, Untergrundhelden zu sein, obwohl sie von der Regierung mit allen möglichen »Demokratie«-Programmen durchgefüttert und blöde gehalten wurden. Wie lächerlich, diese Radikalität, die einen ohnehin offiziell durchorganisierten Trend lediglich verstärkte.

Wenn er in diese Gedankenreihe einstieg, vergaß er alles um sich herum, er rutschte weg in ein Gefühls- und Erinnerungschaos.

Er trottete mit seinen Tüten hinauf zum Friedhof. Dann nahm er den Weg durch die Lücke in der Buchsbaumhecke, die den Park von dem Friedhof dahinter trennte, ging an einer Staffel weißer Birkenstämme entlang, staunte wie immer über die Widerstandskraft ihrer silbernen Umhüllung, vorbei an den geschmückten Quadraten, an schwarzen und roten Marmortafeln mit goldenen Lettern. Auf einigen Gräbern flackerten LED-Lichter in roten Gläsern, Tannenzweige lagen darauf, um die Blumen zu wärmen, die Samen und das Erdreich und vielleicht die, die darunter ihren letzten Frieden gefunden hatten.

Die Ohrstöpsel hatte er rausgenommen. Er betrat das Reich der Toten immer mit einer Mischung aus Grauen und Ehrfurcht, doch er genoss die Stille, die voller Geheimnisse war und Ahnungen. »Warte nur! Balde ruhest du auch.« Oder heißt es: »auch du«? Vom Reim her war beides möglich in Goethes Nachtlied.

Er hatte sich angewöhnt, auf Geburts- und Sterbedaten zu schauen und die Lebensspannen auszurechnen. Er wollte nicht sterben. Noch nicht. Doch sein Tod rückte näher. Noch zehn Jahre, dann hatte er den Durchschnittswert für Männer erreicht. Frauen lebten länger, was er für eine große Ungerechtigkeit des Schöpfers hielt. Überhaupt, sie langweilten sich doch zu Tode, die Frauen, wenn sie keinen Mann mehr hatten, über den sie sich ärgern konnten. Für

Katja, seine immer noch bezaubernde Frau, war er vom Liebhaber zum Sparringspartner geworden.

Er bekreuzigte sich. Am Ende des Weges an den Gräbern vorbei lag ein Wiesenstück, auf dem die Marmortafeln sich in einem Quadrat gegenüberstanden, die Toten hier wie in ein letztes Gespräch versunken, in einer großen Runde. Was hatten sie sich zu erzählen?

Jawohl, es war wichtig, ihrer zu gedenken. Begräbnisrituale waren wichtig. Tradition war wichtig. Es hatte gebraucht, bis er begriff, dass ein Leben ohne Traditionen eine Luftwurzel war. »Tradition ist die Demokratie mit den Toten«, schrieb sein journalistisches Idol, der katholische Konvertit Gilbert K. Chesterton. Mit Recht hatte ihn der Marxist Ernst Bloch einen der gescheitesten Männer genannt, die je gelebt haben, und Kafka fand diesen begnadeten Trinker, der über jedem Whisky, den er zu sich nahm, ein Kreuz schlug, so fröhlich, dass er schrieb, man könnte glauben, er habe tatsächlich Gott getroffen.

Derzeit bereitete Rico ein Buch über ihn vor, ein christlicher Verlag wollte einen Reader über den großen Konvertiten, über diesen großen katholischen Journalisten, einen Kollegen also, einen Mitkämpfer. Venceremos, sagte er sich.

Chesterton verteidigte nicht nur den Glauben, sondern auch die Tradition. Vielleicht war es das Gleiche. Tradition, schrieb Chesterton, sei die Weigerung, der kleinen, anmaßenden Oligarchie derer, die zufällig auf der Erde wandeln, das Feld zu überlassen. So wahr und so richtig, fand Rico. Das war die aktuelle Frontlage, besonders im gegenwärtigen Deutschland. Die Traditionen rissen ab. Und diese anmaßende Elite, die durch ein Zufallswahlergebnis vor knapp zwei Jahren die Macht erobert hatte und derzeit die Karten neu mischte, nannte sich grün und verachtete ganz besonders die christliche Religion, wenn sie sich nicht gerade wie bei den kirchlichen Seenotrettern politisch in den Dienst nehmen ließ.

Er musste in Form bleiben. Das Rauchen hatte er aufgegeben. Er war neunundsechzig, Journalist, gern als »umstritten« bezeichnet oder strafverschärfend als »erzkatholisch«, ansonsten bei guter Gesundheit, wenn auch leicht reizbar. Seinen Zuckerwert und den Blutdruck hatte er dank umfangreicher Medikamentierung im Griff, auch der Cholesterinspiegel war in Ordnung.

Dieser Komiker Adams mit seiner umwerfenden Galaxis-Trilogie war mit zweiundfünfzig gestorben, er war im Fitnessstudio umgefallen, nach einem Herzinfarkt. Rico hatte seinen Infarkt bereits hinter sich, vor drei Jahren, kurz nach seiner Geburtstagsfeier und der ihr nachfolgenden Hetzjagd, danach waren sie hier hoch gezogen. Und er trieb Fitness, jeden Morgen, der bei ihm gegen mittags begann, zwanzig Minuten strampeln auf dem Ergometer, zwanzig Liegestützen, und er hoffte, dadurch dem nächsten Infarkt zu entgehen.

Die gegenüberliegende Seite des Friedhofs wurde begrenzt durch ein Spalier zurückgeschnittener knorriger stämmiger Schwarzpappeln, die in schweren Fäusten endeten, mit denen sie wütend in den Himmel fuchtelten, Proletkult der Toten. Er überquerte die schmale Zubringerstraße und stieg den Weg hinauf, hinein in die Siedlung, die hier in den letzten Jahren errichtet wurde. Kleine Häuschen im Norwegerstil, geziegelte englische Landhausimitate und Bungalows. Ihrer grenzte ans Feld, und dahinter lag die Ostsee.

Es war ein Suburb wie der, der von den »Desperate Housewives« in der TV-Serie bewohnt war, Häuschen mit Vorgarten und Wisteria Lane hieß hier Aufm Deich, obwohl der nur ein aufgeschütteter Sandhügel war.

Dieses Dachsgesicht aus dem Lidl! Ihm kam wieder der Gewehrlauf in den Sinn, der in dem Video auf ihn angelegt wurde. Offenbar lebte er im Visier von gefährlichen Idioten. Wieder musste er sich schütteln.

Er räumte die Sachen in den Kühlschrank und in die Gefriertruhe auf der Terrasse. Dann setzte er sich vor seinen Computer und rief seinen Freund Alexander an.

»Die Zecken kommen näher«, sagte er.

»Mach kein Scheiß, erzähl!«

Er berichtete von seinem Zusammenprall bei Lidl.

»Demnächst taucht die Tante mit dem Gewehr und dem Zielfernrohr auf«, witzelte Alexander schließlich und kicherte.

»Depp«, sagte Rico und drückte ihn weg.

Er nahm ihn nicht ernst, hielt ihn für hysterisch.

Vielleicht war er auch zu beschäftigt, er hatte diese Seite aufgebaut, mit alternativen Nachrichten und Kommentaren, er haute an manchen Tagen fünf Stories raus, telefonierte, recherchierte und ernährte mittlerweile Frau und vier Kinder damit. Drei, der älteste war aus dem Haus. Alex kannte die besten Angelgründe, im norwegischen Farsund genauso wie hier in der Schlei-Mündung, sein Ältester war mit einer schönen Japanerin verheiratet und arbeitete in Tokio in der IT-Branche – kurz, Rico hatte Respekt vor ihm und seiner Lebensleistung. Zu dieser Lebensleistung gehörten auch drei Romane, einer war in der FAZ gerühmt worden, ein anderer war von Fatih Akin für einen Film geplündert worden, weitere lagen in der Schublade, Alex war ein kreatives Kraftwerk, aber seit Neuestem verfemt wie er selber. Harter Hund. Neugierig. Auch er ein Kämpfer, allerdings ohne jeden Gedanken an Transzendenz. Ging als Ausgleich von seiner Arbeit mit einer Wünschelrute über Äcker, Glücksfunde, vielleicht war das sein Religionsersatz.

Er fand Münzen aus den napoleonischen Kriegen und freute sich darüber wie ein Schneekönig. Derzeit allerdings sammelte er Adidas-Jacken, billig über E-Bay, er könnte ein Museum damit aufmachen, am schönsten fand Rico die des US-Teams der Olympiade 1968 in Mexiko.

Sie hatten viel Spaß miteinander, weil sie beide aus den Gegenkulturen ihrer jeweiligen Generationen stammten, aus Rebellionsbiotopen. Bei Rico waren es die Hippie-Wohngemeinschaften, bei Alexander die Punks und das Rotlicht. Vereint waren sie in ihrer Ablehnung des grünen Regierungsterrors, der zum Beispiel den Chef der Querdenker-Demos Michael Ballweg ohne handfeste Anklage über neun Monate U-Haft schmoren ließ – Alexander korrespondierte regelmäßig mit ihm.

Alex mit seiner Basecap, die er ähnlich wie Udo Lindenberg nie ablegte, um seinen kahlen Schädel zu verbergen, er recherchierte so hartnäckig, wie er nach seinen Hellern im Ackerboden suchte. So hatte er herausgefunden, dass der sogenannte Gesundheitsminister, ein Hochstapler mit getürkten akademischen Verdiensten, internen Protokollen zufolge »Angst verbreiten« wollte, »damit die Leute gehorchen«.

»Wir sind in die Hände von Verrückten und Irren gefallen«, rief Alexander in sein Handy, als er das entsprechende Papier zutage gefördert hatte. »Die sind nicht irre«, sagte Rico, »die haben einen Plan, den sie systematisch abarbeiten.«

»Und welcher wäre das?«

»Chaos – und dann ... den Umbau in die totale Kontrolle.«

Eigentlich wollte er sagen: Umbau in eine Hölle auf Erden, aber er verkniff es sich im letzten Moment. Alex ging an die Decke, wenn er ihm mit religiösen Exkursen kam.

Dennoch: Sie waren sich einig in ihrem Ekel gegenüber Systemjournalisten, von denen sich einige tatsächlich der Polizei als Spitzel andienten. Alex hatte auch diese Geschichte aufgedeckt und groß gespielt, auch da war sein Rebellionsgeist hellwach. Aber Alex konnte auch ein Idiot sein. Ein Autist. Völlig in der eigenen Welt.

Windräder und Aberglaube

Natürlich nahm Rico seinen Zusammenstoß mit dem Antifa-Kämpfer ernst, klar, schließlich ging es hier um sein Leben. Die Tante hieß Lady Death im Video. Und in ihrem Geigenkasten trug sie ein Gewehr mit Zielfernrohr. Irgendeiner seiner Leser hatte ihn darüber informiert, dass das Ding beileibe nicht irgendein nachgebautes Filmutensil sei, sondern ein echtes Scharfschützengewehr aus britischer Produktion der Firma Accuracy International.

Rico musste seine Nerven beruhigen. Er setzte sich auf ein Kissen vor die Verandatür zum Garten, richtete sein Kreuz auf und atmete langsam und tief in seine Bauchhöhle. Nichts denken, nur wahrnehmen. Alles vergeht. Gedanken sind wie Wolken am Himmel, die weiterziehen. Interesselos betrachten.

Einige Raben stolzierten über das Feld gegenüber. Dahinter das metallene Band der Ostsee. Atmen, ein und aus. Die Raben. Schwarze Unglückvögel. Der Typ an seinem

Toyota. Er hatte Ricos Namen ins Handy gebrüllt. Mit wem telefonierte er?

Rico gab auf. Er musste reden. Peer und Silke kamen ihm in den Sinn, die im Nachbardorf wohnten. Er verließ die Wohnung, ging zu seinem BMW, der neben den anderen Autos unter dem Wellblechdach abgestellt war, und zog die große Runde im vorgeschriebenen Schritttempo durch die Siedlung, bis er am Ortsausgang wieder auf die Nordstraße einfädelte.

Graues Straßenband, kaum Verkehr, er hielt Ausschau. Hinter Tysby, die Ortschaften hier hatten dänische Namen, lag linker Hand die Wiese des Barons, in einer dunkelgrünen Senke, sie war nicht viel wert, weil sie unter Grundwasser stand, durch den Nebel zogen schwarze Schlieren, aus dem Sumpf schienen dunkle Gestalten zu steigen, die sich herrisch aufrichteten, Eichenstämme links und rechts, grau dieser Tag, ohne Konturen, überall im Grau diese schwarzen Schlieren, alles sah nach Unheil aus, der Himmel lastete schwer über den abgeernteten Feldern, eine verlassene Welt, in der nichts blieb als die eigenen Gedanken, die jetzt eher in ein finsteres Brüten übergingen.

Seit einiger Zeit befiel ihn eine eigenartige Stimmung, eine Abschiedsstimmung, er konnte es nicht anders nennen. Abschied von einer Welt, die einst in Ordnung war und nun ins Chaos rutschte. Verfehlungen in der Politik waren es nicht allein. Es war etwas Grundsätzlicheres ins Rutschen gekommen, die Seelen hatten Schaden genommen, eine dunkle Macht legte ihren Mantel über die Welt. Die Aussichtslosigkeit nahm zu. Seine Niedergeschlagenheit hatte nichts mit eigenen Todesahnungen zu tun, als gläubiger Katholik hoffte er ja darüber hinaus, nein, es war eine kollektive Schwermut, die sich aufs Land gelegt hatte, er dachte an seinen Sohn und die Welt, in der er sich behaupten musste, und an dessen Job unter den verlorenen Kindern in einem Heim in der Nähe.

Die Welt hatte sich verdunkelt. Es war Krieg in der Ukraine, und die Pazifisten von einst, die Grünen, sie schrien nach Waffen. Gleichzeitig rüsteten die Chinesen gegen Taiwan, Nordkorea testete Interkontinentalraketen, die Russen führten Krieg und Manöver im Gebiet der japanischen Kurilen durch, im Sudan herrschte Blutvergießen, in Iran war die nukleare Bewaffnung nur eine Frage der Zeit, im Nahen Osten brannte es. Die Welt schien zu zittern vor Nervosität, ein über siebzig Jahre schlafender Titan schien sich den Friedens-Schlaf aus den Augen zu reiben und sich zu erheben. Alle schienen sich auf einen mordsmäßigen Showdown vorzubereiten.

Und die Deutschen erkannten nach Jahren der Abrüstung, dass sie plötzlich in ihrem eigenen Kriegsgeschrei ohne Verteidigung dastanden. Keine fahrtauglichen Panzer oder flugtüchtigen Helikopter, keine Armee, keine Munition. Dafür aber wollten sie die Welt vor dem Klimatod bewahren. Dabei war der deutsche Anteil an der globalen Emission so geringfügig, dass er nicht ins Gewicht fiel. Vom deutschen Wesen würde die Welt nicht genesen, soviel war klar, denn das, was diese grüne und rechenschwache Rasselbande in Berlin in den nächsten fünfundzwanzig Jahren an Emissionen mit unerbittlichen Härten gegen das eigene Volk einsparen wollte, pusteten die Chinesen in einem halben Jahr in die Geosphäre. Irrsinn! Wieder mal hieß es: erst Deutschland und dann die ganze Welt. Diesmal nicht vernichten, sondern mit gutem Beispiel vorangehen. Die Anmaßung war die gleiche. Ahnungsloses machtbesoffenes Pack, allerdings nicht nur hier.

Gerade hatte er im Netz einen Film gesehen, in dem ein amerikanischer Anwalt Kongressmitglieder nach dem Anteil fragte, den das so schädliche CO_2 in unserer Luft wohl habe. Die Schätzungen lagen zwischen 5 und 8 Prozent. Der Anwalt erstaunte die Politiker, die über milliardenschwere Programme zur Verringerung des CO_2 und den Umstieg auf elektrogetriebene Autos verfügten, mit seiner Antwort: Er beträgt 0,04 Prozent. Eine Verringerung auf 0,02 Prozent, so sie gelingen sollte, würde das Wachstum der Pflanzen bedrohen, die CO_2 benötigten.

Irre. Komplett irre. Die Welt hatte sich dem Voodoo ergeben, Kinder klebten sich auf Straßen und an Kunstwerken fest, und Abtrünnige wie er wurden gejagt.

Die Landstraße war schmal, und Rico hielt sich an die Geschwindigkeitsbegrenzung. Düsteres Angelland. Das hier oben war in diesen dunklen Monaten eine Gegend für Elfen und Gespenster. Sie sah aus, als ob sie Böses ausbrütete. Hier könnte sich der Fürst der Finsternis wohlfühlen. Oder Kriminelle, die sich versteckten, vor wem auch immer. Geisterland.

Links, am Ende eines Feldweges, lag ein Gehöft mit drei kleineren Katen, und dort, halb versteckt unter einer Baumgruppe, sah er das scheckige Auto. Er fuhr langsamer. Dann war er sich sicher. Selbst auf die Entfernung im diesigen Tageslicht sah er den Toyota. Was suchte der Typ hier?

Er fuhr weiter, rechts die Felder, im Frühjahr würde hier das Rapsgold wogen, die gelben Weizenmeere im Sommer sanft vom Wind gekräuselt, dann der kerzengrade Wald aus Maisstengeln, in dem der Bauer einen Irrgarten für Touristen und ihre Kinder anlegen würde, jetzt lag das alles matschig braun im winterlichen Tiefschlaf.

Nach einer Weile tauchten die drei Windräder auf, die nun offenbar ebenfalls schliefen, reglose Giganten. Bisweilen, das hatte er gelesen, wurden sie auch einfach abgestellt und produzierten »Geisterstrom«, so nannten sie es, wenn die Gefahr der Überlastung im Netz drohte. Dann wurden die Betreiber trotzdem entlohnt, als hätten sie tatsächlich produziert. Geisterstrom! Ihm kam die Bezeichnung vor wie ein versehentlicher Durchbruch zur Wahrheit.

Geisterstrom fürs vermaledeite Geisterland.

Rund 250 Meter hoch standen sie dort hinten im grauen Dunst wie Götzen eines Kultes, dem geopfert werden musste. Sie kamen ihm nun vor wie die geheimnisvollen Kolossalköpfe auf der Osterinsel, deren Bedeutung nie wirklich enträtselt werden konnte. Allen, die rechnen konnten, war klar, dass die Wind-Giganten auf ihren in die Felder geklotzten Betonsockeln sehr volatil waren und ohnehin nur einen Bruchteil der benötigten Energie liefern konnten. Sie waren schon jetzt sinnlos, doch ihre Sinnlosigkeit schien den Eifer der Gläubigen, sie zu errichten, erst recht anzustacheln, die alle Gesetzeshürden, die ihnen im Weg standen, entfernten. Nun hieß der Befehl: fünf pro Tag.

Ja, diese sinnlosen Riesen waren die Moai der Neuzeit, kolossal und schweigend und streng forderten sie Tribut wie die Kultköpfe auf der Osterinsel. Es war ein Tribut, der zur Selbstzerstörung des Inselvolkes geführt hatte, soviel wusste man. Denn um diese Riesenbrocken zu transportieren, waren die Bäume der Insel abgeschlagen worden, deren Böden nach der Rodung austrockneten und unfruchtbar geworden waren, und je mehr geopfert wurde, desto mehr schnitten sie in ihre Lebensader. Die Köpfe waren aus dem Fluss der Geschichte und des Aberglaubens plötzlich aufgetaucht und ebenso plötzlich wieder verwaist, Wachtposten mit dem Rücken zum pazifischen Meer.

Wir haben uns dem heidnischen Zauber zugewandt, dachte sich Rico, der Panik und den Zauberformeln, um die bösen Geister in Schach zu halten in unserem Geisterland.

Er bog ab in einen langen Ziehweg, der nach ein paar Hundert Metern wieder abknickte Richtung See und nach Schafsberg, wo Peer und Silke mit Finn wohnten.

Rico stellte sein Auto vor dem weißen Holzhaus ab, das sich seine Freunde vor Jahren hier hingestellt hatten, auf einer Weide, die von Silkes Vater auf die Tochter übergegangen war, nur ein paar Hundert Meter vom Strand entfernt. Der Phaeton stand unter dem vorgeschobenen Dach, daneben der Vintage-Porsche. Seine Harley-Davidson hatte Peer in der Garage daneben abgestellt. Sie waren also zu Hause. Bei dem Wetter war jeder zu Hause.

Die Gartentür war unverschlossen, wie immer. Er lief an einem Geräteschuppen vorbei, in dem Peer seine Surfbretter lagerte, stand schließlich vorm Wohnzimmer und klopfte an die Scheibe. Silke öffnete und begrüßte ihn.

Sie war der enthusiastische Typ, eine unfassbar sportliche schlanke Schönheit mit Hang zur Esoterik. Friesisch. Blond mit Sommersprossen. Yogalehrerin, Katja, seine Frau, meditierte ab und zu mit ihr.

»Komm rein«, sagte sie lachend und hielt ihre Hände wie gewohnt in Kleinmädchen-Manier in Schulterhöhe. Strahlen unter blondem Bob, Lachfältchen um die blauen Augen, Umarmung, Blick ins Gesicht, sie hielt ihn auf Armlänge. »Wie siehst du denn aus?«

Auf der braunledernen Sofalandschaft vor dem Kamin zwischen Bergen von Decken und bunten Kissen lag Peer mit der Weltwoche, die er abonniert hatte, weil Rico dort schrieb.

»Alter Schwede«, rief er und richtete sich auf. »Hast du Geister gesehen?«

»Ja, habe ich«, sagte Rico, »so in der Art.«

Von oben hörte er Klavierklänge, D und H, immer abwechselnd, so was wie serielle Musik, wie Phil Glass, an- und abschwellend. Finn, Silkes und Peers autistischer Sohn, klimperte. Die beiden waren der Grund, aus dem er und Katja überhaupt hier hoch gezogen waren, sie hatten sie oft im Sommer besucht, ihnen gefiel die Gegend, Ricos Sohn war in eine Mansardenwohnung im Nachbarhaus der beiden eingezogen, er arbeitete als Psychologe im Kinderheim »Sonnenschein« ein Dorf weiter.

Rico kannte die beiden aus seiner Londoner Korrespondentenzeit vor zwanzig Jahren, ihre anderen beiden Söhne, mittlerweile erwachsen, waren gemeinsam mit seinem zur deutschen Schule gegangen.

»Hier, das World Economic Forum«, Peer hielt die Zeitung hoch, »hat eine ziemlich beschissene Klimabilanz wegen der Privatflugzeuge, die haben in diesen Tagen so viel ausgestoßen wie 350 000 Autos im Straßenverkehr.« Peer lachte. »Dafür soll die Verkehrsbilanz der Escortdienste äußerst zufriedenstellend gewesen sein.« Er blätterte weiter.

»Hast du dieses Foto hier gesehen von Klaus Schwab, mit unserer Uschi hinter dem Theatervorhang? Sieht aus wie Lady Macbeth mit Duncans Geist.«

»Boah, sieht die böse aus«, rief Silke, die sich sonst von

Zeitungen und dem Tagesgeplärre der Regierungsnachrichten fernhielt. »Und der Typ vor ihr, der den Theatervorhang aufhält, ist doch eindeutig der Fürst der Finsternis. Und der will die Neue Weltordnung, na danke!«

Tatsächlich sah Klaus Schwab, der Chef des Davoser Forums, auf dem Foto aus wie ein verlebter Lüstling mit schlaffen Hängebacken und einem kahlen Kopf voller Perversitäten. Und hinter ihm die ehrgeizige blonde Deutsche unter ihrer Beton-Dauerwelle mit kaltem Blick.

»Na ja, zunächst mal geht es da um so komische und eigentlich uralte Sachen wie den Neuen Menschen«, sagte Rico, während er sich in die Polster setzte, »aber diesmal wollen die Transhumanisten Ernst machen, also wie man genetische Änderungen vornimmt, wie man Menschen ›hackt‹, wie man sie mit Chips optimiert, wie man sie überwacht, wie man das Papiergeld abschafft, um eine bessere digitale Kontrolle zu ermöglichen.«

Rico hielt den Transhumanismus für die gefährlichste ideengeschichtliche Wucherung der Gegenwart. Dieser Aberglaube an die Machbarkeit, an die Neuschöpfung der Erde hatte luziferische Züge.

»Bei denen geht es nicht mehr um die Gottähnlichkeit, die ja bei uns die Begründung für die Menschenwürde ist und das Fundament unseres Grundgesetzes«, dozierte er, seine Freunde waren kirchenferne eingeschlafene Protestanten, »sondern um Gottgleichheit, also das, was die Schlange im Paradies unter dem Baum mit den verbotenen Früchten verspricht.«

Um dieser Neuschöpfung, diesen »Great Reset« in die Tat umzusetzen, hatte der Schweizer Eventmanager Klaus Schwab in Davos die Idee der »Young Global Leaders« gegründet, um einem elitären Zirkel von Nachwuchspolitikern die Bausteine für die schöne neue Welt zu liefern. Was war das nur für ein obskurer Verein?

»Wahrscheinlich treffen sie sich unter Kapuzen in einem unterirdischen Schloss und opfern Jungfrauen, und Jeffrey Epstein spielt den Zeremonienmeister«, sagte Rico. »So wie in diesem Kubrick-Film ›Eyes Wide Shut‹«.

»Du, das halte ich nicht für ausgeschlossen!«, rief Silke elektrisiert.

»Maaaann, Silke, der nimmt dich doch wieder auf den Arm!«, sagte Peer genervt.

»Auf jeden Fall scheint Schwabs Gebetbuch all die transhumanistischen Verschleierungswörter wie Klimaschutz und Gerechtigkeit und Frieden zu enthalten.« Gleichzeitig aber tankten sie offenbar Entschlusskraft und Abgebrühtheit für den etwaigen Widerstand gegen totalitäre Maßnahmen, dachte er grimmig.

»Ich lese gerade ›Der Herr der Welt‹«, fuhr Rico fort, »geschrieben vor über hundert Jahren von einem katholischen Priester, der von den Anglikanern konvertiert ist, müsst ihr lesen, spannend, und noch aktueller als Huxleys ›Schöne neue Welt‹ und Orwells ›1984‹. Er schildert genau das, was wir jetzt erleben, den nackten Terror durch diese Typen, verborgen unter sanftesten Begriffen wie Toleranz und Menschlichkeit und so weiter, die aber in Wahrheit die Opposition kaputthauen wollen, und das alles mit Unterstützung der Presse. So etwas wie politische Zwangsimpfungen, und natürlich nur zu unserm Besten.«

Während er sprach, formulierte er schon für seine Sendung im Kontrafunk, die er später aufnehmen wollte, Robert Hugh Bensons Dystopie war es tatsächlich wert, gehört und gelesen zu werden. Es war die Unheilsgeschichte einer Weltregierung unter ihrem neuen Messias und einer neuen Clique von Young Global Leaders, schließlich über eine neue Menschenreligion, die aufräumt mit den Bildern der verstockten katholischen Kirche. Sie hat sich dem Fortschritt verschrieben und dem Kampf gegen den christlichen Aberglauben, wie sie es nennen. Sie gründen eine neue Vernunftreligion, und an der Spitze steht ein weißhaariger, aber junger Charismatiker aus den USA.

»Erst mal, willst du einen Tee ... oder einen leckeren Brennnessel-Smoothie?«, fragte Silke in ihrem verlockendsten Verkäuferinnen-Tremolo. Rico wusste, dass es tödlich wäre, den dicken grünen Saft abzulehnen, Silke war Vegetarierin, sie ernährte sich und die Familie und den armen Finn hauptsächlich aus ihrem Garten. Und möglichst jeden Gast. Meistens hatte sie Gartenerde unter ihren Fingernägeln.

Finn hatte aufgehört mit seiner Klimperei und stieg gemächlich die Treppe hinunter ins Wohnzimmer. Er schaute ihn gleichgültig an. Manchmal hatte er gegrinst, wenn er Rico sah. Irgendwas fand er an ihm komisch. Heute nicht.

Finn hatte es faustdick hinter den Ohren, Rico mochte ihn. Wenn die drei ihn besuchten, schlich Finn durch seine Wohnung auf der Suche nach irgendwas, das keine Karotte war, am besten ein Keks oder ein Stück vergessene Schokolade, die zu Hause streng verboten waren. Das krallte er sich dann unbemerkt, wobei sich seine Lippen zu einem verstohlenen Triumphlächeln kräuselten.

Eines Nachmittags, als die Eltern mit Finn zu ihm zu Besuch kamen, hatte der sich vor das Fenster der Parterrewohnung des Nachbarn gestellt und vor die Wand gepinkelt und den gestikulierenden Pensionär, der vor seinem Fernseher saß, dabei gleichgültig angeschaut. Reglos. Der Mann war fertig. »Der hat mer einfach anjekiekt«, berlinerte er, als er sich anderntags beschwerte. Rico brachte Pralinen und Blumen und erklärte alles.

An diesem Tag sah Finn wieder schlimm aus. Blutige Striemen über den Wangen, ein Gesicht wie das von Jesus unter der Dornenkrone, offenbar hatte er wieder einen Anfall gehabt. Die Wunden waren gesalbt und tropften weiß. In Abständen löste die ihm unbegreifbare Kluft zur Welt der anderen Wutanfälle aus, die er gegen sich selbst richtete. Dann zerkratzte er sich das Gesicht. Peer und Silke achteten stets darauf, ihm die Arme zu fixieren, indem sie ihm seinen Hoodie über die angelegten Arme zogen.

Was mochte in ihm vorgehen, fragte sich Rico oft. Autisten, das hatte er gelesen, dachten vorwiegend in Bildern. Denken wir nicht alle mittlerweile in Bildern, die unaufhörlich sprudeln, auf Fernsehern, auf Hauswänden, auf Monitoren und Handys? Waren wir nicht alle zu Autisten geworden? Und welche Bilder verknüpfte Finn mit dem Bösen? Sah er es? Konnte er, im Gegensatz zu ihnen allen, das Böse, den Teufel erkennen?

Rico mochte Peer und Silke auch deswegen, weil er sah, mit welcher Liebe und Aufopferung sie sich um ihren behinderten Sohn kümmerten. Die beiden stellten alles in den Schatten, was die grünen Maulhelden und Straßenkleber zur Verbesserung der Welt zu sagen hatten. Finn, mittlerweile auch schon volljährig, war ein 24-Stunden-Job. Jetzt hatte er sich neben Peer auf die Couchlandschaft fallen lassen und ließ sich gnädig die Füße massieren.

Rico war überzeugt davon, dass die beiden die ganze Welt verbesserten, weil sie Finn das Leben erträglich machten, weil sie ihn liebten, bedingungslos, egal, welchen Scheiß er nun wieder anstellte.

Finns Vater war weniger strikt, was Finns Diät anging, Silke war die Glühendere von beiden. Peer war ein friesischer Dickschädel, auch grau geworden mittlerweile, zehn Jahre jünger als Rico und bei Wind und Wetter mit seinem Surfboard unterwegs. Sein Körper bestand aus Stahlseilen. Silke hielt sich mit Strandläufen fit und schleppte Finn auf stundenlange Spaziergänge. Eigentlich konnten die beiden nicht unterschiedlicher sein. Peer war der Rechner, der Ökonom mit Sachverstand, er hatte früher für eine Ölfirma gearbeitet und mit ein paar klugen Investitionen ausgesorgt. Silke neigte ins Spirituelle. Peer glaubte, das Land steuere in den Untergang, weil die grüne Sekte, die es führte, nicht rechnen konnte. Silke glaubte auch an den Untergang, aber ausschließlich, weil sie diese Sekte mit dunklen Mächten im Bund vermutete.

Rico schwankte. In letzter Zeit neigte er Silke zu, zur Theorie der Teufelei. Eine andere Erklärung konnte es für ihn nicht geben, wenn er verfolgte, wie sich alle in diesen grünen Wahn stürzten. Die Welt war verhext. Sie steuerte auf die Apokalypse zu, aber nicht auf eine des Klimas. Vielleicht hatten seine düsteren Vorahnungen auch mit seiner Lektüre zu tun. In Bensons Roman gewinnt der Satan die Menschen für sich mit Phrasen von »Weltgemeinschaft« und »Werten« und einem »Leben im Einklang mit der Natur«, und einem durch und durch grünen Programm. In Wahrheit aber – das Buch erschien 1904 – will er die katholische Kirche bekämpfen. Diese galt damals noch als eine letzte Bastion der Transzendenz, mit dem Vatikan als Mittelpunkt des Erdkreises, und Bensons böse, demiurgische Hauptfigur nennt sie »ein Bollwerk veralteten Denkens«, das sich den »nötigen Reformen« verschließe. Allerdings konnte Benson noch nicht ahnen, wie eifrig die Kirche an ihrer Selbstzerstörung arbeitete, vor allem die in Deutschland. Bei Benson crasht alles in einem Endkampf, einem Armageddon.

Bensons Welt-»Präsident« – sehr viel charismatischer als ein Klaus Schwab – verspricht Krankheit und Hunger aus der Welt zu schaffen mittels neuester Technologien. Das Ziel ist ein globaler »Neustart«. Ganz sicher würde er auch für Zwangsimpfungen plädieren. Silke hatte sich nicht impfen lassen, und sie hätte jeden mit dem Spaten erschlagen, der nur den Versuch gestartet hätte, ihrem Finn »dieses Teufelszeug« in die Adern zu drücken.

Jetzt, so hatte Rico den Eindruck, war der Teufel näher gerückt. Hatte seine Hände nach ihm ausgestreckt.

Er erzählte den beiden von dem Zusammenstoß im Supermarkt. Und noch einmal die ganze Geschichte seiner Geburtstagsparty, wie sie wirklich ablief, und nicht, wie sie die Bild geschildert oder der Deutschlandfunk oder die hämische Zeit oder wie sie sich der Mob im Netz ausgemalt hatte …

Feldgottesdienst

Vor drei Jahren hatte er seinen fünfundsechzigsten Geburtstag gefeiert und breit eingeladen, »alte und neue Freunde« hatte er in der Einladung geschrieben. Unter den alten waren Studienfreunde wie Gandalf, inzwischen Professor an einer Filmhochschule, Freddy, NDR-Redakteur, Mathias, der Unterhaltungsromane verfasste, konservative Journalisten wie Ulrich, der bleiche ehemalige Kulturchef der Zeit, der in Ricos Kirchengemeinde war, dann der Chef einer konservativen Wochenzeitung, für die er schrieb, einige vom Spiegel, darunter Alexander, der Pole, dessen Reportagen er bewunderte, weil sie so unkitschig und klug waren, weiter ein Unternehmer aus Köln, dann ein alter Tennispartner und Bild-Kolumnist, dann aber auch solche, die mittlerweile als Unberührbare galten wie Fletsch, der seinem Magazin den Rücken gekehrt hatte und gegen die Regierung schrieb; dann solche, die noch an der Klippe der Salonfähigkeit hingen wie dieser Hamburger Unternehmer und Preußen-Liebhaber, der sich in den Kopf gesetzt hatte, das Berliner Schloss wieder zu errichten, und es tatsächlich erreicht hatte – Triumph des Willens, dachte sich Rico, tatsächlich. Ein ehemaliger Priester war unter den Gästen, des Weiteren ein Theologe und Stand-up-Comedian, dann die Verfemten, eine prominente ehemalige CDU-Politikerin, elegant mit Perlenkette und Kostüm, eine mutige Buchhändlerin aus dem Osten, der die Antifaschisten Brandsätze in den Laden geschmissen hatten nach dem Motto »Kauft nicht bei Rechten«, Schriftstellerinnen, denen der Verlag aus politischen Gründen aufgekündigt hatte, Kolumnistinnen … Später wurden russische Lieder gesungen und Kinderlieder aus der DDR, sooo lustig das alles, insgesamt eine fröhliche und hochkultivierte Truppe.

Da Rico sie alle in diesen »Kriegszeiten gegen das dunkle Deutschland« begrüßte, stellte er zunächst unter Beifall und Gelächter seine Ärzte vor. Da war sein Bruder, der mit seiner Frau vom Niederrhein angereist war, dann der Chirurg, sein Hausnachbar, schließlich sein Hausarzt, der seine Praxis um die Ecke hatte.

Die Party begann wie ein Feldgottesdienst mit einem Vaterunser auf Aramäisch, denn das Catering hatte er sich von einem Syrer besorgt. Ja, es war ein Gebet in der Sprache Jesu – Rico war kurz zuvor in Syrien im Bürgerkriegsgebiet unterwegs gewesen, im Bergnest Maalula, malerisch in eine Felsschlucht gebettet, hier hatten der Apostel Paulus gewirkt und die heilige Thekla. Der IS hatte hier besonders übel gewütet, hatte gemordet, Gräber aufgebrochen, alle Kreuze zerschlagen. Nun war es dank der tapferen Gegenwehr der Dörfler mit Unterstützung von Assads Armee befreit, Rico hatte einen Kämpfer besucht, der mit zerschossenem Rückgrat im Bett lag und rauchte. Er hatte Gelächter geerntet, als er mit gespielter Besorgnis sagte: »Du weißt schon, dass Rauchen tödlich ist!«

Der Südsee-Insulaner

Mit ihm auf der Reise gewesen war Mirko, ein junger Identitärer, auch ihn hatte er auf sein Fest eingeladen, natürlich, unterwegs hatten sie sich angefreundet, er hatte ihm erzählt von seiner rechtsradikalen Jugend bei den Jungen Nationalisten, aus denen er längst ausgetreten war, und Rico berichtete umgekehrt von seiner linksradikalen Vergangenheit bei den Maoisten. Allerdings hatte Mirko außer Bier nie irgendwelche Drogen angerührt, das war der große kulturelle Unterschied.

Es stellte sich raus, dass sich die ideologischen Neigungen, denen sie in ihrer wilden Jugendzeit anhingen, ähnelten, zumindest was die Verachtung für »das Kapital« anging und die Klage über »die Entfremdungen des kapitalistischen Systems«, über den Unwillen über die Verdinglichungen der menschlichen Beziehungen. Ja, da bestand eindeutig eine schwärmerisch marxistische Übereinstimmung, wie sie nur Jugendliche teilen. Im Übrigen mochten sie die gleichen Netflix-Serien und sie beide trauerten einem halbwegs intakten Heimatland hinterher, das nicht erst seit 2015, der großen Flüchtlingsflut, systematisch zerstört wurde.

Über beides hatte Rico Bücher geschrieben. Über das verschollene, liebenswerte, unneurotisch-traditionsstolze Deutschland, das sich ihm nach seiner Rückkehr von den verschiedenen Auslandsposten im sogenannten »Sommermärchen« von 2006 zeigte, sowie über das hässliche, zerrissene Deutschland unter der nachlässigen Kanzlerin aus der DDR zehn Jahre später.

Mirko hatte ihm erzählt, wie er in Bremen beim Verteilen von Flugblättern vor einer Ausstellung, die vor Rechten wie ihm warnte, von Antifa-Schlägern bedroht worden war und wie er zurückgeschlagen hatte und prompt verurteilt worden war wegen »provozierter Notwehr«. Ja, die linken Amtsrichter waren fantasievoll, wenn es um den Kampf gegen Rechts ging.

Mirko war großflächig tätowiert wie Queeqeg, der Südsee-Insulaner aus Moby Dick, der Harpunier, und er stand tatsächlich wie ein sanfter wohlerzogener Wilder auf dieser Party herum, mit all den gebildeten konservativen Literaten und Intellektuellen, er war auf Brust und Rücken, auf Armen und Beinen gezeichnet, eine ganze Weltkarte trug er auf der Haut, den üblichen Seemannskram mit Nixen und Ankern, Dolchen und Herzen, aber auch eine Fackel und einen mittelalterlichen Morgenstern und die Worte »not yet«, die der Kaleu im Film »Das Boot« in die Gischt ruft, nachdem sie ihren britischen Verfolgern entkommen sind – aber natürlich hatte Mirko seine bunte Haut unter einem blütenweißen Hemd und Jeans verborgen wie jeder x-beliebige David Beckham, wenn er vom Fußballschlachtfeld auf ein Bankett wechselte.

Mirko war im Nachbardorf des Talkmasters aufgewachsen, Reinhold Beckmann, der seit Neustem mit einer Band tingelte, nachdem seine Show aus dem Programm geworfen worden war, der aber weiterhin Features für die ARD produzierte, ein sympathischer Kerl, dessen Geburtstag Rico ebenfalls besucht hatte, und er stand neben ihm, während Beckmann auf seiner Gitarre ihm und seinen Gästen ein Ständchen spielte. Mirko wollte Beckmann auf die gemeinsame Herkunft ansprechen, da hatte Rico die beiden fotografiert mit seinem Handy.

Ricos Wohnung in Alsternähe war für Feste wie dieses angelegt, an die 250 Quadratmeter mit Dachterrasse, er wohnte gerne spektakulär, und er konnte es sich leisten, als er noch ein Star war in dieser kleinen großen Welt des Journalismus.

Als Korrespondent in Manhattan wohnte er mit seiner Familie in einem Duplex mit Dachgarten am Central Park, das zuvor von Donald Trumps Freundin Marla Maples bewohnt wurde, in Rio war es eine pinkfarbene, geschindelte toskanische Villa mit Säulen und portugiesischen Azulejo-Kacheln und Köchin und Chauffeur und Wachdienst. In London residierte er direkt an der Themse im mondänen Richmond, Mick Jagger und Pete Townsend lebten in der Nähe, der Chef eines Premier-League-Clubs war sein Nachbar, ein anderer ein ehemaliger Gitarrist der Shadows – seine Wohnung war mit Goldenen Schallplatten tapeziert. Und hier in Hamburg diese Riesenwohnung, gleich gegenüber lag ein Health Club mit beheiztem Außenpool und Hotelbetrieb, in dem er Gäste untergebracht hatte, die aus

Frankfurt oder München, aus Köln oder Berlin angereist waren.

Es war ein lustiges Gewoge, der Wein floss, Lieder wurden gesungen, die Freunde aus dem Osten sangen »Meine Heimat«, was jedes Kind aus der DDR kannte, seine Frau Katja, die in Erfurt aufgewachsen war, sang mit, auf dem Balkon tanzte der Chef der Katholiken in der AfD mit Erika Steinbach Cha-Cha-Cha, der syrische Koch und seine Frau amüsierten sich, rund hundert Leute feierten friedlich und zunehmend angeschickert, Reden wurden auf Rico gehalten, auch von seinem Freund Jan Fleischhauer, der spät und divenhaft hereinschneite, er liebte es, Geistreiches zum Besten zu geben, wenn Rico ihm Gelegenheit bot, im Mittelpunkt zu stehen, ob bei seinem Abschied nach Rio als Korrespondent für den Spiegel oder bei seinem Abschied von diesem Blatt, das sich in den sechsundzwanzig Jahren, die er ihm angehörte, schwer verändert hatte.

Mirko schien sich gut zu unterhalten. Rico witzelte, dass sein junger Freund gegen eine Schutzgebühr von fünf Euro von seinem heldenhaften Einsatz im Mittelmeer erzählen würde, von seinem Kampf gegen die »Sea-Watch« und andere NGO-Kähne, die vor der libyschen Küste auf Kundschaft warteten, um »in Seenot geratene« Flüchtlinge an Bord zu nehmen – diese »humanitären« Taxifahrten kosteten natürlich jede Menge Tote, denn die bewusst herbeigeführte »Seenot« in jämmerlichen Schlauchbooten war die Geschäftsgrundlage.

Ricos Einladung ging im Lärm unter, auch weil Mirko Prahlereien hasste, aber es war schon eine tolle Aktion: Die Identitären hatten einen eigenen Kahn gechartert, die C-Star, ihm imponierte das, wie die Jungs gemeinsam mit der libyschen Küstenwache gegen den Schleuserbetrieb vorgingen. Die »Seenotrettung« wurde unter der Antifa-Flagge veranstaltet. Tatsächlich war das Motiv der Betreiber nicht Menschenliebe, sondern das Gegenteil.

In Wahrheit wollten sie so viel Tumult wie möglich in die deutsche Gesellschaft tragen, sie wollten eingestandenermaßen die »Weißbrote« verdrängen, ja, die grüne Chefideologin Göring, Rico ließ den zweiten Teil ihres Doppelnamens gern weg, freute sich über eine Gesellschaft, die sich »radikal ändern« würde, ohne Rücksicht auf die psychosozialen Schäden auf beiden Seiten, und in der Hamburger Bürgerschaft rief eine Grüne: »Ausländer, lasst uns nicht mit den Deutschen allein.«

Und die Identitären, so sah es Rico, quatschten nicht nur rum, sondern sie handelten mit spektakulären, oft witzigen und durchweg friedlichen Aktionen wie der Verhüllung der Statue der Kaiserin Maria Theresia mit einer Burka, und ihre Aktivisten, er hatte sie kennengelernt, waren den linken Prügelhorden moralisch und an Intelligenz und Mut allemal überlegen.

Es gehörte Mut dazu, in einer auf eine transhumanistische Verdüsterung hinrasenden Gesellschaft auf Tradition zu bestehen, auf Werten und Herkunft, auf einer Demokratie mit den Toten. Oder, wie es sein Freund Enzensberger mal sagte: »diese zeitgenössische Arroganz der Gegenwart gegenüber der Vergangenheit nicht mitzumachen«.

Er mochte Mirko. Gemeinsam hatten sie ein Flüchtlingslager im Libanon besucht, wo die Identitären jenen Syrienflüchtlingen die Platzmiete für ihre Zelte bezahlten, die sich bereit erklärten, nach dem Ende des Bürgerkrieges statt nach Deutschland zu reisen, wieder in ihre Heimat zurückzukehren. Sie wollten, mit ihren bescheidenen Mitteln, dem Anreizsystem der Schlepper ihr eigenes entgegensetzen. Im staubigen Lager in der Mittagsglut hatte sich Rico mit Frauen und Kindern unterhalten, Männer waren dort kaum anzutreffen gewesen, sie pflanzten Blumen in ausgedienten Butterfässern, sie hielten den gestampften Lehmboden in ihren Zelten rein, und Rico konnte sich weder der Wehmut ihrer Augen noch der lärmenden und im Grunde unfassbar fröhlichen Naturgewalt ihrer Kinder entziehen.

Anschließend waren sie nach Baalbek weitergefahren, zur Ruinenstadt des antiken römischen Heliopolis, Mirko war wie er beeindruckt von den Kolossalbauten wie dem Bacchus-Tempel, den massivsten je verbauten Granitquadern, und den verbliebenen schlanken Säulen des Jupitertempels, er fotografierte fasziniert jede Mauerfuge, so kam es Rico vor. Hier hatten ganze Generationen geschuftet und Sklaven schuften lassen in einer zeitübergreifenden kollektiven Anstrengung, und irgendwann sagte Mirko: »Ich möchte mal wissen, was in zweitausend Jahren von unserer Kultur übrig bleibt.« Rätselhafte Windmühlen aus Carbon, das nie verrottete? So wie er Mirko verstand, drückte sich in seiner Frage eine Sehnsucht aus nach etwas, das über den Einzelnen hinausging.

Auf der Fahrt durch den Libanon nach Damaskus unterhielten sie sich über das Leben und die Liebe, beides war kompliziert geworden für Mirko seit seiner Vorstrafe. Ohne Umschweife erzählte er, dass er sich wegen seiner jugendlichen Verirrungen die Zukunft verbaut hatte und nun keinen Job mehr bekam. Da war die Gesellschaft gnadenlos. Im Gegensatz zu all den Linksradikalen, die durchaus Ministerpräsident werden konnten. Oder dem linken Dichter

Erich Fried, der in klugen verständigen Interviews öffentlich seine Freundschaft mit dem Neonazi Kühnen feiern konnte. Auch das Dating, meinte Mirko, sei schwierig geworden. In dieser gegenwärtigen Generalmobilmachung für den »Kampf gegen Rechts« war er ein Paria.

In Syrien brachte Rico Mirko ein Gedicht von Robert Frost bei, dem er im Buch eines Freundes begegnet war, ein Gedicht über Entscheidungen, die das ganze Leben überschatten, das er für Mirkos Fall passend fand. Auch Mirko fand es toll, er hatte ein Faible für Lyrik, schließlich ist jeder Song eine Art Gedicht, und das hier hieß »The Road Not Taken«, er memorierte die Schlussstrophe auf der Fahrt vorbei an ausgebrannten Panzern auf dem Weg nach Damaskus:

> »*I shall be telling this with a sigh*
> *Somewhere ages and ages hence:*
> *Two roads diverged in a wood, and I —*
> *I took the one less traveled by,*
> *And that has made all the difference.*«

Das machte den ganzen Unterschied, und es traf auch auf ihn selber zu, auf Rico, vielleicht in geringerem Maße. Schließlich hatte er ausgesorgt, hatte Familie, war über dreißig Jahre verheiratet mit seiner Frau Katja, die seine große Liebe war, während Mirko noch das ganze Programm vor sich hatte, Heiraten, Kinderkriegen und einen Beruf, der alle ernährte. Und das wurde ihm nun nahezu unmöglich gemacht von einer selbstgerechten fugenlosen Abwehrgesellschaft gegen Dissidenten, die ihn als Nazi etikettierte. Wussten die überhaupt noch, wer oder was die Nazis waren?

Eine einzige Entscheidung. Die Entscheidung für einen Weg, der weniger ausgetrampelt war. Und das machte den ganzen Unterschied aus.

Rothaarig und sommersprossig stand Mirko an diesem Abend unter seinen Freunden, nahm von dem Spanferkel, das er neben den syrischen Delikatessen angeboten hatte, aß und trank mit ihnen, plauderte anstrengungslos mit allen Gästen, all den gesetzten Schriftstellern und Journalisten und Anwälten und Politikern, er stand gleichzeitig außerhalb und gehörte dazu.

»Mirko sah auf jeden Fall adretter aus als dieser triefäugige Kämpfer gegen Rechts bei Lidl«, sagte Rico zu Silke und Peer, die damals nicht kommen konnten, weil sie Finn zu hüten hatten, »dieser Maskensitz-Petzer, dieser Hilfsbüttel der Obrigkeit, dieser Nachtreter, Hordenschläger, dieser Hitlerjunge von Links.« In letzter Zeit steigerte er sich öfter in derartige Raps.

Alles war nach links gerutscht in den vergangenen Jahren, hinein ins Engstirnige, auch beim Spiegel, den sie beide unlesbar fanden.

Auftritt Jan Fleischhauer

»Auch mein Freund Jan Fleischhauer sah das so«, erzählte Rico. »Aber der hat auf diesen Umbruch im Lande, diese tatsächliche Zeitwende, viel smarter reagiert als ich, als er der Chefredaktion anbot, einen Kolumnisten-Pool zu bilden, für jeden Wochentag einen. Natürlich hat der Arsch mich nicht eingeladen, seinen Freund von rund dreißig Jahren, mit dem er in so vielem übereinstimmte, nein, er hatte darauf geachtet, in diesem Chor aus schrillen und überschnappenden Linken die einzige konservative Stimme zu sein, und er hatte Erfolg damit.«

Jan nannte seine Kolumne »Der schwarze Kanal«. Haha. Wie komisch.

»Und er war voll dabei an diesem Abend, hat mitgefeiert, hat seine Ansprache zelebriert, die er wohl im Flugzeug auf Zettelchen notiert hatte und dann kaum entziffern konnte.«

Ja, an diesem Abend der Verruchten und Verfemten hatte sich Jan besondere Mühe gegeben, Rico als Rebell zu feiern und sich selbst gleich mit. Und an diesem Abend fiel Rico auf, wie sehr sich sein Freund in dieser Pose genoss, einerseits. Andererseits war er nicht besonders geistreich, ja fahrig, nervös, als ob er sich durch gefährliche Gewässer bewegte, aber er vertraute darauf, dass sein Prominentenstatus schon ausreiche, um Applaus zu ernten.

Aber waren sie nicht allesamt Gockel in einem Hühnerbetrieb?

Vor ihm sprach Klonovsky, ein Schriftsteller und Aphoristiker, der intellektuelle Kopf der Verfemten, der zu vorgerückter Stunde »Widerstand, Widerstand« intonierte, um ihn zu veralbern. Er rief »Widerstand«, wie Rico es auf einer Anti-Merkel-Kundgebung getan hatte vor dem Dammtor-Bahnhof in Hamburg, als er mit erhobener Kommunistenfaust in die »Widerstand«-Rufe der versammelten Hamburger Bürger einstimmte, eine ironische Referenz an seine eigene Jugendzeit, und an diesem Abend auf der Party war es ein ironischer Klonovsky, mit Zigarre und Weinglas in der Hand.

Dort, vor dem Dammtor-Bahnhof hatten sich dreitausend Antifa-Kämpfer versammelt, mit Trillerpfeifen, und auf mindestens die Hälfte von ihnen traf die Beschreibung zu, die er Alexander am Telefon von dem Typen bei Lidl gegeben hatte, vom Teenageralter bis Mitte zwanzig, Lederjacke, Palästinenserschal, gelangweilt, weil sie warten mussten, denn die Polizei hatte Wasserwerfer aufgefahren und Mannschaftsautos, um die »Kämpfer gegen Rechts« daran zu hindern, zur Kundgebung durchzustoßen und die versammelten knapp hundert Rentner, also die »Nazis«, zu vermöbeln, und dem antifaschistischen Widerstand ein weiteres Ruhmesblatt hinzuzufügen.

Als Rico sich kurz auf der Fußgänger-Brücke vor dem Bahnhof zeigte, riefen sie »Nazi, Nazi«. Einen älteren Herren hatten sie später erwischt und krankenhausreif getreten. Anderntags bedankte sich die schwergewichtige stellvertretende Bürgermeisterin bei den »antifaschistischen Demonstranten«, die mal wieder »klare Kante gegen den Hass« gezeigt hätten.

Diese Demonstration und seine Rede dort hatte Jan später in einer Spiegel-Kolumne als Grund genannt, dass er ihn, Rico, politisch nicht ernst nehmen könne, ja, dass er ein Fall für die Irrenanstalt sei. Ein halbes Jahr später forderte er selber den Rücktritt der Kanzlerin, in einer gepflegten Kolumne am Schreibtisch.

Nachdem sein Partytrubel sich verlaufen hatte, nahm sich Rico Zeit, die Geschenke in Ruhe zu mustern, die er nur flüchtig entgegennehmen konnte, die Bücher, den gerahmten Dürer-Stich der Apokalyptischen Reiter, das Trump-Spiel, die Gauland-Krawatte mit den Hunden, alles sehr ironisch oder anspielungsreich, vom Kenner für Kenner, wie eine Titanic-Kolumne hieß, und wie so oft hatte er das Bedürfnis, seinen Reichtum mit der Welt zu teilen, auf Facebook.

Er konnte einfach nicht widerstehen.

Hier muss zuungunsten Rico Hausmanns eingeflochten werden, dass er unbedenklich in die Öffentlichkeit ging, wie Millionen anderer Facebook-Nutzer mit ihren Katzen, Hunden, Geburtstagen. Er war laut. Wahrscheinlich lag es daran, dass er in seiner Geschwisterschar der Viertletzte von fünf Brüdern war und am lautesten schreien musste, um gehört zu werden. In seiner Internatszeit mit den Vierzig-Mann-Schlafsälen und den Massenabfertigungen beim

Essen hatte sich dieser Wettbewerbsdrang, der auch ein Leistungsdrang war, weiter vertieft und veredelt, und klar war er Kapitän der Fußballmannschaft und sein Trainer meinte, er könne es in die Oberliga schaffen – bis ihm Sex und Drugs und Rock 'n' Roll in die Quere kamen.

Nun aber hatte ihn sein Eigensinn aus der Gesellschaft hinauskatapultiert, denn er hatte ebenso lautstark und vehement all das vertreten, was zunehmend als pfui galt, er war seit einigen Jahren der Paria, und als er dort auf der Treppe zur Dachterrasse saß, inmitten der Geschenke, wollte er es denen zeigen, die ihn abserviert hatten, wollte zeigen, dass er verdammt noch mal lebte und vor allem, dass er tatsächlich noch Freunde hat und dass es eine spannende konservative Gegenkultur gibt. Hatte der Oberpunk Johnny Rotten von den Sex Pistols nicht recht, als er sagte: »Ich hätte nie gedacht, dass ich den Tag erleben würde, an dem die Rechten die Coolen sind, die dem Establishment den Mittelfinger zeigen, und die Linken die wehleidigen, selbstgerechten Trottel, die alle beschimpfen.«

Unter den Fotos, die er hochgeladen hatte, war auch jenes, das Mirko mit dem klampfenden Talkmaster zeigte, aber auch andere, auf denen Rico mit seinen ehemaligen Spiegel-Kollegen posierte, darunter auch Jan Fleischhauer, ein Selfie, alle grinsten.

Es dauerte nur eine Stunde, bis der Komiker Jan Böhmermann mit seiner Truppe von jungen Denunzianten und Fans Wind von der Sause bekam, vor allem aber davon, dass der Identitäre Mirko, der offenbar einen rechten Prominentenstatus hatte, ebenfalls mit von der Partie war.

Der antifaschistische Widerstand sammelte sich.

Ricos Geburtstag ging viral, denn der bleiche Böhmermann twitterte eine Anfrage an die Chefredaktion des Spiegels: »1. Hatte die Chefredaktion von DER SPIEGEL vorab Kenntnis von dieser Zusammenkunft und/oder davon, dass mehrere Mitglieder der Redaktion an dieser Feier teilnehmen? 2. Wie bewertet die Chefredaktion des SPIEGEL die Teilnahme seiner Redakteure an der Party, an der auch ein vorbestrafter Rechtsradikaler teilnahm?«

Der Tonfall machte klar: Hier lief eine Ermittlung an. Eine gegen Rico, eine gegen Rechts.

Waren die verrückt geworden?

Aus einer gelungenen Feier war plötzlich ein Albtraum geworden, ein Hexenkessel aus Verdächtigungen und Hysterien.

»Jan meldete sich noch in der Nacht«, erzählte er den beiden, »er rief vom Flughafen an, der schrie mich regelrecht an, ich hätte ihn hereingelegt.«

Es ging dem Idioten um die Aufmerksamkeit, die Ricos Geburtstag erzeugt hatte. Was für ein Arsch! Es war ein Zufall, dieses Foto, wie er ihm in einer seitenlangen Mail sofort anschließend schrieb, Katja allerdings zog besorgt ihr Gesicht in Falten. Und sie sollte reichlich Anlässe dafür geliefert bekommen.

Der demokratische Jagdeifer sprang auf die Bildzeitung über, die genüsslich die Anwesenden aufzählte, Quelle war Ricos Freund, der Bild-Kolumnist. So waren die Zeiten, kreuz und quer das Freundschaftsgeschlinge, links und rechts, tabu und okay.

Unter der Schlagzeile »Bestseller-Autor Hausmann feiert mit vorbestraftem Rechtsradikalen Geburtstag« war faktisch alles richtig und dennoch falsch.

Er hatte das Gefühl, als sei plötzlich alles mit einem

zähen Schleim überzogen, der ihm die Bewegungsfreiheit nahm. Als sei er Aliens zum Opfer gefallen. Ein Fangnetz war da über ihn und alle seine Freunde geworfen worden, und ihm wurde schwindelig. Er schnappte nach Luft.

Kurz darauf klingelte erneut sein Handy, der junge Spiegel-Ex-Kollege aus dem Medienressort, es ging um das Gruppenfoto der Kollegen, ob er das bitte löschen könne, bat er kleinlaut und verängstigt, er habe bereits Mails der Chefredaktion bekommen.

Sein gestandener Reporterfreund Alexander berichtete ihm später kopfschüttelnd, dass ihm von oben die Frage gestellt worden sei, ob es stimme, dass auf Ricos Fest das Horst-Wessel-Lied gesungen worden sei. Rico lachte. Tatsächlich hatte ihm einer seiner Freunde später das Partyfoto bearbeitet zugeschickt: Hinter Beckmann und Mirko, zwischen den Gästen, hatte er den »Führer« platziert, schmollend, in Uniform, wahrscheinlich verärgert, dass ihm Vegetarisches von einem nichtarischen syrischen Koch angeboten wurde.

Man konnte diesem Kollaps des Menschenverstandes, dieser hysterischen Antifaschismus-Beteuerung, dieser Lüsternheit am Herumwühlen in einer geradezu herbeigesehnten braunen Scheiße nur mit Parodie und Satire begegnen.

Das Horst-Wessel-Lied? Seine Antwort hieß: nein. Das letzte Mal, dass er das Lied gehört hatte, summend, war an jenem Abend in Manhattan, als ihn Rudolf Augstein besucht hatte, in seinem Stammlokal auf der Upper West Side – und der meinte es komisch, nach dem dritten Bier. »Rudolf, das kannst du hier nicht bringen, hier leben viele Juden«, hatte er gesagt.

Nun taten Rico die Freunde leid. Er hatte nicht mit diesem Orkan gerechnet.

Aber im antifaschistischen Kampf war sich die Nation einig. Da klumpte sich was zusammen, da qualmten die Bremsbeläge durch, da zog eine Gespensterparade auf, ein neurotischer Maskenball, eine Groteske wie auf den Bildern von James Ensor.

»Aber am widerlichsten war die Kolumne von Jan. Leute, ich war dreißig Jahre mit ihm befreundet, mehr oder weniger. Unsere Kinder sind im Krabbelalter zusammen aufgewachsen, die haben uns in Rio besucht und ich sie in New York, was soll der Scheiß? Ich hatte ihn unter meine Fittiche genommen, schreiberisch, Reportage konnte er überhaupt nicht, er war immer der verkniffene Anderthalb-Seiten-Schreiber in diesem überheblichen Spiegel-Sound, so von oben herab, den Enzensberger mal so wunderbar analysiert hatte … Vielleicht war er immer noch sauer, dass ich seine Frau vor ihm kannte und mit ihr befreundet war. Kein Wunder, dass sie sich von ihm getrennt hat. Was für ein Vogel!«

»Komm runter«, sagte Silke und tätschelte ihm das Knie. »Ich glaub ich mach dir jetzt wirklich mal einen Nerventee.«

»Ich glaube, den brauche ich jetzt wirklich«, sagte Rico und dachte wieder zurück an diese Nacht.

»Am nächsten Tag hat sich, ratet mal wer, Siggi Gabriel geäußert, der Ex-Vizekanzler, er warnte vor mir im Deutschlandfunk, also vor Leuten, die aus der bürgerlichen Mitte die Gesellschaft unterwandern.«

»Der sitzt im Aufsichtsrat der Deutschen Bank«, sagte Peer, »für Katar«.

»Echt?«, sagte Rico. Um höhnisch hinzuzusetzen: »Interessiert sich offenbar tatsächlich für Werte … Klar, dass so einer sich Sorgen macht darüber, wie ich die deutsche Demokratie ruiniere.«

Nach dieser Party dämmerte ihm, dass er nun tatsächlich toxisch war, endgültig für vogelfrei erklärt, ein Gesinnungsverbrecher, und alle halfen bei der Treterei mit. Auf Zeit online wurde er als Nazi bezeichnet, er war einer, der ausgeschaltet werden musste, und als dann dieses Musikvideo der Gruppe Egotronic auftauchte, bekam er Angst.

Auftragsmord

Es war ziemlich aufwendig gedreht. Ein regelrechter kleiner Spielfilm, in dem sein Geburtstag nachgestellt wurde. Übrigens schon das zweite der Art, offenbar gab Rico für die linke Szene mit seiner Wohnung an der Alster das perfekte Feindbild ab, und dieses zweite Video war zugespitzt.

Er zeigte es Silke und Peer auf seinem Handy.

Da ist eine Auftragskillerin, die mit einem ukrainischen Namen vorgestellt wird, sie erhält ihren Marschbefehl über Handy auf einer Parkbank. Sie erhebt sich, entfernt professionell die SIM-Karte aus ihrem Handy und schmeißt sie in einen Papierkorb und zieht los mit ihrem Geigenkasten. Enge schwarze Lederhose, schwarze Perücke, sexy, Lewtoschenko heißt sie ukrainisch, ihr Alias ist »Lady Death«.

Sie nannten ihr Lied »Kantholz«, nach jenem Prügel, mit dem ein AfD-Politiker einst niedergeschlagen worden war.

Dazu Gedröhne der Gruppe.

»Doch gibt es Gegenwehr ist das Geheule groß

(Geheule groß)
Was interessiert es mich wenn mal ein Rechter fällt?
(ein Rechter fällt, ein Rechter)
Das Schicksal von Nazis ist mir vollkommen gleich
Ich hoffe lediglich sie fallen nicht weich«
»Gott ist das pervers«, rief Silke.
»Wart ab, wird noch besser.«

Lady Death steigt in den Dachstuhl eines Hauses, entnimmt ihrem Geigenkasten ein automatisches Gewehr und beobachtet durchs Zielfernrohr Ricos Geburtstagsparty im Loft gegenüber oder das, was sich der Regisseur unter ihr vorgestellt hat. Schnitt aufs Fadenkreuz: sinnlos betrunkene Meute, albernes Gehopse mit Luftschlangen, schäumender Sekt. Aus dem Off das Indy-Gegröle.

»Hetzjagd? Erzähl doch keinen Scheiß

Seit über siebzig Jahren wird hier keiner mehr verfolgt Faschos im Parlament, in Talkshows und Nazis auf den Straßen

Man muss den Rechtsstaat walten lassen.«

Lady Death legt an, ein roter Laserpunkt erscheint auf Katjas Brust, Lady Death drückt ab, Katja bricht zusammen, danach ist Rico dran, Blut spritzt über die Wand, als er zusammenbricht. Oder ist es der Rotwein?

»Doch gibt es Gegenwehr ist das Geheule groß (Geheule groß)

Was interessiert es mich wenn mal ein Rechter fällt? (ein Rechter fällt, ein Rechter) …«

»Stellt euch mal vor, da hätte eine rechte Gruppe gesungen: ›Und fällt ein Linker, ist das Geheule groß …‹«

»Brennpunkte, Schlagzeilen, Aufstand der Anständigen«,

sagte Peer. »Und mindestens dreitausend Schwerbewaffnete in Einsatz.«

»Später schrieb mir einer, dass es sich bei dem Gewehr um ein echtes handelt, ein Präzisionsding aus britischer Produktion, ein L115A3 Gewehr, hergestellt von Accuracy International, und das war der Moment, als wir wirklich Angst bekamen, vor allem Katja, und dann sind wir zur Polizei gegangen.«

Das hier war eindeutig eine Morddrohung. Die junge blonde Polizistin mit den roten Wangen und dem Brillanten auf dem Nasenflügel war perplex, als ihr Rico das Video vorspielte und den politischen Zusammenhang erklärte.

»Also, so was habe ich noch nie erlebt«, sagte sie ratlos.

Sie telefonierte mit dem Staatsschutz. Umständliches Protokoll. Er hoffte für sie, dass sie nie zum Einsatz gegen randalierende Linke gerufen würde, zwei Jahre zuvor hatte der schwarze Block die Hamburger Innenstadt zu Kleinholz verarbeitet und das Schanzenviertel in Brand gesetzt und von einem Dach Steine und Betonplatten auf Einsatzkräfte fallen lassen.

In seiner Nachbarschaft waren Kleinautos niedergebrannt worden, die von kleinen Leuten gefahren wurden, Krankenschwestern, Kindergärtnerinnen.

»Es hätte Tote geben können, die wurden eindeutig in Kauf genommen«, sagte Rico, »die sind auch bei uns vorbeimarschiert, die kleine Elisa von unseren Nachbarn war beim Bäcker und wäre fast da reingeraten.«

»Ach du Scheiße«, sagte Peer.

Das Gewehr. Es war echt. Kein Nachbau, kein Filmutensil. Das hatte er dem Beamten gesagt, der ihm später

Auskunft über die Ermittlungen geben sollte. Rico hatte eine Vorgangsnummer zugewiesen bekommen und eine Telefonnummer, um nachzuhaken.

Als zwei Wochen verstrichen waren, rief er an und geriet an einen äußerst gelangweilten Beamten. Offenbar war gar nicht ermittelt worden.

»Wir können doch nicht alle Filmarbeiten überwachen«, sagte der.

»Aber Sie könnten die Waffe konfiszieren.«

»Auf welcher Grundlage? Aus ihr ist nicht geschossen worden.«

»Noch nicht«, brüllte Rico in den Hörer und legte auf, weil er spürte, hier kam er nicht weiter.

»Stellt euch vor, bei diesen Reichsbürgern, dieser Rentnertruppe, wäre statt einer Armbrust und ein paar Schwertern so eine Waffe gefunden worden.«

»Brennpunktsendungen, Leitartikel.« Peer wiederholte sich.

»Da hätte unser Staat wohl durchgedreht«, sagte Rico. »Da hätte es wie zu RAF-Zeiten großflächig Personenkontrollen und Hausdurchsuchungen gegeben, ganze Gesetzespakete und Notverordnungen wären erlassen worden, ihr habt das ja noch nicht mitgekriegt, da seid ihr zu jung, aber ich habe es erlebt. Diesmal im Kampf gegen Rechts.«

Ein paar Monate später waren sie hier hoch gezogen. Zu Peer und Silke an die Ostsee. Nach Ahrensfeld, in die Pampa, zu Schafen und Rindern und Gänsen und Birnbäumen und Reetdächern.

Es war so schön hier oben. Und es war sicher. Bis jetzt.

»Ist Richtung Flensburg gefahren?«, fragte Peer. »Dann

wird er ja an Habecks Wahlkreis vorbeigefahren sein, und an seinem Haus.«

»Vielleicht ist er gar nicht vorbeigefahren!«, sagte Silke.

»Das Zentrum des Bösen liegt im Angelland und es hat die Regierung übernommen«, meinte Rico sarkastisch. »Wer hätte das gedacht?«

»Was willst du unternehmen?«, fragte Silke.

»Was kann ich unternehmen?«, fragte er zurück. »Ich glaube nicht, dass die Landpolizei hier Kräfte einstellt, um einen Personenschutz zu organisieren, zumal es sich bei mir um einen handelt, der nicht hier verwurzelt ist.«

Das Reh

Nach zwei Stunden brach Rico wieder auf, um seine Radiosendung vorzubereiten. Auf der Rückfahrt warf er wieder einen Blick in jenen schmalen Feldweg zu den reetgedeckten Katen für Sommergäste. Der Toyota stand immer noch dort.

Plötzlich tauchte vor seinem Scheinwerfer ein Reh auf und starrte in seine Lichter. Er bremste scharf und geriet ins Schleudern. Das Reh sprang weiter, und der Motor von Ricos Automatik-BMW schaltete sich aus, erst mal durchatmen, er war geschockt. Er atmete heftig. Dann fuhr er weiter. Was für ein schönes Tier, dachte er, ein Bock mit kurzen Hörnern, hellem Bauch und einem weißen Spiegel, als es weiter sprang. Es kam aus dem dunklen Nichts und verschwand im dunklen Nichts. Seltsam, durchfuhr es Rico, wie sehr der Schock beiderseitig war, dieses Aufeinandertreffen von Natur und Mensch. Noch nie hatte er ein Wildtier angefahren. Jederzeit kann alles Mögliche passieren. Wir wissen nichts voneinander, Mensch und Natur. Und dann dachte er an den Vulkanausbruch auf jener fernen Insel im Pazifik, der, wie er gelesen hatte, das Klimaziel von 1,5 Grad gefährden würde. Die Natur macht, was sie will. Und wir, auf Anordnung, duschen kalt, um vorbereitet zu sein. Welche Sekte hat uns da im Griff und herrscht über unsere Albträume?

Jeder zweite Jugendliche, hatte er gelesen, glaubt an eine nahende Klimakatastrophe. Sie lieferten sich Schlachten, auch innerhalb der grünen Bewegung kam es zu Kämpfen wie einst in der Reformationszeit. Da kämpften Zwinglianer gegen Lutheraner und in Münster hatten die Wiedertäufer ihr Schreckensregime errichtet und waren überzeugt, dass die letzten Tage angebrochen waren. Nun hatte sich das Land erneut in Stämme und Horden zerlegt, und zwar, das war der Witz, im Namen des »Guten«. Zur Erreichung eines 1,5-Grad-Ziels, das die Welt vor einem apokalyptischen Brand retten sollte. Die Seherin, die allen die Panik empfahl, die nackte und unerbittliche Panik, war ein vierzehnjähriges Mädchen, das ein deutscher Bischof mit Jesus verglich.

Gerade hatte er Zolas »Lourdes« gelesen, eine Empfehlung seines Bruders, der seine Arztpraxis verkauft hatte und jetzt in seinem unfassbar schön gestalteten Garten an einem Waldrand täglich arbeitete. Er war fünf Jahre älter und ihm der nächste, ein Seelenverwandter, der »nach oben offen« blieb, offen für Wunder, wie es sein Freund Safranski immer wieder forderte, und dieser Bruder war offen, im Unterschied zu seinen übrigen Geschwistern, die seine AfD-Nähe ablehnten, die er aber ebenfalls liebte, was gab es anderes als Familie, das Halt versprach, die Eltern waren tot, nur mit ihm, dem Arzt im besten Sinne, konnte er sich offen austauschen in Momenten der Verzagtheit oder Niedergeschlagenheit. Er war kleiner als er, auf überwältigend sympathische Weise schüchtern, auch auf dieser vermaledeiten Party, er hatte sich früh verabschiedet, scheute gesellschaftliches Treiben, ganz anders als er selber, ein Tüftler und Schachspieler und Naturfreund, und er, Rico, er brauchte seine Nähe und Vertrautheit, und sie teilten das Interesse an Büchern, Büchern, Büchern.

Ja, Rico las viel in seinen ruhigen Alterstagen, die so ruhig gar nicht waren, die Beschränkung seines äußeren Lebensradius – statt aufregender Reportagereisen oder hysterischer Events in Abendgarderobe – füllte er sich wohl mit den inneren Abenteuern, die ihm seine Lektüre bot. Diesmal war sein Bruder in einer Zola-Phase, auch Zola ein Journalist, der mit der fotografischen Präzision der Beschreibungen seine Wirkung erzielte.

Wie innig der Agnostiker Emile Zola über die kleine Bernadette geschrieben hatte, dieses sanfte kleine hellwache Mädchen aus ärmsten Verhältnissen dort am Rande der Pyrenäen, das sich nach dem Rummel um ihre Marienerscheinung und dem folgenden merkantilen Glaubensbrausen – wie gnadenlos genau Zola diese Prozessionen der Kranken zur Grotte beschrieb, die Ausschläge, die Verkrüppelungen, die Armut der Hoffenden – verstört in ein Kloster zurückgezogen hatte und unter Schmerzen und jung starb.

Daneben sah er nun das wutverzerrte Gesicht der verwöhnten Göre aus Schweden, auch sie eine Entrückte, sie litt unter dem Asperger-Syndrom, aber der Unterschied konnte nicht größer sein. Prompt war ihr, die durch ihre Schulstreiks zu Prominenz gelangt war, eine Ehrendoktorwürde in Finnland verliehen worden. Von einer theologischen Fakultät, was Rico für einen unfreiwilligen Durchbruch zur Klarsicht hielt, denn das Mädchen, das ihre Vorhersage für das Weltende mittlerweile umdatiert hatte, wie es die Zeugen Jehovas in schöner Regelmäßigkeit taten, war theologisch unterwegs, mit ihrer Erlösungsvision, und die hieß Wut und Hass. Und damit schlug sie auch die Deutschen in Bann.

Er hörte den Deutschlandfunk. Natürlich wurde vor dem Rechtsterrorismus gewarnt, wo doch der Linksterrorismus mit den Schlachten um das Kohlerevier in Lützerath und die Klebeaktionen der »Last Generation« auf Straßen und Flughäfen die Öffentlichkeit in Atem hielten. Und da waren die Morde der Islamisten und die Mordanschläge der neuen grünen RAF, die doch viel eher die Beobachtung durch den Verfassungsschutz verdient hätten als die AfD in Bayern, wie er gerade hörte, weil dort einer Unsinn erzählt hatte.

Ja, die Deutschen waren erneut wahnsinnig geworden und wollten der Welt ein Vorbild sein. Vor allem aber, so schien es Rico, kämpften die Deutschen mit ihren bekannten Dämonen. Sie kämpften gegen Nazis, allerdings achtzig Jahre zu spät. Wie die Wiedertäufer, die Jagd auf Abtrünnige machten, so jagten die braven Deutschen ihre Nazis, die sich wundersamerweise vermehrten. Da war diese als Schwefelpartei verfemte AfD, die Alternative für Deutschland, die größte Oppositionspartei, die rituell als Wiedergänger-Organisation der NSDAP verunglimpft wurde.

Und sie spürten nicht, dass in all den Gleichschaltungen, in der Verächtlichmachung jeder Opposition, in all den Denunziationen schon längst die Dämonen der Vergangenheit in sie zurückgekrochen waren. Diesmal von der anderen Seite.

Ja, ganze Heerscharen an Teufeln krochen da zurück in die Seelen dieses Volkes, in die Kapillaren, die Blutbahnen, die Herzen und die Hirne.

Er fummelte am Sender herum, weil schon wieder Grönemeyer gespielt wurde, er konnte die gequasselten Songs dieses blonden Ruhrpott-Germanen weder verstehen noch ertragen, das war nun seine eigene private Cancel Culture. Im Übrigen ging ihm der Sportpalast-Auftritt dieses breitbeinigen Obersturmbannführers in Wien nicht aus dem Kopf, als er »den Rechten« androhte, kurzen Prozess mit ihnen zu machen, und Zigtausende hatten gejohlt wie bei eine Führerrede. Auch Udo Lindenberg, den Rocker gegen Rechts, konnte er nicht mehr hören, obwohl sie einst befreundet waren, er hatte zur Verleihung des deutschen Sprachpreises eine Laudatio auf ihn gehalten, allerdings hatte er in ihren Kontakten Politik und weitgehend auch Religion aus dem Spiel gelassen. Er hatte lustige Videoblogs mit Nuschel-Udo produziert, sein Freund Hasan hatte »Andrea Doria« mit ihm gesungen im Atlantic-Hotel.

Der Fall Stuckrad-Barre

Er konnte weder ihn noch den gemeinsamen Buddy Stuckrad-Barre verstehen. Die hatten ihre Latten doch eigentlich noch am Zaun. Die müssten doch längst wissen, dass dieses Land nicht von Rechten bedroht war, sondern vom Gleichschritt der woken Einpeitscher von links. Von den Irren, die behaupteten, Männer könnten gebären und Frauen Kinder zeugen, und denen von diesem Lügenäther, der über das Land gefallen war, auch schlecht werden musste.

Besonders sein Freund »Stucki« Stuckrad-Barre, der sich gerade von seinen Freunden im linken Mainstream als Held der #MeToo-Bewegung feiern ließ, müsste wissen, dass es längst nicht mehr an Respekt vor Frauen, oder vor Schwulen und Lesben mangelte, sondern an Wohnraum, der Immobilienmarkt in Frankfurt, das hörte er auf Kontrafunk, war praktisch zum Erliegen gekommen.

Es fehlte weiter am Respekt vor Hausbesitzern, die von der rechenschwachen Regierungsampel mit unsinnigen

Verordnungen enteignet wurden. Sahen die nicht, dass wir dringendere Probleme hatten als Genderkram? Sie hatten doch Humor. Sie waren doch Männer der Sprache. Die Verwendung von geschlechtsneutralen Pronomen wie »xier« oder »sier« müsste sie doch auf die Barrikaden treiben.

Er hatte Benjamin von Stuckrad-Barre kennengelernt, als er im Spiegel die Kultur verantwortete. Es war während der WM 2006, als er mit seinem Ressort zuschaute, wie Deutschland Argentinien wegräumte, und da landete dieser Nachruf über den Dichter Robert Gernhardt auf seinem Tisch. Rico, was nicht oft vorkam, vergaß den Fußball und las und war gefangen von dieser gleichzeitig schwingenden und trauernden Journalistenprosa, die Witz hatte, denn Robert Gernhardt war der Humorgroßmeister der deutschen Gegenwartsliteratur. Dann traf er ihn, Benjamin von Stuckrad-Barre, fast kahlgeschoren, seine Reha in der Schweiz lag hinter ihm, er war frisch und lustig, und Rico war sofort eingenommen von ihm und nannte ihn »Stucki«, wie alle. Er bat ihn sogar, sein Ressort zu verstärken, allerdings erfolglos, denn »Stucki« war an Springer gebunden und verdiente dort als Reporter für die angegammelte BZ ein Chefredakteursgehalt. Irgendwas, so sickerte durch, um die 400 000 im Jahr, da konnte und wollte der Spiegel nicht mithalten.

Er bewunderte Benjamins scharfen Blick für das verräterische Detail, sein absolutes Gehör für Slang und Verstellungen und er war absolut auf der Höhe der Zeit im Gegensatz zu Rico. Er war eine Generation jünger, ein Popliterat, der die Oberfläche der Konsumwelten scannte, er führte ihn ins Berliner Discoleben ein, ihn, den alten Sack, er hatte die Fünfzig schon hinter sich und sie freundeten sich an. Aber im Nachhinein fiel ihm auf, dass sein neuer Freund selten diejenigen abräumte, die nicht ohnehin schon abgemeldet waren. Er plantschte im Mainstream, als sei es der der Pool des Chateau Marmont auf dem Hollywood-Boulevard.

Stucki hatte vom Ruhm als erfolgreicher TV-Moderator geträumt, war aber mit seinem Polittalk in einem Nischensender gescheitert. Seine Show war eine lustige Blödelei mit Politikern der zweiten Garnitur. Er, Rico, hatte ihm zuliebe mitgespielt, als Beobachter vom Balkon, als Zwischenrufer, während unten Bartsch von den Linken von Stucki vorgeführt wurde. Lustig, lustig.

Aber warum nahm er sich nicht mal echte Zwölfender vor? Warum musste er noch einmal wie alle anderen auf Sarrazin herumtrampeln? Wie stolz er darauf war, dass er in irgendeinem Springerblatt als »TV-Moderator« geführt wurde!

Rico ahnte nun, und es lief ihm bei dieser Erkenntnis eiskalt den Rücken hinunter, dass auch sein ehemaliger Freund eigentlich nur ein angepasster und besonders raffinierter Systemling war und ehrgeizig bis zum Anschlag. Und dass er für den Ruhm alles und jeden zu opfern bereit war, ganz egal, auf welchem Parkett er gerade tanzte. Ob es nun ein Bekenntnisbuch über seine Kokainsucht war oder ein Quasselbuch mit Martin Suter. Alles egal, alles eine Soße.

Zu seinem Kokserbuch »Panikherz« hatte er ihm gemailt, dass es brillant geschrieben sei, aber ohne Herz. Der wohl intimste und damit verwundbarste und ehrlichste Moment darin war der mit seinem Vater am Grab der Mutter. Ansonsten wimmelte es vor Szenecoolness, vor ausgebrannten Langweilern wie Brett Easton Ellis, der einst hot war, und den er selber mal in seinen Glanztagen in den Achtzigerjahren kennengelernt hatte. Ihn und die anderen,

Jay McInerny, der verschwand, und Tama Janowitz, die einen texanischen Milliardär heiratete, ja, die ganz heißen Pop-Babys, die sich um seinen Schriftstellerfreund Harold Brodkey scharten auf dieser Party in der Disco in Manhattan Ende der Achtziger, die gestaltet war wie der Tresorraum einer Bank. Es war das Jahrzehnt, das Geld und Ruhm anbetete. Harold, der an der Great American Novel arbeitete, belächelte sie.

Auf seine Mail hatte er nicht geantwortet, warum auch, hatte er nicht mehr nötig, seine Rezensenten-Buddys hatten das Buch auf den Spitzenplatz der Spiegel-Bestsellerliste katapultiert. Allerdings war es gut geschrieben, seine Fans liebten ihn dafür, seine Lesetour war ausgebucht. Er präsentierte seine Suchtkrankheit als großartige Unterhaltung, selbst die Niederlagen wurden zum Sunset Boulevard. Nebenbei drosch er mit unangenehmer Härte auf seinen Vater und das von ihm verkörperte provinzielle und protestantische Spießermilieu ein.

Früher, auf einem von Stuckis Geburtstagen, war Rico mit Mathias Döpfner ins Gespräch gekommen und hatte ihm, im Lärm der Dachpool-Bar eines angesagten Szenehotels in Berlin-Mitte signalisiert, dass er den Spiegel nun ernsthaft verlassen wollte, nachdem schon Jahre zuvor an ihm gebaggert worden war. Politisch stimmten sie überein. Sie waren, nun, regierungskritisch.

Dass Stuckrad-Barre den Springerchef und einstigen Freund, der ihn mit abenteuerlichen Gehältern an den Konzern gebunden hatte, nun eiskalt verriet, fand Rico zum Kotzen. Aber so war die Branche wohl, seit Balzacs Tagen, seit der junge Lucien de Rubempré in dem Roman »Verlorene Illusionen« aus der Provinz nach Paris kam, dort zum

Star der Feuilletons aufstieg, sich allerdings eines Tages mit einem falschen Zwölfender anlegte und über Nacht hinausgestoßen wurde ins Nichts.

Verrat und Häme und Rachsucht und Schadenfreude gab es, seit es die Presse gab. Er, Rico, konnte ein Lied davon singen.

Döpfner hatte mit der Bild zumindest unter Reichelt einen regierungskritischen Kurs gefahren, er verteidigte ihn gegen Stucki, er textete, dass Julian »der Einzige im Lande sei, der sich noch mutig gegen den »neuen DDR-Obrigkeitsstaat« zur Wehr setze. Fast alle anderen seien »Propaganda-Assistenten«. Stucki hatte diese SMS in die Öffentlichkeit durchgestochen und Döpfner damit fast exekutiert. Dabei hatte Döpfner vollkommen recht. Warum tat Stucki so was? Winkte er seiner Szene-Ecke zu, dass er auf der richtigen, der linken Seite stand? Es war VERRAT, und zwar großgeschrieben.

Auf sein »Panikherz« hatte er nun diesen Roman »Noch wach?« folgen lassen, dessen Kapitelüberschriften auf Instagram von über siebzig Prominenten vorgetragen wurden. Er war so gut vernetzt! Ein Marketing-Genie. Und nun schaute er Rico vom Spiegel-Titel an. Wie ein Filmstar. Oder ein Weltfußballer. Kampfentschlossen. Rico sah in die kalten Augen eines Kopfgeldjägers.

Da er sich nicht an den genauen Wortlaut von Döpfners SMS erinnern konnte, die Stucki durchsickern ließ, fragte er ChatGTP und wurde selbst von dieser digitalen linkslastigen Hure zurechtgewiesen: »Als künstliche Intelligenz habe ich keinen Zugriff auf persönliche SMS-Nachrichten zwischen individuellen Personen. Darüber hinaus ist es nicht angemessen, private Korrespondenz ohne Zustimmung der beteiligten Parteien zu offenbaren. Es ist wichtig, die Privatsphäre und den Datenschutz zu respektieren.«

Er hatte sich den Wortlaut dann aus dem umfangreichen Spiegel-Gespräch geholt, Stucki in weißen Socken, dünne Längsstreifen, irgendwas richtig Cooles, darauf kam es an. Pop goes mainstream. Pop war immer mainstream. Pop wollte Glamour und Ruhm. Jetzt tatsächlich auf dem Cover – aber hatte er denn nicht begriffen, dass der Spiegel von heute im Vergleich zu den Tagen, als wir uns kennenlernten, nur noch eine Art Bravo für schwer beschränkte woke Idioten war, ein Nischenmagazin für linksgrüne Lehrer, kurz eine Lachnummer. Und er war jetzt der Held dieser Lachnummer. Total die falschen Fans, Stucki!

Ein »#MeToo-Roman«? Den ausgebeuteten Frauen eine Stimme? Lachhaft. Rico hatte Stucki nie in dieser Rolle erlebt. Er wollte auch nicht daran glauben, dass Stucki sich selber diese Nummer abnahm, so weit konnte seine selbstverliebte Verblendung dann doch nicht gehen. Er war ein Zyniker durch und durch. Im Übrigen hatte sogar ein woker Spiegel-Chefredakteur eine Affäre mit einer seiner Redakteurinnen, nicht gerade einer Hochtalentierten aber Schönen, ein Redakteur aus seinem Ressort nannte sie eine »siamesische Tempelkatze«, hahaha, allgemeines Gelächter, Treffer. Die beiden haben geheiratet.

Nun las er neben Stuckis selbstgefälligem Killergesicht auf dem Spiegel-Titel die Ankündigung einer weiteren Enthüllungsgeschichte: »Machtmissbrauch. Wenn Professoren Studierende ausbeuten«. Studierende. Genderdeutsch Hochverrat für jeden, der noch ein Gefühl für Sprache hat. Sie wird hier auf dem Altar politischer Korrektheit geschlachtet und geopfert. Das war aus dem Spiegel geworden. Nun gut, Stucki, du wolltest es ja nicht anders. Aber vielleicht war es dieses abgekartete Spiel, das unser Stucki von Anbeginn wollte: den Verrat, der doch immer auch ein Selbstverrat ist. Rico hatte Stuckrad nie als unabhängigen politischen Kopf erlebt. Politisch meinte er, was alle meinten, nur ein bisschen lustiger oder höhnischer, ihn interessierte die Oberfläche und der Schulterschluss mit seiner Szene. Etwa wenn Deutschland für ihn nicht mehr ist als, wie er in seinem neuen Buch schreibt, »Bier, Schäferhund und Hitlergruß«. Oder einfacher: nicht cool. Cool ist das Chateau Marmont in LA, mit dem auch »Noch wach?« einsetzt, lauter entsetzlich lustige verrückte Künstler und Kiffer rund um den Pool, den ich eher ranzig erlebt hatte, obwohl ich in den Achtzigern dort mal gemeinsam mit Sean Penn und Madonna eincheckte.

Heiner Müller

»In Zeiten des Verrats ist die Landschaft schön«, schrieb Heiner Müller in seinem Stück »Der Auftrag«. Rico mochte den alten Zyniker Müller, dieses Rumpelstilzchen mit dem Kopf eines Voltaire, der dem DDR-Terror dadurch auswich, dass er sich verrätselte. Ein völlig desillusionierter Kommunist. Obwohl sie politisch extrem weit auseinanderlagen, verstand er sich prächtig mit ihm. Immerhin zitierte er Ernst Jünger, während sie 1990 in seiner Hochhaus-Platte am Ostberliner Zoo den Volkskammerwahlen im TV zuschauten. Spartanisch eingerichtet. Ein Tapeziertisch mit Manuskripten und Büchern. Bücherstapel auf dem Boden, kein Sofa-Quatsch, wir saßen in Liegestühlen wie es sie in Rimini am Strand gab und tranken vierzig Jahre altem Whisky. Müller hatte wie Jünger einen kosmischen Blick auf die Menschheitsgeschichte. Während der Wende hatte er sich ins Deutsche Theater zurückgezogen und probte den Hamlet. Seine Inszenierung begann mit

Stalins Beerdigung und endete in der glühend roten Beschleunigung bei Ankunft von Fortinbras' Heer im neuen kapitalistischen System. Was hätte er gesagt zur grünen Junta? »In Zeiten des Verrats«, heißt es weiter im »Auftrag«, »ist es eine revolutionäre Tat, die Wahrheit zu sagen.« Wie Jünger war auch Müller ein Partisan hinter den Linien, ein Waldgänger. Er hatte Jünger gelesen, statt ihn mit einem Tabu zu belegen, wie es die Dummen von heute tun, er, der sein Leben und sein Werk an eine kommunistische Utopie geknüpft hatte, die in eine lange Geschichte des Verrats und des blutigen Terrors umgeschlagen war, und die schließlich in ein Biedermeier des Verrats ausgelaufen war, in eine banale Diktatur, die sich auf Spitzel und Verräter stützte. Und er hielt an der Utopie mit aristokratischem Trotz fest, weil sie zumindest als Einspruch noch zu taugen schien.

In Zeiten des Verrats übersieht man Verfemungen von Dissidenten während der Pandemie, oder Wasserwerfer-Einsätze oder prügelnde Polizisten, denn die Landschaften sind schön, und unser Stucki in LA hatte darauf geachtet, lustig zu bleiben, und ein Plauder-Buch mit Martin Suter produziert.

Ist eine Gesellschaft nicht komplett verloren, deren Utopien auf das Erreichen eines Klimaziels heruntergekommen ist, fragte sich Rico? 1,5 Grad als erbärmliche Erlösungshoffnung?

Selbstverständlich ließ sich auch der Stern den Generalangriff auf den Konkurrenten Döpfner nicht entgehen und schrieb über die »Radikalisierung« des Springerchefs, der zum Zwangsregime während der Pandemie, die nahezu sämtliche Grundfreiheiten mit Notverordnungen abbaute:

»Das ist das Ende der Marktwirtschaft und der Beginn von 33.« Der Stern, wie auch die Zeit, brüsteten sich geradezu mit diesen Trophäen des Vertrauensbruchs.

Rico ekelte das an. Döpfner mochte zugespitzt haben, wie es im Handwerk üblich ist, aber er war Journalist durch und durch. Dagegen schrieb der ehemalige Spiegel-Mann und Stern-Chefredakteur Gregor Peter Schmitz zum Hinrichtungsartikel seines schwächelnden regierungstreuen Blattes: »Es geht ums Prinzip«. Aha. So ist unser Betrieb, dachte Rico verbittert, als er die Zeilen las – Bigotterie, Regierungshörigkeit, Verrat.

Tausende von Verfahren laufen weiterhin gegen Ärzte, die Atteste verschrieben hatten, oder auf andere Weise gegen die Impfpflicht verstoßen hatten, das alles selbst noch, nachdem sich die Masken als unbrauchbar und die Impfung als wirkungslos, ja sogar gefährlich erwiesen hatte. Pure Rachejustiz einer außer Rand und Band geratenen Staatsmacht. Kein Wort dazu von »Stucki«, er war auf anderes aus: er wollte Julian Reichelt zu Fall bringen. Weil der genau diese Themen in den Fokus nahm. Und da ihm das offenbar mit seiner durchgestochenen politischen Mail Döpfners nicht gelungen war, nahm er sich nun die »#Me-Too«-Masche vor und verriet seinen Freund erneut, bis sich das Haus von Julian Reichelt trennte.

In seinem Hinrichtungsbuch »Noch wach?« nutzte Stucki die Stilmittel, mit denen Jack Kerouac einst seinen atemlosen Trip durch Amerika gemeinsam mit Ginsberg und Burroughs versetzt hatte: Erregung und Tanz. Damals eine 40 Meter lange Papierbahn, die da durch die Schreibmaschine lief, bloß nicht absetzen, ein Endlosstrom aus Ekstase, Liebe und Geständnissen, in Versalien ausgestoßene

Rufe und FREUDE am Leben, und TEMPO und TAUMEL und Kämpfe und Sucht und die SUCHE NACH SINN dieser verlorenen Nachkriegsgeneration.

Aber Jack Kerouac, dem Katholiken und Buddhisten, ging es um die Wahrheit der Beatgeneration, nackt bis auf die Knochen, hier in Stuckrad-Barres Zeilen dagegen roch man nichts als Gegrinse und Gucci, hier sah Rico all diese rhetorischen und optischen Manöver der Ausrufezeichen und Großbuchstaben im Dienst eines Großverrats, es war, als hätte Judas Kerouacs Schreibmaschine übernommen.

Rico hatte Stucki einst zu einem seiner Geburtstage ein Exemplar von Kerouacs »On the Road« geschenkt, in der Hoffnung, dass es ihn entzünden und ihn aus seiner Dauerironie befreien könne, es trug die Autografen von Ginsberg und Burroughs, und Stucki als Mundstück der Nachgänger-Generation verstand, dass es wirklich ein großes Opfer war, das Rico ihm brachte, er nickte ehrfürchtig und dankbar. Rico hatte die Beats auf einem Festival der Counterculture zwanzig Jahre nach dem »Summer of Love« getroffen. Diese uralte Taschenbuchausgabe war eine Reliquie. Nun entschloss sich Rico, sie zurückzufordern, das Buch war völlig entweiht worden durch einen, der es fledderte. Für einen großspurigen Verrat. Für die Lüge.

Rico graute beim Lesen der Passagen des gerade erschienenen »Noch wach?«-Schmökers über den Springer-Vorstandschef Mathias Döpfner mit all diesen fadenscheinigen »#MeToo«-Begründungen für seinen Verrat an ihm, er erschrak geradezu über die Heldenpose, die sich Stucki da erschlich und über die Gnadenlosigkeit, mit der er eine Freundschaft opferte, deren Innigkeit er so beschrieb: »Vielleicht war er sogar mein allerbester Freund, wenn ich darüber nachdenke. Meine Güte, was hatten wir schon zusammen alles durchlitten, wie oft einander gerettet oder wenigstens beigestanden. In amourösen, medizinischen, familiären und anderweitig fundamentalen Kippmomenten waren wir einander seit Jahren die treuesten Flugbegleiter gewesen, wir konnten uns vollkommen aufeinander verlassen. Eigentlich waren wir uns erst dadurch so nahegekommen: durch und in Krisen. So richtig eng waren wir miteinander geworden ... das waren private Sachen, wirklich existentielle Weggabelungen, an denen wir uns getroffen hatten und deren Überwindung wir dann gemeinsam, im Abgleich, geschafft haben, bis zur nächsten, und die dann auch und weiter.«

Das alles geht dem Erzähler durch den Kopf während einer gemeinsamen Fahrt den Pacific Coast Highway hinauf nach San Francisco, auf der er sich bereits über den »Freund« lustig macht wegen dieses Angeber-Trips ins Silicon Valley, wo sie plötzlich alle Hoodies tragen und verwaschene Uhrarmbänder, wilde Truppe auf der Suche nach der neuen digitalen Zeit.

Mit in der Autokolonne ist der verhasste Bild-Chefredakteur, hier offenbar Reichelt in einem großen Hummer, der ständig mit seinen Kriegsabenteuern angibt, das Ganze soll ein Imagefilm werden. Also der Mann, der seiner Angestellten diese anrüchige »Noch wach?«-SMS geschickt haben soll. Und da sein »bester Freund« zögert, gegen ihn vorzugehen, und Namen haben möchte, die ihm Stucki vorenthält, da er sich also weigert, den Kerl sofort zu feuern, bricht Stucki die Freundschaft?

Ein paar Seiten später begleitet er den »Freund« auf die Baustelle des neuen Springerhauses, kommentiert die

Schlagzeile »Jetzt wird's schmutzig« auf der Videowand gegenüber. Künftig würden sie »direkt von hier aus ihren Fernsehdauerparodiemüll senden können«. Da ist er zwar immer noch »Freund des CEO«, aber der Betrieb, von dem er zehn Jahre lang gut gelebt hat, ist nun eine einzige Jauchegrube, mit der er nichts mehr zu tun haben will. Was er dort verdient hat, war nichts als »Schmerzensgeld«. Er betreibt seelische Geldwäsche, er distanziert sich. Nur um sich in weißen Söckchen im Spiegel fotografieren lassen zu können. In einem Spiegel, der heute vielleicht noch gerade den Coolness-Faktor der »Frau im Spiegel« hat.

Selbst Stuckis Kalauerei sinkt auf ein erbärmliches Niveau. In der Baustellenszene erklärt der Bauleiter die Grundidee: »Das Atrium!«

»In Anlehnung an das Silicon Valley!, ruft mein Freund strebsam dazwischen«, er nennt ihn immer noch Freund, »als sei er Adalbert der Schwätzer.«

Ich bin sicher, dass Stuckrad-Barre nie den großartigen »Nachsommer« von Adalbert Stifter, dem Künstler, gelesen hat. Der eben gerade nicht schwätzte, das war seine Kunst.

Und wieder dachte Rico an Kerouacs »On the Road« – die Beats hatten sich unterhalb der Armutsgrenze durchgeschlagen und das Wunder des Lebens gefeiert, sie haben als Eisenbahner geschuftet, in Spelunken gesoffen, Speed eingeworfen, Heroin gedrückt, Frauen betrogen, kreuz und quer geliebt und in windschiefen Kleine-Leute-Häuschen geschrieben und nicht auf den Seychellen – nicht von ungefähr landen in der Eingangsszene seines »Enthüllungsromans« vier Schreibmaschinen im Pool des Chateau Marmont. Stucki hört's lustig platschen. Weg mit dem rückständigen Mist.

Die Beats waren nicht salonfein, nicht Pop. Sie waren Schreibmaschine.

Diese rasend selbstverliebten Popkönige in ihren weißen Söckchen dagegen, die wiederum in blütenweißen Sneakers stecken, haben ihre iPads, auf denen sie herumwischen. Alles nicht so ernst nehmen. Außer eben den Verrat, der sich den Musketiermantel der guten Sache überwirft, für die Frauen, gegen Rechts. Hatte Stucki vergessen, wie kaltschnäuzig er seine Freundin aussortiert hatte, nachdem sie ihren gemeinsamen Sohn zur Welt gebracht hatte? Sie war danach abgemagert zu einer Bohnenstange. Wie hatte Rico auf ihn eingeredet und die Vaterschaft das absolut Größte genannt, was einem Mann widerfahren konnte und dass Söhne ihre Väter brauchen.

Nun hatte Rico ja seine eigene Verratsgeschichte erlebt, aber diese hier überbot seine mit Jan Fleischhauer bei Weitem. Sie war an Bösartigkeit nicht zu überbieten.

Wie sagte Stucki in seinem Quatschbuch mit Suter, man soll nicht alles so ernst nehmen? Vielleicht nahm Rico das alles tatsächlich zu ernst. Aber es gab auch andere wie ihn und immer mehr. Da war zum Beispiel Nena, die Rico bei einem Black-Sabbath-Konzert in der Waldbühne getroffen hatte. Sie sagte vernehmbar »Nein« während der sogenannten Pandemie und riskierte damit, in die Ecke der Halbirren geschoben zu werden. Auch Jan Josef Liefers, der Fernsehstar mit DDR-Vergangenheit, zeigte, dass er ein ganzer Kerl war und wusste, wann man blödeln konnte und wann es ernst wurde. Mittlerweile fand auch Til Schweiger, der Star, der unser Stucki auch außerhalb des China-Grills so gern wäre, diese repressive Junta aus Dilettanten zum Kotzen und sagte es öffentlich.

Aber nun, da Döpfner angeschlagen war, trat ihm Stucki ins Kreuz. Ausgerechnet er, der seine neue, cleane Bescheidenheit in einem Rehab-Programm als Reporter für die BZ testen durfte. Ich hatte ihn da besucht im schäbigen Großraumbüro gegenüber der Gedächtniskirche, und er imponierte mir, wie er dort ganz kleine Brötchen buk. Von seinem Gehalt hatte ich keine Ahnung.

Was war nur aus ihm geworden? Ein jetzt doch stark rückfallgefährdetes Großmaul, Illustriertenfutter, der reichlich leichtsinnig mit Beuteln von Weed und Silbertabletten zum Ziehen in seinem Zimmer im Chateau hantiert. Rico hatte den Eindruck, dass sein Stucki völlig von der Rolle war in seinem Buch. Dazu passte, dass mir ein Freund aus Lindenbergs Band lachend erzählte, wie sich Stucki nach dem Erfolg seines »Panikherz« Star-Allüren zulegte. Da war der Aufstand in der Paris-Bar, weil ihm der filetierte Fisch ohne Haut serviert wurde. Oder wie er seine Kabine in Udos Rockliner Rockstar-mäßig zertrümmerte und den Fernseher aus dem Fenster werfen wollte – der allerdings nicht durchs Bullauge passte. Er wurde an Land gesetzt.

Stucki wollte sich in Sicherheit bringen mit seinem Enthüllungskracher und auf die Seite der politisch Korrekten schlagen – ihm war klar, dass der Springer-Konzern ein reichlich gnadenloses Biotop war, Rico hatte es am eigenen Leibe erfahren. Er war wegen eines sarkastischen Tweets in der Nacht des Bataclan-Massakers von dem Welt-Herausgeber Jan-Eric Peters, einem dieser glatten Managertypen, die in den Journalismus eingedrungen und ihn übernommen hatten, zum Abschuss freigegeben worden. Da fehlte sein Freund Stucki, da duckte er sich in die Furche.

Alles, was später als Kündigungsgrund gegen Rico angeführt worden war, basierte auf der Behauptung des Welt-Chefredakteurs Ulf Poschardt, dass Rico ihn und den Bild-Chef Kai Diekmann bei einem Zusammenstoß vor einem Konferenzraum als Arschlöcher bezeichnet hätte. Offenbar war die von Peters angedrohte Kündigung bereits vorbereitet, in seinem Buch »White Rabbit« hatte er den Vorgang erzählt. Innerhalb einer halben Stunde nach jenem Treffen ging seine Kündigung über die Nachrichtenagenturen. Es war besser so. Gut, dass er dort raus war. Sein Leben als Journalist hatte an Qualität gewonnen – nichts geht über das freie Wort! Er war raus aus dem Betrieb. Wie sagte sein Freund Klonovsky so treffend: Ausgegrenzt lebt es sich besser als eingegrenzt.

Kai Diekmann und andere

Dabei hielt Rico Diekmann, den er einst bei sich zu Hause bewirtet hatte, um ihm und seiner Frau sein ARD-Feature »Oh Gott« über den Glauben vorzuführen, im Nachhinein wirklich für ein Arschloch. Der hatte Rico, als er nach der Kündigungsdrohung durch Peters auf dem Boden lag, hinterher gewittert, dass er ihn, Rico, »eklig« fände, um sich an der Spitze der gegen ihn aufbrechenden Meutengehässigkeit zu setzen.

Dabei hatte der gute Kai zu Zeiten, als Rico Spiegel-Kulturchef war, regelrechte Bücklinge vor ihm gemacht. Hatte ihm sogar das Manuskript zu seinem Buch über die Achtundsechziger geschickt, zur Begutachtung, also zu Zeiten, als der Spiegel noch ernst genommen wurde, es war abgrundtief schlecht, und Rico hatte sich ratlos an seinen damaligen Freund Frank Schirrmacher gewandt, der ihm riet, höflich abzusagen. Rico solle ihm schreiben, er sei nicht an diese kurzen Sätze gewöhnt, das müsse ein anderer bearbeiten. Schirrmacher, der sich im Übrigen über den »intellektuell sehr schlichten« Diekmann stets lustig gemacht hatte. So war die Branche, so waren ihre Akteure, so war ihr Doppelton. Verrat ist so etwas wie die Betriebstemperatur.

Und nun hatte der gute Kai seine eigene Erfolgsgeschichte verfasst unter dem Titel »Ich war Bild«. Seine dort beschriebene Großtat, die der Spiegel vorabdruckte? Sie bestand aus der Veröffentlichung einer Sprachnachricht des in die Bredouille geratenen damaligen Bundespräsidenten Wulff, den er zuvor geradezu devot mit Hofberichterstattungen umschmeichelt hatte. »Hai oder Hering«, schrieb er, »ich gehöre eher auf die Seite der Haie.« Verrat, der sich als demokratische Pflicht aufspielte.

Diekmann hatte Refugees-welcome-Buttons in der Bild gepflastert, selbst auf der Regierungsbank wurden sie getragen, und nun schrieb er Memoiren unter dem Titel: »Ich war Bild«? Nein, das warst du eben ganz und gar nicht, Kai. Die alte Bild hätte sich der Regierungspropaganda widersetzt. Sie hätte über die Flurschäden berichtet, die die spontane Grenzöffnung der Kanzlerin im Volk angerichtet hatte. Sie wäre nicht stolz gewesen darauf, von der taz Beifall zu bekommen. Kai ernüchterte erst, als er selber mit großer Geste einen Syrer mit seinen zwei Söhnen in seiner Villa untergebracht hatte. Der Flüchtling saß offenbar wie ein Pascha den ganzen Tag auf der Couch, bestand auf Taxifahrten zum Amt und rührte ansonsten keinen Finger und beschwerte sich darüber, dass Kais Frau Katja Kessler, auch sie einst seine Redakteurin, halbnackt durch die Wohnung lief, weil es nämlich ihre Wohnung war. Seine Söhne schickte er in eine islamistische Schuleinrichtung. Er setzte den Kerl bald wieder an die frische Luft. Indessen verlor Bild, das zum Regierungsorgan geworden war, Leser zu Hunderttausenden. Die Zeitung blutete regelrecht aus unter ihrer regierungsfrommen Lüge.

Seither war die Republik zu einem Tollhaus geworden, zu dem Bild schwieg. Das Blatt schwieg zu den Messermorden, den Terroranschlägen, den Vergewaltigungen, den Diebstählen, den raffinierten Plünderungen des deutschen Sozialstaates mithilfe eifriger NGOs und Sozialarbeiter. Und die alte Republik hatte sich, seit die wurschtige Kanzlerin von der grünen Junta abgelöst worden war, tatsächlich in einen DDR-Obrigkeitsstaat verwandelt. Einheitsparteien mit Einheitspresse und einer Klimareligion, die jeden staatlichen Eingriff rechtfertigte. Deutschland war nicht mehr wiederzuerkennen. Kein Wort dazu, auch nicht von Stuckrad-Barre. Erst mit Julian Reichelt erhöhte sich wieder der Pulsschlag dieses einst wirkmächtigen Massenblattes, nämlich als Kontrolle der Regierung, als Mundstück ihrer Leser, der kleinen Leute, der Baubuden und Kneipen, die ihren Protest nirgendwo sonst artikuliert sahen. Drei Viertel der Menschen im Lande hatten Umfragen zufolge Angst ihre Meinung zu sagen. Viel zu tun für einen kritischen Journalisten, sollte man meinen.

Aber es gab ja viele Stuckrads, die sich kritisch gerierten und gleichzeitig die Ohren anlegten. Etwa den Brutalo-Komiker Kurt Krömer, der selbstverständlich für Stuckis Buch Reklame machte – wie Caren Miosga und viele, viele andere Gesichter der öffentlich-rechtlichen Anstalten. Ausgerechnet Krömer, dessen jüngste Show darin bestand, seine Gäste in ein Verhörzimmer vorzuladen, um sie öffentlich fertigzumachen, erfüllte damit – offensichtlich ohne es zu merken – das, worin er seine Aufgabe sah: Die Überführung von Dissidenten. Seine Show war ein schieres Gehässigkeitsprogramm, früher fand sie im Theater am Schiffbauerdamm statt, dem Brecht-Theater, und Rico, der Krömer in einer Talkshow kennengelernt hatte, hatte seiner dritten flehentlichen Einladung schließlich nachgegeben. Überdies wollte er ein bisschen Reklame für seine gerade erschienene, eher zarte Weihnachtsnovelle machen. Er sah sich dort in den Scheinwerfern des Theaters einem verrohten und amüsierwütigen Publikum zum Fraß vorgeworfen. Krömer führte ihn ein mit den Worten »Ich habe gehört, Sie sind ein Arschloch.« Gejohle im Berliner Publikum. Gleichzeitig hatte Krömer versucht, sich mit einem Buch über seine eigenen »Depressionen« auf die Opferseite zu schlagen. Es gelang ihm tatsächlich, er kam damit auf die Spiegel-Bestsellerliste. Hat er sich mal Gedanken gemacht, was er in denen anrichtete, die er hinrichtete? Humor als sadistische Arena-Unterhaltung.

Wie seltsam, dass Stucki nicht wie Rico fühlte. Er musste doch sehen, wie sehr hier alles falsch lief. Einen Skandal wie den um Hunter Biden, den drogenbenebelten und von ukrainischen Großunternehmen finanzierten Präsidentensohn und sein »Notebook from Hell« mit den Nacktfotos von kleinen geschminkten Mädchen, hätten sich Magazine wie Stern oder Spiegel früher nie entgehen lassen, diesmal blieben sie stumm. Auch Stucki, der doch die amerikanische #MeeToo-Szene so abfeierte in seinem Buch. Aber, ohne es zu ahnen, war Stucki längst ins Krömer-Lager gewechselt, in dem Charakter nur noch als Spaßbremse erstanden wurde.

Dass er nicht wie Rico einfach zu stolz war, sich zwingen zu lassen, dieser grünen Sekte und ihren Kulten Referenz zu erweisen. Rico kam sich bisweilen vor wie Büchners Lenz am Beginn seiner Nachtfahrt ins Irresein, als er ins Hochgebirge stieg. »Müdigkeit spürte er keine, nur war es ihm manchmal unangenehm, dass er nicht auf dem Kopf geh'n konnte.«

Aber der Verrat war längst in die Blutbahn auch der jüngsten Journalisten geraten, die konditioniert waren, Ausreißer aus der Meute zu stellen. Als sein letztes Buch »White Rabbit« erschien, in dem Rico mit dem Betrieb abrechnete, mit einem Journalismus, der sich als kritische vierte Gewalt komplett aufgegeben hatte, meldete sich ein ehemaliger Praktikant, der nun bei der Zeit arbeitete. Auf Zeit online hatte Rico zuvor seinen eigenen Weg vom Maoisten zum Konservativen beschrieben, von links nach rechts also, ein Stück, das ihm Sympathien eingebracht hatte, weil er sehr offen und sehr biografisch über Tiefen und Höhen aus seinem Leben erzählte. Dieser Junge nun, ein leicht rachitischer stiller Lächler, den Rico einst unter seine Fittiche genommen hatte, weil er ihn mochte, behauptete, er wolle ein Porträt anlässlich seines neuen Buches schreiben. Rico ließ ihn arglos an sich heran, schließlich schien die Zeit nun Wiedergutmachung zu versuchen.

Er nahm den Jungen mit auf die Lesung in einem Salon in Köln, er gab ihm auf Verlangen die Telefonnummern seiner Brüder, er lud ihn zu sich nach Hause ein, wo er mit ihm einen »Bericht aus Berlin« schaute, für den er interviewt worden war, familiär und freundschaftlich das Ganze. Er verzichtete sogar auf Anraten seiner Familie auf die Vorlage zur Verifizierung von Zitaten, denn die fand ihn so nett und meinte, Rico dürfe ihn nicht einengen.

Als er schließlich die Zeit mit dem Artikel aufschlug,

traf ihn der Schlag: Auf einer Doppelseite, unter dem Titel »Überwerfung«, las er nichts über sein Buch, dafür aber eine gehässige Suada über den durchgeknallten einstigen Spiegel-Kulturchef, den eine frühere Redakteurin als immens gebildet, aber »dämonisch« beschrieb. Der Junge hatte ihm verschwiegen, dass er mittlerweile mit einer Spiegel-Ressortleiterin verheiratet war, wo es offenbar noch offene Rechnungen zu begleichen gab. Er fragte ihn, Malte Henk sein Name, später einmal am Telefon, ob er sich nicht schäbig vorgekommen sei, Ricos Vertrauen zu erschleichen mit der Gewissheit, ihn hinzurichten. Er sagte: »Doch, ein bisschen schon.« Ein bisschen Verrat muss sein.

Fast täglich telefonierte er mit Alex über die totalitären Allüren der grünen Junta. »Ausgerechnet diese Tonne will uns über gesunde Ernährung belehren«, brüllte Alex ins Handy, »das ist doch ein Witz.«

»Endzeit«, rief er Alexander zu, der allerdings taub für religiöse Vorahnungen war.

Alex ging es ausschließlich um die politischen Verfinsterungen, um die Eingriffe in die Grundrechte und die waren massiv, tatsächlich hatten sie die Wohnung von Alex' Bruder durchsucht, um »staatsgefährdende Schriften« sicherzustellen. Seine Bank hatte ihm gekündigt, aus politischen Gründen. Alles rutschte in einen neuen Faschismus, während die Akteure sich als Antifaschisten aufspielten.

Verrat war schick geworden, war wieder ein Volkssport, eine regierungsfreundliche Internetbude nannte sich »Volksverpetzer«, es waren Meldestellen eingerichtet worden, in denen, bei Garantie der Anonymität, angeschwärzt werden konnte. Selbstverständlich verstand sich die Antifa als Vorhut der Spitzelei.

»Unfassbar«, sagte Alexander, »die Verpfeifer fühlen sich im Recht, sie werfen sich moralisch in die Brust.« Und unser Stucki sitzt mit seinen weißen Söckchen auf der Couch.

Bescherung

Der Junge mit der Lederjacke betrat die Kemenate des ehemaligen Gesindehäuschens, das mit zwei anderen einen Steinwurf weit vom Gutshof stand. Enger Flur, zwei Zimmer, eines davon das Wohnzimmer mit niedriger Decke und Kamin, dahinter ein Schlafzimmer mit einem zerwühlten Bett, auf dem ein dünnes hübsches junges Mädchen lag. Lange schwarze Locken umrahmten ein bleiches Madonnengesicht, auf ihrer Stirne standen Schweißperlen.

»Hallo meine Minimaus«, sagte der Junge zärtlich und leerte seine Taschen. Lachs. Ein Stück Forelle, Prosciutto. Dann die billigen Sachen aus der Tüte, die bezahlt waren, Holundertee, Brot von der Billigsäule, zwei Äpfel, eine Apfelsine. »Schau her, ich habe deinen Erdbeerjoghurt von Almighurt mitgebracht, und Fruchtzwerge.«

Das Mädchen lächelte schwach. Dann beugte es sich über die Bettkante und erbrach sich in einen roten Plastikeimer neben dem Bett, nichts als Flüssigkeit.

Der Junge hatte sie in seinem besetzten Haus kennengelernt und sich in sie verliebt. Sie war aus der »Sonne« ausgebüxt, einem Haus für schwererziehbare Jugendliche irgendwo an der Küste, das sich »Sonnenschein« nannte und das nach allem, was sie ihm darüber berichtet hatte, eher das Gegenteil war. Nämlich eine Verwahranstalt, die vom Staat bis zu 20 000 Euro pro Monat und Klient dafür kassierte, dass sie die Kinder auf Distanz hielt zu denen, die nicht bereit waren oder schlicht unfähig, ihnen ein Zuhause zu geben, in dem sie ungefährdet heranwachsen konnten. Sie kamen dorthin auf Interventionen durch die Jugendämter.

Der Fall des Mädchens war von trister Gewöhnlichkeit. Ihre Mutter war Alkoholikerin. Den Vater hatte sie nie kennengelernt, dafür aber jede Menge kurzfristiger Ersatzväter, die ihre Mutter in Kneipen kennengelernt hatte, die meisten von ihnen ebenfalls Alkoholiker, einige davon trugen die tätowierte Träne im Augenwinkel. Und selbstverständlich sahen diese Männer in dem Mädchen entweder den Störenfried oder die Beute.

Das Mädchen war schon einige Male ausgebüxt aus ihrem Heim. Sie hatte sich auf der Straße durchgeschlagen, hatte Männer kennengelernt, die sie mit ein paar Scheinen oder Drogen oder auch nur einfach mit einem Bett belohnten für »ein bisschen Liebe«, an der auf beiden Seiten Bedarf bestand. Sicher, sie war gerissen, das konnte er ihren Schilderungen entnehmen, »ohne ein bisschen Grips kommst du nicht durch auf der Straße«, erklärte sie ihm.

Nun hing sie an der Nadel, aber sie wollte runterkommen, und der Junge, sie nannten ihn Putzer, wollte ihr helfen. Putzer war sein Szenename, weil er bei den G20-Krawallen – er nannte sie »Aufstände« – die meisten Bullen weggeputzt hatte. Putzer war ein Ehrenname, so wie ihn Indianerstämme vergeben, wenn sie einen der ihren, der sich ausgezeichnet hatte, »Schneller Wolf« nannten oder »Bärenpranke«.

Sie blickte zu ihm auf. Er war in sie vernarrt und spielte gerne den Ersatzvater, nach dem sich die Kleine sehnte, und er hatte ihr versprochen, den Entzug mit ihr durchzustehen. Hier waren sie untergekommen durch eine reiche grüne Gönnerin, die »den Robert« kannte, der sich für sie verbürgte.

Der Junge stand auf und machte Tee in der kleinen Küche. Dann kehrte er zurück an ihr Bett und nahm Tee auf einen kleinen Löffel und blies, um ihn abzukühlen. »Vorsichtig meine Maus«, sagte er und hob den Teelöffel an ihre zersprungenen, zerbissenen Lippen. »Noch zwei Tage, mein Engel«, sagte er, »dann hast du's überstanden, ich habe das selber schon mal hinter mich gebracht.« Sie nickte schwach und zitterte und schüttelte sich, weil sie fror.

»Ich muss dir was Irres erzählen«, sagte er dann, »ich habe den Hausmann getroffen!«

»Nein!«, rief das Mädchen schwach, Verzweiflung lag in ihrem Ausruf, »den Fascho?«

Natürlich kannte sie die Litanei, und natürlich kannte sie den Song von Egotronic, Putzer hatte ihr das Video vorgespielt, weil er mitgewirkt hatte.

»Genau den, der ging da seelenruhig einkaufen«, sagte Putzer. »Was meinst du, was der sich da alles in den Wagen geräumt hat.« Er beugte sich über sie, um ihr den Schweiß auf der Stirn wegzuküssen und sie dichter in ihre Daunendecke zu wickeln. Dabei stieß er mit dem Fuß an einen harten Gegenstand, der in eine Decke gewickelt unter dem Bettgestell lag. Er war ein Geigenkasten, und der war schwer.

Nachtradio

Rico vereinsamte, denn Katja kümmerte sich um ihre kranke Mutter in Berlin, darüber hinaus waren die Spannungen zwischen ihnen gewachsen. Die Sache hatte sich wie so oft an einer Banalität entzündet. »Schatz wo ist …?« »Bin ich dein Dienstmädchen«, rief sie, und dann brach sich der angestaute Ärger über seinen »Egotrip« Bahn. Stress. Er hatte wieder begonnen zu rauchen. Doch er hielt sich fit, strampelte auf seinem Standfahrrad, ließ sich auf Spaziergängen durch diese trüben Februarwochen den eisigen Wind um die Ohren pfeifen, las viel, schrieb viel, kämpfte. Und er hatte diese Sendung auf Kontrafunk, einem neuen Digitalsender, nur er und seine Stimme, jede Woche einmal, abends bis in die Nacht. Und er wurde da draußen verstanden, die Hörerschaft stieg an, und die Mails ermutigten ihn.

Nun schrieb er an dem Manuskript für die aktuelle Sendung. Er nahm Platz hinter seinem Schreibtisch, drüber die drei Bücherborde, in denen Chestertons wichtigste Schriften ihre Rücken zeigten, die »Orthodoxie«, der »Ketzer«-Band, »Der unsterbliche Mensch«, seine Franziskus-Biografie und weitere Zaubereien, er hoffte darauf, dass ihm aus ihnen der eine oder andere Funke auf die Tasten spränge. Links an der Wand eine Ikone des Heiligen Georg, des Drachentöters, er hatte vergessen, wo er sie erstanden hatte, es war ein dickes Holzbrett, auf dem der heilige Kämpfer auf einem offenbar scheuenden, sich aufbäumenden Schimmel im wehenden roten Mantel vor Goldgrund mit seinem Speer dem grünen Ungeheuer seinen Speer ins geöffnete Maul stieß. Das Gold auf Ikonen stand für die andere, ganz andere Welt.

An das untere Bord hatte er ein verblichenes Familienfoto mit Vater und vier Brüdern geklebt und daneben das Herz, das ihm Katja einst zum Geburtstag geschenkt hatte, beschriftet, wie viele weitere Herzen in der Geschenkdose, dieses hier trug eine Passage aus Tolstois Krieg und Frieden, in der Pierre Besuchow von einem Alten in napoleonischer Gefangenschaft getröstet wird: »Und siehst du, mein Falke, sie gedachten es böse mit mir zu machen, und doch gereichte es mir zum Glück.« Gott greift ein, Gott lenkt alles zum Guten.

Und darunter das Nachtgebet des Alten: »So lieber Gott, lass mich jetzt schlafen wie tot. Und morgen frisch sein wie neu gebackenes Brot.« Wie sehr er sich das für sich wünschte, denn er schlief schlecht, las Nächte hindurch, er las zur Beruhigung, gerade hatte er Stifters »Nachsommer« gelesen, das als langweiligster aller Roman galt, aus dem aber eine wundersame Unschuld und Schönheit strahlte und er las ihn mit dem Rücken zur Gegenwart. Da tankte er.

Ricos
Lügenseminar

Aber die Gegenwart ließ ihn nicht ruhen, Wut war ein guter Treibstoff und diesmal wollte er über die Lüge reden, die Lüge, die große und die kleine, und er würde seine Sendung mit Clawfinger beginnen, Hardrock, schnell und laut. »Tell me the truth, motherfucker, tell me the truth« und auch wenn die Band eher aus der linken Ecke kam, dieser Wutschrei gegen die Lüge, dieses Verlangen nach Wahrheit war auch seines.

»Was macht Lügen so attraktiv?«, fragte er sich und die Hörer. Und er fuhr fort: »Der Parteienforscher und Soziologe Fritz Walter schrieb einst im Spiegel, dass die Politik ohne Lügen gar nicht auskäme. Walter schrieb: ›Politiker müssen kaltschnäuzig, unsentimental, knochenhart, listig sein. Sie müssen als kühl kalkulierende Strategen überzeugen.‹

Nun, das sind exakt die Ratschläge, die Machiavelli einst seinem Fürsten in seiner Schrift ›Il Principe‹ zur Machterhaltung empfohlen hat. Und verlängert in die Neuzeit führt das zu den Techniken des Nazi-Propagandisten Joseph Goebbels, ja, zu seinem Meister selbst, zum Führer, der in ›Mein Kampf‹ schrieb: ›Durch geschickten und ausdauernden Einsatz von Propaganda kann dem Volk sogar der Himmel als Hölle dargestellt werden, und umgekehrt das elendigste Leben als Paradies.‹ Und weiter: ›Das deutsche Volk muss in die Irre geführt werden, wenn die Unterstützung der Massen erforderlich ist.‹ Also genau das, was wir derzeit erleben.

Aber stimmt das eigentlich? Hat die Lüge Erfolg?

Nun, liebe Freunde, ich war USA-Korrespondent während der Clinton-Ära und dessen peinlicher Befragungen zur Lewinsky-Affäre. Danach war er politisch tot. Und ich war London-Korrespondent, und hab Tony Blair in Downing Street 10 erlebt, und wie er sich in der Pressekonferenz dort in der Aufarbeitung des Irakfeldzuges heillos in Lügen verstrickte – er wurde nicht wiedergewählt.

Die Biologen zum Beispiel, die den freien Willen negieren und das menschliche Verhalten, wie Richard Dawkins es tut, auf genetische Steuerungen reduzieren, und die vom egoistischen Gen sprechen, das die Kontrolle übernimmt, behaupten, der Mensch lüge schon aus Überlebensgründen, die Tiere etwa im Fallenstellen oder mit Täuschungen wie dem Farbwechsel eines Chamäleons.

Aber da landen wir verblüffenderweise in einer Sackgasse, schon im gewöhnlichen Alltag.

Warum, können wir uns fragen, klappt das beim Menschen, der mit einem freien Willen ausgestattet ist, überhaupt nicht. Warum treiben uns unsere Gene bisweilen zu überhaupt nicht arterhaltendem Verhalten, etwa wenn wir einen Seitensprung beichten oder gar einen Mord. Oft versagt die Lüge völlig, denn es gibt eine andere Instanz, die sich störend einmischt. Wir nennen sie Gewissen.

Eine der genialsten Partien in Dostojewskis »Schuld und Sühne« ist meiner Ansicht nach die Verhörszene, in der Raskolnikow tatsächlich versucht, sich im philosophischen Gespräch mit dem Untersuchungsrichter überführen zu lassen. Die Wahrheit will ans Licht. Raskolnikow wird dafür in Sibirien büßen – wo liegt da der Vorteil, egoistisches Gen?

Mit dem Hinweis auf das egoistische Gen gäbe es auch kein Justizsystem. Jeder Verbrecher könnte behaupten, verehrter Herr Vorsitzender, das war nicht ich, der das Auto geklaut hat oder die Schwiegermutter erstochen hat, es war das egoistische Gen.

Was aber ist mit Ironie. Auch sie sagt das eine und meint etwas anderes.

Die Literatur kennt faszinierende unmoralische Spielernaturen, wahre Virtuosen des Falschen wie Felix Krull. Ohne die romantische Ironie, die auch Verstellung bedeutet, sind Heines Gedichte unmöglich. Allerdings ist Heines Ironie eine beschwingte, eine heitere Endlosspiegelung, ein Luftzauber, eine, die das Pathos mit prosaischer Pointe bricht und sich oft selber nicht ernst nimmt, getreu Chestertons Motto: ›Engel können fliegen, weil sie sich leicht nehmen.‹

Wir aber haben es seit Neustem nur noch mit einer sogenannten Ironie zu tun, die sich sehr ernst nimmt und die dem Gegner die Knochen brechen will. Unter dem Vorwand der Ironie. Gerade ist ein Video aufgetaucht, in dem Jan Böhmermann, der selbsterklärte Antifaschist, Judenwitze macht. Er ruft da dem jüdischen Komiker Oliver Packo zu: ›Gib Gas‹, und ruft: ›Da wir gerade von Türken sprechen, hier ist ein Jude‹, und ihn dann vom Mikro brüllt: ›Hau ab, mach Schluss‹, und sein Kumpel, der sogenannte Komiker Klaas Heufer-Umlauf wischt sich die Hände ab, weil er ihn berührt hat, mit der Frage ›Iii, hast du ihn angefasst?‹

Liebe Freunde, da ist eine neue hemmungslose Truppe unterwegs, die unter dem Freifahrschein Ironie mit Dreck um sich wirft, sich aber als moralische Instanz aufspielt. Dieser von unseren Zwangsgebühren finanzierte Clown Böhmermann, kürzlich erneut mit dem Grimme-Preis ausstaffiert, ist schlicht gesagt ein zynisches Dreckschwein, ich weiß, ich begebe mich kurz auf sein Niveau, er hat mich in seiner Sendung als ›Arschloch‹ bezeichnet, aber ich darf das sowieso sagen, weil es in seinem Fall eine Tatsachenbehauptung ist, Böhmermann lebt von der Denunziation anderer, er hat tatsächlich ein Fahndungsplakat im Stile der RAF montiert, mit den Köpfen von Journalisten, die nicht regierungskonform sind.

Seine begeisterte Scharfrichterei im Dienst der Corona-Lügen-Brigade hat er öffentlich aufgeführt auf einem Podium der Zeit, als er Markus Lanz – ausgerechnet diese Tiroler Wetterfahne, der während der Pandemie seine lichten Momente hatte – dafür kritisiert hat, dass er Wissenschaftler in seine Sendung eingeladen habe, die der Regierungsauffassung über die Pandemie widersprachen.

Der ständig grinsende Komiker nimmt weder sich noch andere ernst, er spielt auf widerwärtigste Weise mit dem Holocaust und wir müssen das finanzieren, denn es nennt sich Demokratieabgabe. Und Böhmermann zeigt anschließend in Heufer-Umlaufs Gespräch hinter dem Studio grimmassierend auf Packo und flüstert ›Jude‹ und schüttelt den Kopf. Und mit der Hand schüttelt er ›auwei‹, grinsend.

Jetzt erst mal Eminem mit Rihanna und ›Love the Way You Lie‹.«

Während der Titel spielte, steckte er sich eine neue Zigarette an. Dann ging es weiter.

»Die Frage war: Ist Lügen nicht erlaubt, nicht mal zu Unterhaltungszwecken?

Die Antwort heißt: nein.

Schon Kirchenvater Augustinus, selber in jungen Jahren äußerst lebenslustig und beliebt in Mailänder Bordellen, hat erklärt, warum die Lüge schon methodisch nicht funktioniert. Seine Analyse wurde von Thomas von Aquin und Immanuel Kant weiterentwickelt und hat Gültigkeit bis heute: Lügen geht nicht, denn die Lüge zerstört jede Kommunikation.

Die Lüge vernichtet das soziale Gewebe. Der Lügner nimmt weder sich noch den anderen ernst. Die Lüge verletzt sowohl die Würde des Angesprochenen wie die des Sprechers.

Selbstverständlich gehört auch das politisch verordnete Doppelsprech zur Lüge. Etwa wenn ein Redakteur der Tagesschau allen Protesten zum Trotz die Frau und Mutter zur ›gebärenden Person‹ umschreibt und derart die Frau eliminiert. Und da sind wir schon bei Orwells Propaganda, die behauptet ›Krieg ist Frieden‹, ›Unwissenheit ist Stärke‹, ›Sklaverei ist Freiheit‹.

Gibt es die Lüge, die erlaubt ist? Aber sicher, und selbst Augustinus scheint mit sich reden zu lassen, wenn sie hilft, etwa eine Vergewaltigung zu verhindern. Noch deutlicher: Natürlich ist man nicht verpflichtet, dem SS-Mann auf die

Frage nach dem Versteck der jüdischen Familie die Wahrheit zu sagen. Auch diesen Fall hat Kant, sonst so prinzipienfest wie Augustinus, bereits diskutiert: ›Die Wahrheit zu sagen ist eine Pflicht, aber nur gegen denjenigen, welcher ein Recht auf die Wahrheit hat.‹ Der SS-Mann hat kein Recht darauf. Er muss belogen werden.

Allerdings hat es diese extrem seltene und extrem notwendige Ausnahme von der Wahrheitsverpflichtung verdient, mit großem Respekt behandelt zu werden. Es handelt sich um die Lüge als Form der Zivilcourage, nicht als billigen Gag, um Quote zu machen. Eine Gesellschaft aber, in der die Lüge zur allgemein akzeptierten Verkehrsform gehört, marschiert in den Schwachsinn. Das ist die Lage, Freunde.

Wir haben uns an den Schwachsinn gewöhnt, an eine Situation, in der es völlig irrelevant geworden ist, was wir sagen oder gesagt bekommen. In der Politik, wie sie uns in der Tagesschau oder in Heute präsentiert wird, ist dieses Lügen allgegenwärtig. Zur politischen Täuschung durch die Medien gehört die einer vorgegebenen Pluralität. Dort werden Streitpunkte präsentiert, die völlig irrelevant sind und Vielfalt lediglich simulieren. Als ob es angesichts gegenwärtiger Schicksalsfragen – Krieg oder unser Ende als Industrienation und Verarmung – relevant sei, ob die FDP nun für oder gegen das Kindergeld ist.

Aber jetzt Freunde, erst mal die Beatles mit John Lennons genialem ›No reply‹, das er auf seinem Tahiti-Urlaub mit George Harrison nebst Ehefrauen nach ihrer USA-Tournee 1964 schrieb.«

Und er sang ins Mikro: »›I tried to telephone, they said you were not home, that's a lie‹… Roger McGuinn von den

Byrds meinte, nach diesem Song hätten sie ihre Mandolinen und Banjos in die Ecke gelegt. Leute, wenn selbst die kleine Lüge nicht erlaubt ist, sollte es auch die große nicht sein.«

Pause. Zigarette. Schluck Kaffee.

»Wir haben festgestellt, dass eine Gesellschaft, in der das Lügen zur Verkehrsform wird, in den Schwachsinn abgleitet und niemand hat diesen Schwachsinn besonders des Unterhaltungsfernsehen um Mitternacht besser auf den Punkt gebracht, als der Sänger König Boris der legendären Hamburger Gruppe Fettes Brot, der mal sagte: ›Ich frag mich, was das über ein Land aussagt, wenn nachts Frauen im Fernsehen oben ohne nach Automarken mit A fragen und dann Leute anrufen und ›BMW‹ sagen. Da kann irgendwas auf beiden Seiten nicht stimmen.‹

Dieser bunte und oft Moral vortäuschende Schwachsinn lässt sich auch auf Illustrierten-Covers oder Charity-Events besichtigen. Auf eine ehrliche Mutter Teresa kommen ganze Heerscharen von Society-Damen und Starlets im schwarzen Mini und Popstars mit Sonnenbrille, die Geld für kranke Kinder sammeln und darauf achten, dass sie am Buffet in der Klatschspalte neben dem richtigen Zwölfender richtig abgelichtet sind.

Warum können die nicht mal Kartoffeln für eine Suppenküche schälen, wenn die Kamera nicht dabei ist?

Frage also: Sie tun doch objektiv Gutes – warum will der Brechreiz darüber doch nicht verschwinden? Offenbar zählt die Absicht mit. Sie klebt am Zweck.

Ein aristotelisches Paradigma ist: Wahrhaftig ist nur der, der sich so darstellt, wie er ist. Derjenige, der nur an PR und Selbstvergrößerung interessiert ist, lügt nach Aristoteles besonders hässlich. Bei Aristoteles bilden die Wahrhaftigkeit zusammen mit der Freundlichkeit und der gesellschaftlichen Gewandtheit die später sogenannten homiletischen Tugenden, also solche, die den Umgang der Menschen untereinander bestimmen.

Wohlgemerkt: Freundlichkeit gepaart mit Wahrhaftigkeit! Das geht angeblich. Das wäre die Herausforderung, die uns von den Anfängen des Philosophierens herübergereicht wird. Oder, um mit Muhammad Ali zu punkten: ›Ich sage die Wahrheit, einfach weil sie spannender ist.‹«

Allmählich wurde er lauter: »Wir wiederholen Aristoteles. Wahrhaftigkeit ist wichtig. Sich so darstellen, wie man ist. Diese Albernheit, wenn sich ein grüner Landwirtschaftsminister in Uniform eines Feldjägers ablichten lässt und seine Bereitschaft zum Kampf für die Freiheit herausschwäbelt! Dann natürlich die erheblichen Etats fürs Schminken unserer Außenministerin, den Hoffotografen, der den Wirtschaftsminister ins rechte Licht setzen soll. Schminke und Fotoposen, klassische Ausdrucksformen der Lüge. Dann all die Machtkulissen, die auch Hugh Bensons ›Herr der Welt‹ errichten lässt – wir haben hier bereits über ihn gesprochen. Während die Kosten für die Klimareligion Hausbesitzer und Kleinbetriebe pleite gehen lassen, plant diese Junta aus tyrannischen Träumern und Kindergärtnerinnen den Ausbau des Kanzleramtes für eine Milliarde und weitere Bauten für vier Milliarden.«

Rico war schwer in Fahrt. »Seid ihr komplett irre geworden?«, rief er. »Seid ihr auf dem Mussolini-Trip?«

Sein Produzent Andreas meldete sich über Kopfhörer. »Rico, geh mal 'n bisschen weiter vom Mikro weg.«

»Alles klar.«

Und er fuhr leiser, aber eindringlich fort. »Ihr ideologievergifteten Täuscher, ihr fälscht Zahlen wie in der Corona-Welle, ihr betrügt mit den Impfstoffen, ihr treibt eure Wähler in den Ruin und ihr gebt es auch noch offen zu, dass euch die Wähler egal sind.«

Und dann brüllte er: »Habt ihr noch einen Funken Ehrgefühl, ihr verblendeten Idioten?«

Wieder Andreas im Kopfhörer, lachend. »Rico, mach mal Armlänge zum Mikro.«

Auch Rico lachte. Und weiter: »Ihr habt den Amtseid geleistet, zum Wohl des Volkes zu arbeiten, und ihr verschwört euch gegen das Volk. Und das Schlimmste ist: Ihr zieht uns in einen Krieg. Ist es nicht zynisch, wenn ihr euch Armeekutten überzieht und die ukrainischen Soldaten verheizt, während ihr euch in euren Luxusbüros schieflacht über die Fotos von euch Plattfüßen und Kriegsdienstverweigerern im Kampf-Drillich? Ihr erschleicht euch eure gratismutige Kampfbereitschaft, während junge ukrainische Männer von der Straße geholt werden. Ihr seid Schmierenkomödianten der dritten Garnitur. Ich stelle mir gerade vor, wie sich der dicke Hofreiter mit seiner Brigade durch den Schlamm in der Ukraine schleppt und die FDP-Volkssturmtante Zimmermann ihm nichts aus ihrer Wasserpulle abgibt.«

Dann lachte er erneut heiser auf, denn er wusste aus den Mails, die Hörer mochten seine Lache, sie lachten mit. Gelächter, auch eine Form von Widerstand.

Dann spielte er Dylans »Masters of War« ein, den Song, in dem sich der gute alte Bob vorstellt, wie er auf den Gräbern derjenigen herumtrampelt, die an Kriegen gewinnen, und das waren damals, zu Vietnamzeiten, amerikanische Rüstungskonzerne, und sie sind es heute immer noch.

Er blickte nach draußen. Mittlerweile war es dunkel geworden, er sah sein Spiegelbild in der dunklen Scheibe. Und er saß hier im Lichtschein vor seinem Mikrofon und sendete in die Nacht. Im Fensterspiegel sah er aus, als schwebe er einsam im dunklen All. Plötzlich wurde ihm klar, wie allein er war. Im fundamentalsten Sinn allein, und einsam, er war allein zur Welt gekommen und würde allein aus ihr abtreten und sich dann allein verantworten müssen, dabei würde ihm niemand zur Seite stehen, nicht seine Frau, nicht sein Sohn, nein, da wäre nur er mit seiner sehr durchwachsenen Lebensbilanz.

Rico rappt

Seine Stimme, als er die fertige Sendung schließlich abhörte, gefiel ihm. Dunkel, leicht angekratzt. Marshal McLuhan hatte recht, als er das Radio ein heißes Medium nannte, im Gegensatz zum Fernseher, dessen Bilder kalt und gleichgültig vorüberflimmerten. Fernsehen war was für die Jan Fleischhauers oder Stuckrad-Barres.

Mit seiner Stimme war er direkt im Kopf der Hörer, in ihren Gedanken und in ihrem Unterbewussten und wirkte dort nach.

Plötzlich fiel ihm der Toyota-Typ ein und Oliver Stones Talk Radio, in dem der Nachtmoderator von einem Stalker abgeknallt wird. Ihm wurde klar, dass er hier wie auf dem Präsentierteller saß, allein in der Nacht. Nervös sprang er auf und zog die Gardinen zu, und dann die schwarzen Vorhänge für die Schlafenszeit darüber.

Und er machte weiter und rappte sich wieder in seine Wut zurück. Nun gab es nur noch nur ihn und seine Stimme in der Nacht, und seine wachsende Hörerschaft, und da es ein Internetsender war, wurde er in der ganzen Welt gehört, er bekam Hörerpost aus Taiwan und Uruguay, die meisten allerdings aus deutschen und Schweizer Gegenden, rührende Danksagungen und wütende Bestätigungen, er schuf seinen Hörern Entlastung, sie waren nicht allein in dieser Scheißrepublik, in der mittlerweile drei Viertel aller Leute Angst hatten, ihre Meinung zu sagen.

Denen half er.

Hier vertrat er sie gegen die kalten Machtmenschen, und er legte seine Stimme ein paar Register tiefer, wenn er hineinrollte in diesen Wust aus Lügen, zwischendurch wurde er laut gegen diese Irren und Dummen, ja, wahrscheinlich war Dummheit ihr gemeinsamer Nenner.

In einer nächsten Sendung stellte er seinen Hörern die Frage: Sind sie bösartig oder nur dumm, und die meisten antworteten: beides!

Er hatte mit seiner Freundin und Romanautorin Monika Maron darüber telefoniert, und sie, die DDR-Emigrantin, meinte: »Weeeßte Rico, det Schlimme war ja, det bei uns die Dummen und die Mittelmäßigen an der Macht waren – die Macht war det Entscheidende.«

Genussvoll präsentierte er die fantasievollen Regierungsbeschimpfungen seiner Hörer, manche schrieben unter Klarnamen, manche unter Kürzeln, manchmal konnte er sich kaum einkriegen vor Gelächter, hier wurde Dampf abgelassen, er selber nannte die Regierenden eine Bande aus rechenschwachen Hochstaplern, die Gigawatt mit Gigabyte verwechselten, er wütete gegen diese wahnhaften Studienabbrecher und Psychopathen mit ideologischem Programm.

Vor allem aber nahm er sich die korruptionsanfällige EU-Chefin von der Leyen vor, sein Wutpegel stieg dann immer an, Andreas musste wieder unterbrechen, weil das Mikro übersteuerte, diese Grinsetante mit ihrer Betonwelle und dem Maschinenlächeln, die stets so salbungsvoll von Werten zischelte und ständig den Ungarn selbstherrlich mit Etatkürzungen drohte, als seien die EU-Steuertribute das Haushaltsgeld aus ihrer eigenen Zuckerdose. Die bösen Ungarn, weil sie angeblich sexuelle Minderheiten unterdrücken wollten, dabei hatten sie sich, überwiegend katholisch, in einer Volksbefragung lediglich gegen die Gehirnwäsche von Halbwüchsigen in den Schulen ausgesprochen. Demokratisch also.

Ihr dagegen, der selbstherrlichen Euro-Chefin, drohten Untersuchungsausschüsse wegen ihrer Preisabsprachen mit dem Impfstoff-Hersteller Bourla, der seine wirkungslose ja schädliche Tinke überteuert für Milliarden an sie verhökert hatte. Den SMS-Verkehr darüber hatte sie gelöscht, die New York Times hatte auf Herausgabe dieser Informationen geklagt. Und der Chef der deutschen Regierungsbande hatte sich für dunkle Steuergeschäfte mit einer Hamburger Privatbank zu verantworten, und für deren dicke Wahlkampfspenden. Im Schließfach seines Parteigenossen wurden 200 000 Euro in bar sichergestellt. So sah sie aus, die »Zukunftskoalition«, auch das eine wunderbare Wortkreation aus dem Lügenreich des Doppelsprech.

Dann die Lügen der Kollegen. Der Selbstverrat als vierte Gewalt, Stucki vorneweg, der versuchte, einen der wirkungsvollsten Regimekritiker, eben Julian Reichelt, aus dem Rennen zu nehmen. Während der Pandemie hatten die einst kritischen Kollegen den gnadenlosen Ausschluss von

Impfgegnern aus der Gemeinschaft gefordert. »Möge die ganze Republik mit dem Finger auf sie zeigen«, rief der Spiegel-Kolumnist Nikolaus Blome. Diesen Spruch hatte sein Senderchef als Titel eines Buches gewählt, in dem er die Hetze der Kollegen für die Nachwelt aufbewahrte. Meistens wurden Impfverweigerer als rechtsradikal oder zumindest irre beschimpft.

Alle kämpften gegen »Rechts«, also gegen die Vorsichtigen und Nachdenklichen, die ihre Hacken mutig eingruben gegen die erwiesenermaßen unsinnigen und – wie sich herausstellen sollte – kriminellen Verfügungen. In den Köpfen der Mehrheit dagegen herrschte nur noch panisch-versponnenes obrigkeitshöriges Klima-Gequassel.

Und dann diese allerhöhnischsten Attacken auf Schönheit und Normalität – auf den Catwalks der Modeschauen liefen jetzt übergewichtige Schwarze und haarige Transvestiten, gefolgt von Rollstuhlfahrern unter der Parole: Inklusion. Vor allem aber waren nun alle aufs Lächerlichste Antirassisten in der obszönsten Weise, selbst deutsche Großkonzerne plakatierten nahezu ausschließlich schwarze Familien, ob es sich um Schlafanzüge handelte oder um Autos, die gelegentlichen weißen Frauen, die daneben gestellt wurden, sahen allesamt aus wie Hausangestellte, eine einzige kaltschnäuzige Lüge unter dem Diktat von Diversity.

Immer wieder nahm er sich in seinen Sendungen die Lüge vor und die Gedankenpolizei, in all ihren Ausprägungen. Tatsächlich war in England eine Frau festgenommen worden, weil sie stumm vor einer Abtreibungsklinik gebetet hatte. Ob sie bete, wurde sie gefragt. »Jawohl, stumm, in meinem Kopf.« Sie wurde abgeführt. Der totalitäre Staat griff in die Seele.

Und er zitierte wieder aus Hitlers »Mein Kampf«: »Das deutsche Volk muss in die Irre geführt werden, wenn die Unterstützung der Massen erforderlich ist.«

Die grünen Antifaschisten, grollte er in sein Mikro, haben »Mein Kampf« offenbar genauestens studiert. Hatte nicht der grüne Kader Trittin, der immer noch in Talkshows eingeladen wurde, behauptet, die Energiewende koste den Einzelnen so viel wie eine Kugel Eis? Stattdessen wurden nun Existenzen ruiniert, Mittelständler in die Insolvenz getrieben, die großen Unternehmen kündigten ihren Arbeitern zu Tausenden und wanderten ab ins Ausland.

Die Lüge, immer wieder die Lüge, die sich im Zischeln der Schlange verbarg. Da verkaufte eine sogenannte Familienministerin die Abtreibung, also das Töten von Babys, als »reproduktive Gesundheit der Frau«. Und lässig leugnete sie den biologischen Unterschied von Mann und Frau. Rico brüllte in sein Miko: »Sie behauptete tatsächlich, dass Männer gebären und Frauen zeugen können. Liebe Freunde dort draußen, I rest my case, wir sind in den Händen von Irren gelandet … und jetzt einer meiner Lieblingstitel von den Stones auf Beggars Banquet, Godard hat einen Superfilm von den Proben gedreht, ›Sympathy for the Devil‹«.

Und dann sang Mick Jagger den Teufel »Let me introduce myself, I'm a man of wealth and taste … I was 'round when Jesus Christ had his moment of doubt and pain …«.

Mit dem Friedensmanifest, das von 700 000 Menschen unterschrieben worden war, das die kluge, aber auch rätselhafte Sahra Wagenknecht organisiert hatte, hatte Rico eine ganze Sendung bestritten, dazu spielte er »Der blaue Planet« von Karat und den Heuler »Give Peace A Chance« von Lennons Plastic Ono Band.

Er hatte Sahra Wagenknecht, diese hochgewachsene schöne Halbiranerin mit dem kerzengeraden Kreuz und der freundlichen Zurückhaltung, damals noch für die Welt in ihrem Bundestagsbüro besucht und ihr zur Hochzeit mit Oskar Lafontaine gratuliert, mit gelben und weißen Rosen, den Farben des Vatikans, und sie verstand, und sie fand es komisch – er hatte mit ihr auf einem Katholikentag auf einem Podium gesessen.

Sie hatte bei ihrem Treffen im Abgeordnetenbüro auf das Klingelzeichen zu einer Abstimmung gewartet, und als es kam, öffneten sich die Türen auf sechs Stockwerken wie in einem Zuchthaus zur Inspektion, und wie Roboter begaben sich die Abgeordneten unterirdisch in den Reichstag und Rico hatte sich gefragt, ob er das auch nur einen Tag aushalten würde.

Was die andere Organisatorin anging, Alice Schwarzer, so hatten sie sich über die Jahre aneinander gewöhnt. Sie hatte ihm zwar für seine Diatribe gegen den familienzerstörenden Feminismus einst den »Pascha des Monats« vergeben, aber ihre gemeinsame Sorge vor einer massenhaften islamischen Invasion hatte sie zu Kampfgefährten gemacht.

Über die von ihm unterstützte Friedensdemo am Brandenburger Tor kam auch sein einstiger Freund Jan Fleischhauer noch einmal groß in Fahrt. Und noch einmal hatte er sich in einer Kolumne mit Rico beschäftigt, dem er zwar attestierte, einst als einer der prominentesten deutschen Journalisten »Texte zum Niederknien« verfasst zu haben, aber nun im Bann des totalitären Russen stehe und »dort oben in einem Kaff an der Küste« ganz kleine Brötchen backe. Ein Verwirrter eben.

Rico dagegen nannte diesen Krieg, der von gratismutigen Leitartiklern aus sicherer Büroetage mit Topfpalme angeheizt wurde, einen obszönen westlichen Zuschauersport, eine Art Champions League aus Panzern und Haubitzen, abends in den Nachrichten verfolgt vom Sofa aus, mit der Chipstüte in der Hand.

Kamen sich diese großmäuligen Haudegen nicht lächerlich vor, fragte er in seiner Sendung?

Offenbar nicht. Die Außenministerin zitierte Che Guevara, den sie dyslexisch »Schewegara« nannte, mit dem Wortkitsch »Solidarität ist die Zärtlichkeit zwischen den Völkern«, ohne zu erwähnen, dass dieser Politgangster während der Kuba-Krise den Russen zum nuklearen Erstschlag riet, zur Apokalypse, um ganz neu wieder anzufangen, das war dann wohl der große Reset, von dem die Strategen in Davos zu träumen schienen.

»Und jetzt wieder Musik, mit Pink Floyds ›Eclipse‹«, sprach er ins Mikrofon, »alles aus dem Album ›The Dark Side of the Moon‹, denn wir sind im Begriff, auf die Rückseite des Mondes und die Kehrseite des Verstandes zu wechseln.« Im Übrigen hatte das Album fünfzigjähriges Jubiläum. Mein Gott, ein halbes Jahrhundert. Wo war die Zeit hin?

Und welche Demokratie sollte in der Ukraine verteidigt werden? Und welche Werte? Ein seniler Präsident deckt seinen Crack rauchenden Sohn und lässt den gegen ihn ermittelnden ukrainischen Staatsanwalt feuern, und der Nutznießer seiner immensen Waffenlieferungen ist ein Gauner, der einem der korruptesten Staaten der Welt vorsteht, das war so weit die Lage in der Demokratie, die der Alte zu verteidigen behauptete.

Auf seinem Monitor sah er die Bilder aus Zombietown in Philadelphia, eine Kamerafahrt an den auf den Straßen campierenden Elenden vorbei, die das Billig-Heroin Fentanyl im Blut hatten und vor sich hindösten oder sich mit Kleiderspenden versorgten, die Sozialarbeiter in Einkaufswagen herankarrten, die in schleppenden knickenden Zeitlupenschritten zwischen Supermarkt und U-Bahn-Station über den Asphalt schlurften mit immer weicheren Knien, als seien sie Untote und könnten einer teuflischen Macht, die sie von unten ansog, nicht länger wiederstehen auf der Suche nach ihrem Grab, um dorthinein tief zu versinken.

Das Jenseits? Selbst die evangelische Kirche in Deutschland nannte nun das Bereitstellen von Waffen für die Ukraine und die Demokratie eine »Christenpflicht«. Wie pervers das alles war.

Verwirrung besonders auch unter den deutschen Katholiken. Sie ergaben sich dem woken Schwachsinn. Im anschwellenden Strom der Kirchenaustritte meldeten sich junge »Reformer« mit immer verrückteren Forderungen nach Abschaffung veralteter Lehren zu Wort. Sie klangen, als hätten sie aus Bensons Dystopie »Der Herr der Welt«, die die totale Auflösung von Werten und Traditionen propagierte, abgeschrieben. Nun wollten sie, dass Gott gegendert werden solle, und dass man von der Vorstellung Abschied nehme, dass der Schöpfer ein »weißer alter Mann« sei, was sie ein »Narrativ« nannten.

In einer Kolumne für die Weltwoche unterbreitete er den Jungen sarkastisch den Vorschlag, Michelangelos Fresko in der Sixtinischen Kapelle mit Ravioli zu beschmeißen, denn dort war er festgehalten, der Allmächtige als alter weißer Mann, und sich so lange festzukleben, bis sämtliche ihrer Forderungen durch den Höchsten erfüllt waren, also bis zur Apokalypse, die sie ja voller Angstlust herbeisehnten, in anderen Worten: bis zum Jüngsten Gericht. Und überhaupt, schlug er sarkastisch vor: Sollte man nicht auch Jesus Christus und die Heilige Jungfrau gendern, um sie für Transpersonen und den ganzen Rest der Buchstabensuppe erträglicher zu machen?

Man kann sagen, dass sich Rico in diesen Tagen in einer delikaten und durchaus stimulierenden journalistischen Dauererregung eingerichtet hatte, ja, er schwelgte geradezu in den Verblödungen, die ihm der Zeitgeist zuspielte. Und er führte seinen Krieg gegen diesen Zeitgeistsurfer Böhmermann, der sich als Denunziant und Kämpfer gegen Rechts gerierte und Erfolg damit hatte. Böhmermann, der Ricos Geburtstagsparty zum Naziparteitag hochskandalisiert hatte. Die Böhmermanns waren die zynischen Nutznießer dieses Systems aus Zwang und Angst. Sie verdienten schwer Kohle damit und wurden mit Zwangsgebühren finanziert, die im Doppelsprech »Demokratieabgabe« hießen.

Zeitgeist, was für ein treffendes Wort, das Gottfried Herder aus dem lateinischen genius saeculi in die deutsche Sprache eingeführt hatte. Schon bei Herder war er negativ konnotiert, entnahm er dem entsprechenden Wikipedia-Eintrag. »Er bezeichnete etwas Bedrückendes, Einschränkendes, ja ›Bleiernes‹, dem sich der aus seinen religiösen Bindungen ›Befreite‹ freiwillig und unter Verzicht auf die Freiheit des Denkens unterwarf. Er tendiert auch dahin, nonkonformatives Denken auszugrenzen.«

Eine Zeit lang hatte er erwogen, der Regierung ironisch zu danken dafür, dass sie ihn so ständig und verlässlich mit Stoff versorgte, aber er bezweifelte, dass die schwachsinnige Meute dort im Raumschiff Berlin überhaupt Gespür für

Ironie hatte, denn die setzte ein Mindestmaß an Selbstdistanz voraus.

Rico fühlte sich wohl in seiner Rolle als Ausgegrenzter, alle seine literarischen Vorbilder gehörten dazu, zunächst die Beatpoeten um Jack Kerouac, dann aber auch göttliche Vorgänger wie Heine, Büchner, Kleist und andere. Im Trotz gegen die Welt das eigene Werk.

Sportpalast
mit Böhmermann

Dann aber erreichte ihn eine Mail, die ihn in seinen Grundfesten erschütterte. Die ihm Angst einjagte bis in die Knochen. Ein Freund hatte ihm den Hinweis auf ein im ZDF übertragenes Konzert von Böhmermann zugeschickt.

Rico nannte den bleichen Komiker mit dem schadenfrohen Dachsgesicht bei sich »Bammelmann«, seit der mit einem Spottgedicht den türkischen Staatschef Erdogan als Ziegenficker bezeichnet hatte und sich anschließend aus Angst vor dessen Schergen drei Wochen lang aus der Öffentlichkeit zurückgezogen und im Keller eines Freundes versteckt hatte. Nach einer Titelgeschichte im Spiegel, schützender Intervention der Kanzlerin und sophistischen Belehrungen der Feuilletons über die Freiheit der Satire – als ob diese Sache mehr war als nur ein plumper Klingelstreich beim Hausmeister – war er wieder aufgetaucht, und längst war er wieder obenauf und legte mithilfe seiner Redaktion in den folgenden Wochen und Monaten Listen von vermeintlichen Nazis an. Gerade war er vom Betrieb mit seinem sechsten Grimme-Preis dafür belohnt worden.

Nun sah er ihn auf einer Konzertbühne in Bochum, gemeinsam mit dem einstigen Ruhrpott-Sänger Herbert Grönemeyer, vor ein paar Tausend Zuschauern, die ihn rhythmisch klatschend feierten. Böhmermann sang über seine, Ricos, Geburtstagsparty:

Auf meinem Fest, weil jeder mich kennt
Sind auch die Gäste sehr prominent
Alle woll'n kommen und alle komm'n rein
Es gibt Häppchen und Champagner und eiskalten Wein
Wer mitfeiern darf, nein, da bin ich nicht kritisch
Meine Türpolitik ist unpolitisch!

Er hatte Katja vor seinen Monitor geholt, was er allerdings schnell bereute, denn Bammelmann sang weiter:

»Was soll schon passieren? Ist je was passiert
Wenn ein Nazi auf eine Party marschiert?
Was soll schon passieren? Ist je was passiert
Wenn ein Nazi auf eine Party marschiert?«

Katja wurde blass. Sie sagte: »Das darf doch nicht wahr sein!«

»Und dieses Arschloch hat sich über einen jüdischen Komiker lustig gemacht und ihm bei einer Veranstaltung zugerufen: Gib Gas!«, sagte Rico. Katja schüttelte den Kopf, sprachlos.

Der Bleiche auf der Bühne sang weiter:
»*Willkommen, Herr Nazi, treten sie ein*
Zuerst in meinen Saal, dann auf's Ausländerschwein
Sie lachen, Herr Nazi, und wir lachen mit
Weil nicht wir, sondern sie, sind ja Antisemit.«

Dann der Refrain:

Licht aus! Licht aus!
Ein Nazi auf der Party!
Wegschauen! Wegschauen!
Alles ganz normal!
Licht aus! Licht aus!
Ein Nazi auf der Party!
Wegschauen! Wegschauen!
Alles ganz egal!
Licht aus! Licht aus!
Ein Nazi auf der Party!
Wegschauen! Wegschauen!
Alles ganz normal!
Licht aus! Licht aus!
Ein Nazi auf der Party!
Wegschauen! Wegschauen!
Alles ganz egal!

Tatsächlich wurde seine Party noch einmal aus der Versenkung geholt, sie war noch Stofflieferant, sie diente als Einladung zur Denunziation. Das war perfide, das war Demagogie in Goebbels-Manier – ja, war der Typ verrückt geworden? Aber das Fürchterliche war: Das Publikum klatschte mit, da waren Tausende von Jugendlichen, rhythmisch klatschend in Feierlaune, und plötzlich sah Rico die Sache in Schwarz-Weiß, wie auf einem Parteitag aus alten Tagen, aus Wochenschauaufnahmen oder dem Riefenstahl-Film »Triumph des Willens«, Sportpalast-Atmosphäre, alle gleichgerichtet, alle mit dem Gefühl, auf der richtigen Seite zu stehen, das schien sie zusammenzuschweißen, all die verwöhnten Nachgeborenen im Kampf gegen die eingebildete rechte Gefahr. Mein Gott, er hatte doch nur Geburtstag gefeiert, mehr nicht, aber hier saßen sie, aufgepeitscht durch diesen höhnischen Entertainer auf der Bühne, hier saßen seine jungen Hilfstruppen zusammen, die angeschärft wurden, alles auszuleuchten, aufmerksam zu sein, zu spitzeln, zu verpfeifen und gegebenenfalls zuzuschlagen. Was unterschied die noch von den Horden der HJ?

> *Herr Bürger will trinken, Herr Nazi schenkt ein*
> *Und immer mehr Nazis kommen herein!*
> *Ja, heute wird sich so richtig weggeschossen*
> *Die Köpfe nach unten und die Augen geschlossen!*
> *Nazi-Lachen übertönt Bürgerschweigen*
> *Bitte nicht mit dem Finger auf Nazis zeigen!*
> *War mein Fest nicht ein herrliches Fest, meine Lieben?*
> *Wir haben so laut gesungen und noch lauter geschwiegen!*

Er traute seinen Augen nicht und noch weniger seinen Ohren: Dort stand ein bleicher gebührenfinanzierter Widerling auf der Bühne, der sein junges Publikum in Lynchstimmung bringen wollte und ihm »Wachsamkeit« einbläute, die Tugenden der Abteilung Horch und Guck.

Licht an! Licht an!
Ein Nazi auf der Party!
Da steht er! Da steht er!
Ein Nazi ist im Haus!
Musik aus! Musik aus!
Ein Nazi auf der Party!
Da steht er! Da steht er!
Er sieht so harmlos aus!
Bier weg! Bier weg!
Ein Nazi auf der Party!
Da steht er! Da steht er!
Komm, schmeiß den Nazi raus!
Licht an! Licht an!
Ein Nazi auf der Party!
Da steht er! Da steht er!
Sonst ist die Party aus!

Logisch, dass das alles in eine Aufforderung zu Prügelei münden musste, ja, das war das Horst-Wessel-Lied knapp hundert Jahre später, mit den Mitteln des Pop.

Entschuldigung, Herr Nazi, für Dich statt Wein und Schnaps
Nur ein freundschaftlicher Fußtritt und ein lieb gemeinter Klaps!
Ich sag's mit Deinen Worten, Dein Rausschmiss –
tut mir leid –
Bleibt eine uns unvermeidliche, aber wohltemperierte Grausamkeit

Da ist die Tür!

Sie saßen in seinem Arbeitszimmer vor dem Computermonitor, schweigend, und schauten sich an. Katja sah krank aus. Sie zupfte Hautfetzchen von ihrer Unterlippe, eine ihrer Angewohnheiten, wenn sie unter Hochspannung stand. Irgendwann hatte sie ihn mal gebeten, ihr die Hand dort wegzunehmen, wenn sie damit begann. Diesmal unterließ es Rico.

Jetzt war sie nachdenklich und sehr ernst. Er konnte es ihr nicht verdenken, denn sie war in der DDR aufgewachsen und sie kannte die verheerende Wirkung der Propaganda und des kämpferischen Zusammenschlusses der FDJ, sie kannte sich aus mit der Formierung einer ganzen Gesellschaft und sie wusste, man konnte zermalmt werden.

Schließlich sagte sie: »Willst du nicht langsam mal kürzertreten, Schatz? Kannst du nicht auch mal Rücksicht auf mich nehmen? Ich meine, ich werde schon von Kollegen auf dich angesprochen.«

Ratlos blieb er vor dem Monitor sitzen. Was hätte er auch zu seiner Verteidigung anführen können. Dass der Jagdbetrieb auch ohne sein Zutun weiterrollte in seiner eigenen Dynamik, und, ja, dass auch sie beide dabei unter die Räder kommen könnten, sie und ihr Sohn?

Tatsächlich riskierte sie mehr als er. Er konnte hier sitzen und von der Tastatur aus seine mehr oder weniger gelungenen Blitze gegen eine verkommene Politik schleudern. Er war Rentner, sie hingegen stand als Lehrerin unter Beobachtung. Ihr Risiko war sehr real, nachdem die Innenministerin eine Umkehrung der Beweislast für Beamte ins Spiel gebracht hatte. Mittlerweile sollte der Dienstherr direkt Kündigungen aussprechen können ohne Gerichtsurteile. Nach dem Operettenaufstand der »Reichsbürger« hatte sie nun vor, dass Staatsangestellte von sich aus ihre Loyalität zur Regierung zu belegen hätten. Ein Fahnenschwur wie in der DDR. Oder wie noch früher.

Rico wusste, und auch das war Thema in seiner Sendung, dass der Plan der Ministerin, würde er Wirklichkeit, die perfekte historische Revanche der Linken an ihren einstigen Gegnern war. Eine triumphierende Rache. Er wäre der Radikalenerlass aus den Zeiten der linksradikalen RAF-Mörder als Bumerang, nur in verschärfter Form, und diesmal gegen Rechts. Und sicher könnte sie, allein durch die Kontaktschuld ihrer Ehe mit ihm, in Gefahr geraten.

Wie sang Bammelmann? »Licht an, Licht an, ein Nazi auf der Party …«

Katja, seine schöne Katja, die jetzt in ihrem bunten Kleid mit Paisley-Mustern neben ihm saß, hatte Angst, weil sie das alles kannte, und sie empfand diese Angst viel tiefer und grundsätzlicher als er. Damals, als sie sich kennenlernten kurz nach dem Mauerfall in Ostberlin, hatte sie ihn in das Leben in einem totalitären Regime blicken lassen, in Überlebenstechniken wie jener, dass man seine Meinung für sich behielt und allenfalls in der eigenen Küche Druck abließ. Wie jener, dass man wusste, dass in jeder Seminargruppe an der Uni mindestens ein Spitzel, eine Verpfeiferin saß. Dass man besser nicht auffiel. Nicht gerade sein Lebensprogramm.

Erste Liebe, letzte Lügen

Rico war ratlos. Was sollte er ihr sagen? Dass er Journalist sei? Dass er sich zur Wehr setzen müsse? Dass seine einzige Waffe die Sprache sei? Dass er Krach schlagen müsse? In welchen Sumpf war dieses Land nur zurückgefallen? Das war doch alles ganz anders gemeint damals, nach dem Fall der Mauer, da sollte doch das Reich der Freiheit beginnen. Und es hatte begonnen, diese Welt der unendlichen Möglichkeiten, für ihn und besonders für sie.

Er stöhnte. Sein Blick wanderte über die Wand neben dem Regal. Dort, neben der Georgs-Ikone, hing groß ihr Hochzeitsfoto. Wie jung sie waren, damals! Sie schön und frech mit gerafftem Hochzeitskleid, er neben ihr im Smoking, Kippe im Mund.

Er hatte sie im Roten Rathaus in Ostberlin kennengelernt, sie arbeitete als Praktikantin beim Bürgermeister, einem rauschebärtigen Theologen und einstigen Dissidenten. Sie trug unmögliche, von der Oma geschneiderte Klamotten, sie hatte einen Pferdeschwanz und eine Stupsnase und Grübchen, vor allem aber beeindruckte ihn ihre aus der Zeit gefallene Anmut und die Vornehmheit, mit der sie seine Avancen ablehnte, und er verliebte sich auf der Stelle in sie.

Im Grunde war er nur aus Neugier in ihr Vorzimmer gepoltert, unter dem Vorwand, ihren Chef sprechen zu wollen. Er wusste, dass der außer Haus einen Termin wahrnahm. Von ihr aber hatte er über einen schwer beeindruckten Freund erfahren, der ebenfalls beim Rauschebart arbeitete. »Sie spricht fließend russisch, sie hat an der Lomonossow in Moskau studiert, sie ist DDR-Meisterin im Turniertanz, und sie lässt keinen an sich ran.«

Damals war er als Reporter im Osten unterwegs und wohnte gegenüber, im Palasthotel. Unfassbar spannende Zeit. Ein Staat löste sich auf, er wurde demontiert wie ein Auto, das auf der Strecke liegen geblieben war. Und er lernte die Lüge dort kennen, die sich wie verblassende Tusche auflöste auf seinen Fahrten kreuz und quer durchs Land. Noch gab es diese absurden Siegesparolen an Autobahnbrücken wie »Küken aus Seegrehna – gesund, vital, leistungsstark« oder »Wittstocker Trikotagen – Sportliche Mode für alle«, wo doch der Traum von allen aus Jeans aus dem Westen bestand. Auch die Völkerfreundschaft im Ostblock wurde gefeiert: »Electro-Impex aus Bulgarien – ein zuverlässiger Handelspartner«. Oder: »Fahren Sie vernünftig – Fahren Sie mit Kasko«.

Eines hatten die Reklamebanner gemeinsam: Sie waren Neusprech. Die Schilder lobten das Land und seine Produkte für Leute, die am liebsten über die Transitstrecke davongebraust wären. Ganz unvernünftig, ganz ohne Kasko.

Und die Parteipresse versuchte den vorsichtigen Seitenwechsel. In der Berliner Zeitung war zu lesen: »Schon vor einem Jahr lastete auf uns das Empfinden, dass es in der DDR Herrscher und Beherrschte gibt.« Andere, wie das Neue Deutschland, klagten über das verloren gegangene Paradies: »Selbst die Schokolade schmeckt bitter.«

Das Unrecht löste sich auf, die Zwänge, die Überwachungen, das Bonzenregime. Ja, das ganze Kartenhaus war plötzlich in sich zusammengefallen, es hatte nur eines letzten Hauches bedurft.

Doch nun erlebte Rico, wie sich erneut ein Staat auflöste, und es war der eigene, der damals siegreiche.

Untergegangen und verschwunden war damals auch die Antifa-Liturgie der alten Männer, die mit dem Kampf gegen Rechts noch die größten Sauereien entschuldigt hatten, und die prompt die Methoden der Nazis übernommen hatten, bis in die Propagandasprache hinein.

Auch die lebte wieder auf.

Sie nannten die Gefängnismauer rund um ihr Land den »antifaschistischen Schutzwall«. Und sie hatten lauter kleine Bammelmanns herangezüchtet, ja, ein ganzes Heer von ihnen, das sie Stasi nannten. Die liefen damals kopflos in der Landschaft herum und versuchten sich neu zu orientieren, neu anzudocken in dieser neuen Ordnung, und einigen aus der Bonzenklasse gelang es verdammt gut, ja, sie schafften es bis in höchste Staatsämter.

Aber Rico spürte damals, kurz nach der Wende, dass die meisten dann doch Luft holten, wie sein Freund Gerrit, der eingesessen hatte, weil in seinem Bücherregal die gefährlichen Sachen standen, unschuldiges Zeug wie Rudolf Bahro und dessen Träumereien über einen Dritten Weg, ja, wie sich die kritische Intelligenz damals von diesem Albtraum befreite, und den Lemuren, die in ihm hausten. Damals war er mit der Siegesgewissheit des aufgeklärten Westreporters den Verwüstungen nachgegangen, den der Lügenäther der Propaganda und die eifrige Spitzelei im Osten des Landes angerichtet hatten. Nun sah er, wie sich der gleiche Äther wieder senkte, diesmal über das ganze Land, vorwiegend aber im Westen während der Osten immunisiert schien. Er hatte in der Diktatur Antikörper gebildet.

Nun also waren die bleichen Gespenster zurückgekehrt!

»Licht an, Licht an ...«

Was war nur mit diesem Volk los, dachte sich Rico verzweifelt.

Er wollte Katja über die Wange streicheln, aber sie wich seiner Hand aus.

»Du denkst immer nur an dich«, sagte sie, gleichzeitig verängstigt und verärgert, und sie stand auf und ging aus dem Zimmer. Sie schlug die Tür zu. Es klang wie ein unversöhnliches Ausrufezeichen.

Er blieb ratlos sitzen. Was war nur los? Sie waren doch das Dreamteam. Er dachte zurück an seine Party, auf der er, in einer Fotoschau, die er über den Beamer an die Wand geworfen hatte, ihre ganz persönliche westöstliche Wiedervereinigung gefeiert hatte. Es war eine Beschwörung, Bilder aus Platons Höhle, der Abglanz einer verlorenen Welt, Bilder für seine neuen Freunde, denen er Katja und sich mit ihrem privaten Lebensweg vorstellen wollte.

Es waren Bilder aus den Anfangstagen, in denen er sie belagert hatte. Er hatte ihr die Welt zu Füßen gelegt. Ja, er hatte sie kaum Luft holen lassen aus Angst, dass sie es sich noch einmal anders überlegen würde. Er wusste damals, er wollte ohne sie nicht mehr leben.

Da waren die Fotos aus dem Skiurlaub in Lech, welchen Spaß ihr das machte, zum ersten Mal auf den Brettern zu stehen. Und dann die anderen von ihrem Kurztrip nach Paris, von seinem Heiratsantrag im Hotel am Arc de Triomphe, den er mit Lippenstift auf den goldgerahmten Spiegel im Bad geschrieben hatte. »Voulez-vous devenir ma femme?«, danach ging sie ins Bad. Sie brauchte lange da drin. Womöglich, dachte er damals, war sie überwältigt vor Rührung. Schließlich kam sie heraus und fragte trocken: »Was heißt devenir?«

Ihre Reise nach Thailand, die buddhistische Hochzeitszeremonie mit dem safrangelb gekleideten Mönch in seinem Tempel, der Tanz im Dschungel zu Mendelssohn-Bartholdys Hochzeitsmarsch vom Kassettenrekorder, zum ersten Mal in ihrem Leben hatte sie Palmen gesehen, wie im Rausch hatten sie diese Tage in ihren Pfahlhütten auf Koh Samui und Koh Phangan erlebt, damals gab es diese wilde Primitivität dort noch, die übermütigen Strandpartys, das warme Meer, in dem sie sich umschlungen hatten, dann die Reise nach Hollywood zu den Oscars, sie beide auf dem roten Teppich, Selfies schoss man damals, indem man die kleine Canon umdrehte.

Als er ihr die entwickelten Fotos zeigte, fragte sie: »Wer ist denn da der Alte hinter mir?«

»Das ist Gregory Peck, mein Schatz.«

»Hm«, sagte sie, »ach ja?«, und natürlich hatte sie recht, sie sah aus wie eine Filmgöttin, und es war der Alte hinter ihr, der sich den roten Teppich mit ihr teilen durfte. So sah er es, und das, obwohl er den großen alten Mimen, den

Captain Ahab aus »Moby Dick«, den Atticus Finch aus »Wer die Nachtigall stört« und aus zahllosen anderen Streifen durchaus verehrte.

Deutschland.
Beziehungsstatus:
kompliziert

Dieser Trubel auf seiner ominösen Party, sie zelebrierten das Zusammenrücken von Ost und West, das war weder das dunkle noch das helle Deutschland, es war ein vereintes Deutschland, das dort mit ihm gefeiert hatte.

Ein Deutschland, dem er mit seinem Buch »Wir Deutschen« eine Liebeserklärung geschrieben hatte, ein Buch, das damals, zum Sommermärchen 2006, quer durch den Blätterwald die allerbesten Kritiken bekam, weil er die Kühnheit besessen hatte, einen beschwingten Patriotismus zu beschwören mit seinem Kronzeugen Heinrich Heine. Damals noch konnte es zum Bestseller werden, und seine Kollegen, die angeekelt verfolgten, wie diese »nationalistische Scheiße« in der Spiegel-Bestsellerliste nach oben kletterte und sich dort über Wochen behauptete, kamen aus dem Kotzen nicht heraus. Wie sehr er das genossen hatte, beides, den Erfolg und den Ärger seiner Gegner.

Er war der Typ, der in Gegnerschaft aufblühte. Sein

Buch mit dem zweideutigen Untertitel »Warum uns die anderen gernhaben können« hatte geschrieben, weil er auf seinen Auslandsaufenthalten in New York und Rio de Janeiro und London mit Verwunderung festgestellt hatte, dass Deutschland dort beliebter war als bei den Deutschen in der Heimat. Und er begann, wohl zum ersten Mal in seinem Leben, Deutschland und die Deutschen von außen zu sehen, und sich deren Vorzüge ins Bewusstsein zu heben.

Da war die lange große Geschichte. Da gab es die großartige mittelalterliche Kultur, die Schönheit der Stifterfiguren im Naumburger Dom. Die Romantik mit ihren Verzauberungen der Welt. Nur ein Deutscher wie Eichendorff konnte dichten: »Und die Welt hebt an zu singen, Triffst du nur das Zauberwort.« Nur ein exilierter deutscher Dichter wie Heinrich Heine konnte schreiben: »Und als ich die deutsche Sprache vernahm, Da ward mir seltsam zumute, Ich meinte nicht anders, als ob das Herz Recht angenehm verblute.«

Er begann tatsächlich, sich in Deutschland zu verlieben, damals, in diesem wunderschönen schwarzrotgoldenen Fußballsommer, und er wollte es auf den Barrikaden der politischen Inkorrektheit bis zum letzten Atemzug verteidigen. Wer konnte ahnen, dass dieses Land bald darauf von einer ehrgeizigen, stillen Machtopportunistin aus der DDR-Nomenklatura, die niemand auf dem Radar hatte, verraten und verkauft werden würde?

Mit seiner Familie und Peers Sohn, der der beste Buddy von Marcel war, noch klein beide, voller Neugier und ohne Handys. Allerdings gab es bereits diese Gameboys, Scheißdinger, über die sie sich auf den Autofahrten gemeinsam beugten, während es draußen das allerschönste Deutschland zu entdecken gab. Sie waren aufgebrochen zu einer großen Deutschlandreise, VW stellte ihm, dem Spiegel-Kulturchef, einen Phaeton zur Verfügung, den er nach ein paar Wochen reichlich lädiert zurückgab. Es gab kaum eine passende Parklücke für das Riesenschiff.

Wenn er ehrlich war, wollte er auch sich selber überzeugen, denn er hatte seine Auslandsaufenthalte fern von Deutschland genossen.

Nun besuchten sie die Eichenwälder am Hermannsdenkmal, schipperten den Rhein hinunter vorbei am Felsen der Loreley, sie hatten Weimar besucht und das KZ Buchenwald mit den Baracken und Halden von Brillen und Schuhen, den Öfen – wie beklemmend nahe sich hier die Blüte des deutschen Geistes und sein Abgrund kamen – und dann hatten sie nach einem kurzen Abstecher in den Taunus mit dem damaligen Freund Frank Schirrmacher auf den Geburtstag von Reich-Ranicki angestoßen, der die deutsche Blüte geliebt und den deutschen Abgrund erlitten hatte und Rico geschmeichelt hatte damit, dass sein Text das Beste gewesen sei, das zum Heine-Jahr geschrieben worden war. Er empfand es als Ritterschlag.

Ausgerechnet der triviale Fußball hatte einem ganzen Volk die Chance geliefert, neu anzudocken und so etwas wie Stolz auf die eigene Heimat zu spüren.

Oh, wie hatte er sich genossen damals, sich und das Land, in dem sich junge hübsche Mädchen und Kinder und Familienväter schwarzrotgoldene Kriegsbemalung anlegten und ihre Nationalmannschaft, jawohl, die hieß damals noch so, mit Wimpeln und Kusshänden anfeuerten, eine ganze Nation schien nun endlich ihre Nazi-Neurose abgelegt und zu sich selber gefunden zu haben und Ost und West waren sich in ihrem Jubel endlich einig.

Doch er hatte sich getäuscht. Heute könnte er dieses Buch so nicht mehr schreiben, weil es sich in einen Albtraum verwandelt hatte, aber er war überzeugt, dass es – auch in seiner verliebten Fassung – in diesem Land keinen Verleger mehr finden würde. Nun waren Politkommissare an der Macht wie der Wirtschaftsminister, der bekannte, dass er beim Wort Vaterland das Kotzen bekäme. Ein Wirtschaftsminister, der noch nie in seinem Leben auch nur einen Bleistift verkauft hatte.

Kampf gegen das Christentum

Ausgerechnet für Kultur war eine schrill gekleidete Frau bestallt worden, die einst die Anarcho-Band Ton, Steine, Scherben gemanagt hatte. Wie toll er damals als Sechzehnjähriger den Song »Macht kaputt was euch kaputt macht« fand. Heute allerdings, über ein halbes Jahrhundert später, graute ihm vor dem Kaputtmachen. Ihr aber nicht. Ihre Ausbildung bestand aus einer Dramaturgietätigkeit für ein Kindertheater, sie war in seinen Augen nie erwachsen geworden. Später war sie hinter einem Plakat hergetrottet, auf dem Deutschland ein Stück Scheiße genannt wurde. Und so eine war für Kultur zuständig.

Vor allem zog sie gegen das Christentum zu Felde. An der Kuppel des neuerrichteten Berliner Stadtschlosses, auf dessen Terrasse er noch jüngst mit Freunden einen Aperol getrunken hatte, knapp unterhalb der Kuppel war ein Bibelspruch zitiert, den einst der Kaiser, das nominelle Oberhaupt der evangelischen Kirche, dort hatte anbringen lassen: »Es ist in keinem andern Heil, (…) denn in dem Namen Jesu, zur Ehre Gottes des Vaters. Dass in dem Namen Jesu sich beugen sollen aller derer Knie, die im Himmel und auf Erden und unter der Erde sind.«

Nun hatte sie verfügt, dass diese frommen Zeilen verschwinden sollten, mit einem »Kunstprojekt zur temporären Überblendung der rekonstruierten Inschrift mit alternativen, kommentierenden und reflektierenden Texten«. Genaueres als dieser verbale Durchfall des Widerwillens in scheinintellektuellem Kauderwelsch war ihr noch nicht eingefallen, wie auch, sie hatte nur solche Wortbausteine im blondierten Pagenkopf, und ansonsten eben: Macht kaputt was euch kaputt macht.

Ahnten sie und ihre Genossen vielleicht, dass dieser himmlische Gott offenbar unausrottbar war und dass er der Stümperei der Selbstvergötterung im Wege stand? Sie fluteten die Grenzen mit islamischen Immigranten, im Namen der Nächstenliebe versteht sich, ohne Rücksicht auf Kultur und gewachsene Gemeinschaften. Von seinem Idol Chesterton hatte er den Satz im Kopf: »Gerechtigkeit ohne Barmherzigkeit mag grausam sein, aber Barmherzigkeit ohne Gerechtigkeit führt zur Auflösung der Ordnung.« Und er hatte den Verdacht, dass sie die Auflösung zum Ziel hatten, und diese Auflösung wurde von ihren Nachfolgern nun vollendet als rasten sie begeistert in die Apokalypse, die finale Auflösung hinein.

Für ihn fühlte sich das an, als lebten sie alle unter dem Schatten eines riesigen Raumschiffes, das aus den dunklen Weiten des Alls lautlos herangeglitten war und nun drohend über den Köpfen der Menschen stand. Vielleicht waren es jene Luftschiffe, die sich Benson in seiner Zukunftsvision vorgestellt hatte, als naiver Ausweis ungeheuerlicher technologischer Weiterentwicklungen, die sich ein Autor im Jahr 1904 ausmalen konnte.

Wie genial Benson sonst alles vorausgeahnt hatte: die Parolen, mit denen der falsche Messias in seinem Roman, dieser weißhaarige Menschheitsbeglücker Julian Felsenburgh, die Massen hypnotisiert.

Der schwärmte charismatisch von einer neuen kosmopolitischen Menschheit. Keine Nationen mehr, sondern ein Brudervolk von Weltbürgern. Keine Parteien. Und vor allem keine Kirche mehr, kein Gift wie den Glauben an ein Jenseits, nur Liebe und Frieden, jetzt, hier. In Bensons Thriller hieß es: »Nie wieder sollen Waffen sprechen, sondern allein die Gerechtigkeit, nie wieder soll die Menschheit nach einem Gott rufen, der sich verbirgt, sondern zu dem Menschen, der sich endlich seiner Göttlichkeit bewusst geworden ist.«

Er hatte sich die Stelle angestrichen, weil sie so gut in die Zeit passte. Bis auf die Bemerkung zum Krieg, der allerdings damit begründet wurde, dass er den endgültigen Frieden schaffen würde.

Wieder blickte er auf die Wand. Neben seinem Hochzeitsfoto das Kreuz und die geschnitzte Holz-Madonna, eine Wand, die ihn und sein Leben ankerte. Er war überzeugt davon, dass ihm sein Schöpfer seine Frau über den Weg geschickt hatte. Nun gut, er war es, der ihr in den Weg gelaufen war. Aber er hatte immerhin erkannt, dass sie für ihn bestimmt war, sie war sein Schicksal, um es mit einem Filmtitel zu sagen. Er liebte sie in diesem Moment unendlich.

Teil II – Bericht eines angekündigten Todes

»Das Leben selbst ist mir
unerträglich geworden.«
(Mabel in Hugh Bensons »Herr der Welt«)

Die Kultur des Todes

Mittlerweile hatte die Fastenzeit begonnen. Rico Hausmann hatte den Lektorendienst übernommen in der Schlosskapelle des Barons, die in seinem Anwesen außerhalb der Ortschaft in einem Wäldchen lag. Sie war in einem efeubewachsenen Turm aus dem 13. Jahrhundert untergebracht, mit dem rechten Seitenflügel aus dem 17. und dem im klassizistischen Stil errichteten Hauptgebäude aus dem 19. Jahrhundert, und trotz der architektonischen Zeitreise bildete es alles in allem ein weißgetünchtes Bilderbuch-Ensemble, zu dem man über eine Zugbrücke durch ein Wächterhäuschen auf das Kopfsteinpflaster aus Kieseln gelangte, das zum Turm führte.

Rund fünfzig Gläubige fanden dort in den Bänken und einer kleinen Loge hinten Platz, zur rechten Hand hing ein Marienbild und über dem Tabernakel eine geschnitzte Jesusfigur, der Volksaltar stand auf acht goldenen Säulen, in der vordersten, mit rotem Samt überzogenen Gebetsbank rechts war noch die Plakette mit dem Namen eines Ahnen und der Jahreszahl »1905« eingelassen.

An diesem Sonntagmorgen stand wieder die Genesis auf dem Programm, die Verführungsszene im Paradies durch die Schlange, das klügste aller Geschöpfe. Wunderbare Erzählung aus dem Garten Eden, eine, die ihn schon in der Kindheit mit unzähligen Abbildungen aus seinen Bilderbüchern ins Träumen gebracht hatte, das Paradies, der knallrote Apfel, die um den Baum gewickelte Schlange, und, älter geworden, dann der Spaß an den in der Erzählung niedergelegten Rollenbildern, die neugierige Eva, leichter verführt als der zurückhaltende und autoritätshörigere Adam.

Nur von den Früchten des Baumes in der Mitte, sagt Gott, dürft ihr nicht essen. Dagegen versichert die Schlange, doch, dürft ihr, und dann werdet ihr wie Gott. Sie versprach das Blaue vom Himmel herunter und brachte nur Elend und Verderben. Während der Lesung dachte er an die zeitgenössische Schlange der Junta und ihre Versprechungen. Die Schlange der Politik arbeitete derzeit unter Hochdruck.

Father Bernhard, ein groß gewachsener Massai, der aus einem Dorf in Kenia stammte, hatte allergrößtes Vergnügen an diesem Sündenfall, er beherrschte den Altarraum mit geschmeidigen Bewegungen und strahlender Glaubensfröhlichkeit. »Sie wollen sein wie Gott«, er lachte, doch dann predigte er weiter über das Evangelium, das von einer anderen Versuchung erzählt, nämlich von der Jesu durch den Teufel in dieser Fastenzeit. Er verspricht ihm Essen. »Jesus hat Hunger«, sagte Bernhard, der sichtbar genau wusste, was Hunger ist, »er ist Mensch, und wir alle hungern, ständig, nach irgendwas und nie sind wir satt«, und Maria, die polnische Krankenschwester, die neben ihm saß, nickte und lächelte.

Des Teufels Bedingung, dass Jesus, der Gottessohn, sich vor ihm zu Boden werfen solle, bildete auch den Kern des Dramas in Hugh Bensons »Herr der Welt« – und den der Gegenwart, dachte Rico, sie alle wurden in diesen Zeiten gezwungen, dem Teufel zu glauben und seinen Verheißungen, nämlich zu sein wie Gott.

Wie großartig das Buch der Bücher doch war! In seiner Predigt erledigte dieser Schwarzafrikaner im farbigen Licht der Sonne, die durch die Buntglasscheibe fiel, die transhumanistischen Stümpereien und luziferischen Überhebungen des fortgeschrittenen Westens samt ihrem düsteren Todeskult mit links, und das auf die eleganteste und farbigste Weise.

Auf dem linken Fenster in der Kapelle stand »O Crux Ave, spes unica« und auf der anderen »Cor Jesu. Miserere nobis«.

Ihr werdet wie Gott! Ein Lacher!

Rico grub sein Gesicht in die Hände nach der Kommunion und betete sein Mantra aus den Psalmen: »Herr, schenke mir ein reines Herz und einen beständigen Willen« und dann, wie immer in einer innigen Kindersprache »hilf uns armseligen Geistesverwirrten, die wir glauben, das Weltklima beherrschen und das Geschlecht des Menschen ändern zu können und den ganzen Schwachsinn, du bist groß und mächtig und schaust in mein Herz, hilf mir, dass ich nicht verrückt werde … und vor allem, dass mir nichts passiert, denn ich will noch leben. Leben schenken und Leben nehmen, das liegt in deinen Händen.« Und er dachte an die grüne Junta, die sich mit falscher Wahlpropaganda die Macht erschlichen hatte, die derzeit nicht nur an Gesetzen zur Tötung von Embryos arbeitete, sondern auch an solchen zur Selbsttötung der Alten und der Schwachen.

Und dieser Kampf ums Leben sollte ihn in den nächsten Wochen beschäftigen. Nicht der um sein eigenes Leben, sonders um das Leben einer Freundin.

Natalies Nachricht traf ein paar Tage später ein, als erneut große Stürme übers Land fegten und jede Menge Lärm und Verwüstung veranstalteten, besonders oben in der Küstenregion. Sie deckten Häuser ab, entwurzelten Bäume, sie heulten durch die Fensterritzen als sei da eine Horde betrunkener Riesen unterwegs. Von seiner Terrasse hoben sie eine zentnerschwere Glasplatte vom Gartentisch, um sie in tausend Stücke zu zerschmettern, den schweren Sessel daneben schmissen sie in die Hecke zum Nachbarn.

Die Welt war aus den Fugen, sowieso.

Natalie wollte auf Instagram von ihm wissen: »Hallo Richard, schreibst du noch über wichtige Themen, über Heimat, Liebe, Leben und Sterben? Hättest Du nicht Lust, ein Buch mit mir zu schreiben? Fragen und Antworten? Du fragst, ich antworte – oder umgekehrt. Wäre auch interessant. Denk drüber nach. Kuss. Natalie.«

Kurz darauf kam eine weitere Mail. Natalie, Präsidentin eines Vereins, der das Recht auf Selbstmord verteidigte, wollte ihrem Leben ein Ende setzen. Und ein letztes Buch darüber veröffentlichen.

Er erschrak. Und dann ergriff ihn eine dunkle Faszination.

Klar schrieb er noch über »wichtige Themen«. Das war doch der Grund, aus dem er vom konventionellen Betrieb ausgemustert worden war, jawohl, er schrieb über Heimat und Familie und diese Themen. Und über den Tod, der Einzelnen und einer ganzen Gesellschaft. Er war sich nicht sicher, ob er tatsächlich der richtige Partner war für Natalies letzten Tango, denn selbstverständlich verbot sich der Selbstmord für ihn, ja, er schrieb gegen nichts anderes glühender an als gegen den Selbstmord dieser todmüden und von Angst geschüttelten Gesellschaft im Westen.

Sicher schrieb Rico noch über das Leben und den Tod, noch mehr als früher.

Jawohl, er hieß Richard, es war der Name seines Vaters, der ursprünglich mal Priester werden wollte, bevor er seine Mutter kennengelernt hatte, dieser strenge, hochgewachsene und dünne Mann, der ausgemergelt aus amerikanischer Kriegsgefangenschaft heimkehrte und der ihn bisweilen verdrosch, großer furchterregender Vatergott, er hatte sich spät im Leben dafür entschuldigt, Rico hatte ihm vergeben und hatte sogar seine Weihnachtsnovelle nach ihm benannt.

Richard also, doch seine Freunde nannten ihn seit frühster Jugend Rico, weil er was italienisch Leichtsinniges hatte, er begeisterte sich schnell, verliebte sich schnell, und stürzte schnell in die allerschwärzeste Melancholie ab. Im Kindergarten wurde er nicht ohne Missbilligung »sehr lebhaft« genannt, in der Schule war er der Klassenclown, die Therapeuten später stuften ihn als manisch-depressiv ein.

In seinen manischen Phasen war er laut. Andere, besonders die Redakteure seines Ressorts im Spiegel, behaupteten: cholerisch. Er hatte es schwer, er sollte »die Kultur auffrischen«, die Älteren dort schwammen seit Jahren im spannungsarmen linken Strom, die Jüngeren, die er selber eingestellt hatte in der Hoffnung auf ein bisschen Tanz und Wahnsinn stellten sich als ungebildete Angeber heraus, er riss das Steuer herum, er wollte die echte Rebellion, die konservative, und da sie ihn stumm boykottierten, indem sie ihm handwerklich schlechte Texte anboten, schrieb er, durchaus auf Verlangen der Chefredaktion, achtzig Prozent der Texte um, was ihm keine Freunde machte und Knochenarbeit war!

Die Folge war ein Aufstand gegen ihn, und später seine Entlassung als Kulturchef.

Nachdem er diese Kränkung verarbeitet hatte und die Lehre, die mit dem Irrsinn von Macht verbunden war – jawohl, in seinen Kreisen hatte er Macht in jenen Tagen, als der Spiegel noch Relevanz hatte – nachdem er das alles begriffen hatte, war er froh, dass es hinter ihm lag. Auch das nachfolgende Zwischenspiel bei der Welt, deren Chefs er, in ihrem verzweifelten Hochseilakt, kritisch zu sein und gleichzeitig die woke Kundschaft zu bedienen, nicht ernst nehmen konnte, war kurz, er warf das alles ab, es gab immer noch Abnehmer, denn eine alternative Medienlandschaft wuchs da heran – sein Freund Alex war ein Beispiel – langsam, aber stetig, eine Szene, in der er sich austoben konnte, und seit Neustem war ja noch das Radio dazugekommen.

Nun schrieb er über das, was ihm am Herzen lag. Und im Radio durfte er schimpfen wie der legendäre Talkmaster Rush Limbaugh, den er als Amerika-Korrespondent kennengelernt hatte! Eine Stunde Aufbrausen und Wüten, wie geil war das denn, obwohl er ja nun in die zweite Hälfte seines Namens gerutscht war, in den Hausmann, eben den Rentner. Er trug Turnschuhe, die nicht geschnürt werden mussten, sondern mit Gummizügen ausgestattet waren, aber sein Haar war noch voll, und das Leben als Publizist, der genau das schrieb, was er meinte, machte Spaß.

Er, Rico, war der verfemte weiße alte Mann, dazu katholisch, und er genoss es, weil es ihm zunehmend egal war, was die »Aufgeregten« des Tages absonderten – die »Aufgeregten« hatte Goethe sein Fragment gebliebenes Revolutionsstück genannt. Er hatte sich auch gegen die Aufgeregten verbarrikadiert hier oben. Und nun hatte ihn tatsächlich die wilde Vergangenheit eingeholt, und sie könnte gefährlich werden!

Dabei wollte er doch Abstand, hier, in diesem wilden Naturpark an der Ostsee mit ihren Stränden und den reetgedeckten Gehöften in den Senken der Felder, flutbedroht.

Mittlerweile kam er sich wie ein Deichmeister im weiten Land der Seele vor, sich wappnend gegen eine See aus Plagen, da draußen die sich zusammenbrauende Katastrophe. Klar schrieb er noch über das Leben und die Liebe und den Tod.

Er hatte sich eine sogenannte »Reminder«-App heruntergeladen, die ihn fünfmal am Tag mit prominenten Stimmen zum Tod versorgte. Deutlich aber nahm er wahr, wie die Todesnähe nicht nur in ihm wuchs, sondern auch in der Kultur, die ihn umgab. Johannes Paul II. hatte sie in seiner Enzyklika »Evangelium vitae« eine Kultur des Todes genannt.

Gerade schrieb er über die Entgleisungen in Geschlechtersachen.

Im Netz hatte er Fotos von Mädchen gesehen, die sich

für eine Geschlechtsumwandlung die Brüste hatten herausschneiden lassen. Sie stellten sich der Kamera mit vornüber gebeugtem nacktem Oberkörper, wahrscheinlich um den Druck auf die quer über ihre schmächtigen Figuren verlaufenden Nähte zu entlasten, nachdem auch die Fortpflanzungsorgane entfernt worden waren.

Es waren Folterfotos, Kriegsfotos von der LGBTQ-Front, die seit neuestem auf rätselhafte LGBTIAQ* angewachsen war, möglicherweise würde das alles durch weitere Sonderzeichen bereichert mit dem Irrsinn, jeder sexuellen Nische eine eigene sprachliche Verbeugung zu erfinden, Fotos also von der Auflösung der Geschlechter in Zeiten, in denen der Sex über- und die Liebe unterbewertet wurde.

Er sah darin Selbstmordfotos einer Kultur, wenn jene Organe, die dem Nähren einer nächsten Generation dienen, verstümmelt werden. Er hatte vergessen, ob der dazugehörige Artikel die dargestellten Jammergestalten als Heldinnen selbstbestimmter Lebensentwürfe pries oder als Opfer beklagte. Es war die Cancel Culture der Menschheit, auf die Spitze getrieben. Fortpflanzung ausradiert.

Fingen diese Vergewaltigungsversuche der Natur schon damals in den späten Sechzigerjahren an, noch unschuldig? Ach ja, seine erste große Liebe hatte kastanienrote Haare und Minirock, die Mutti hatte ihr die Pille verschafft, in ihrer Pubertät, den Hippiejahren, waren Mädchen stolz auf ihre Brüste und ließen sie fröhlich hüpfen.

Heutzutage verabreichen woke Eltern ihren Kindern nicht mehr nur die Antibaby-Pille sondern Pubertätsblocker. So sah das Selbstmordprogramm einer todmüden Gesellschaft aus, die Kinder als Gefährdung des festgesteckten Klimaziels betrachtete, die finale Ausweitung der Kampfzone für ein »selbstbestimmtes« Leben. Kinder mit vierzehn sollen sich auch ohne Einverständnis der Eltern für operative Geschlechtsumwandlungen entscheiden können. Verbrecher!

Natalie und ihr Selbstmordverein lagen also in seiner Reflexionskette, seiner Gedankenlinie, im Schlachtfeld seiner Themen.

Er wurde in seinem Selbstgespräch durch ein Klopfen am Fenster unterbrochen. Draußen stand sein Sohn Marcel mit Simba, seinem weißen Retriever. Es hatte zu regnen begonnen. Marcel mit rotem Wettergesicht. Der Wind hatte sich gelegt. Er sperrte die Terrassentür auf.

»Kommt rein.« Sein Sohn war mittlerweile größer als er. »Na, Löwe«, sagte er und kraulte den Hund am zottigen Hals. »Wie war's?«, frage er Marcel.

»Anstrengend, wie immer«, sagte der Junge, der längst keiner mehr war, sondern mittlerweile sechsundzwanzig Jahre alt, größer und muskulöser als er.

Er hatte seinen Bachelor in Psychologie gemacht und arbeitete jetzt mit Kindern in einem Heim in der Nähe, die missbraucht oder anderweitig traumatisiert worden waren. Es hieß »Heim Sonnenschein«, was Rico für einen entgleisten Scherz hielt, denn es sammelte nur die Wrackteile einer verfehlten Politik, einer inhumanen Gesellschaft.

»Bastian hat wieder Ärger gemacht, weil er sein Handy abgeben sollte, dabei weiß er das, kein Handy über Nacht, die Kids sollen schlafen.« Marcel seufzte. »Er hat vor Wut die Fensterscheibe eingeschlagen. Später hat er sich beruhigt, ich hab ihm vorgelesen. – Wann kommt Mama?«

»Ich schätze, in einer halben Stunde«, sagte er, »sie ist vor einer Stunde losgefahren, sie hatte noch eine Vertretungsstunde.« Katja arbeitete noch drei Tage in der Woche in einem Gymnasium am Rande Hamburgs und bewohnte in der Zeit dort eine Einliegerwohnung.

Er ging hinaus auf die überdachte Terrasse zur Gefriertruhe, die in einer windgeschützten Nische stand, um ihr eine vorgebratene Entenbrust zu entnehmen, dazu eine Packung mit chinesischem Gemüse.

Kurz schaute er auf und blickte hinaus über das Feld, das sich an die Wiese vor ihrer Wohnung anschloss und auf das aufgepeitschte graue Meer dahinter.

Er sah Seenotwetter, Wrackteile, und im Kopfe hatte er Bilder von menschlichen Wracks, sein Sohn arbeitete damit. Mit dem Familienschrott, der nach all den »Selbstbestimmungen« übrig blieb, Patchwork oder Singlehaushalte, er kannte genügend davon, hatte darüber ein Buch geschrieben, die »Vaterlose Gesellschaft«, Verwahrlosung, Elend, Unterhaltskriege, Gutachten, alles im Namen von Emanzipation und Selbstbestimmung, seine Welt war das nicht mehr.

Vor Jahren hatte er mit Katja silberne Hochzeit gefeiert, sie hatten sich all die Jahre geliebt und teilweise bis aufs Messer bekämpft, ja, sie hatte ihm einst das Herz aus dem Leib gerissen und er hatte sie weiter geliebt, verzweifelt, und sie ihn, wie sich nach einem Fehltritt herausstellte, und nun genossen sie die ruhigeren Schwimmbewegungen in den weniger aufgepeitschten Gewässern des Alters.

So sah er es. Sie auch. Er beschloss, ihr zu glauben.

»Dann haben wir noch eine Neuaufnahme gekriegt«, fuhr Marcel fort und schälte sich aus seiner Northern-Irgendwas-Jacke und setzte sich an den Küchentisch. »Der Junge ist zwölf und raucht. Er hat mir erzählt, er tut das, seit er acht Jahre alt ist. Seine Mutter, sagt er, ist auch Raucherin und hat nichts dagegen. Er hat einen Tobsuchtsanfall gekriegt, als wir ihm die Zigaretten wegnahmen.«

»Oh Gott.«

»Papa, das Heim ist die Hölle. Vor zwei Jahren ist da ein Mädchen abgehauen und nie wieder gekommen, sie war vierzehn, ich kann die total verstehen.«

Ricos Sohn war das Gegenstück zu ihm, menschenliebend, hilfsbereit, jedem zugewandt, während er zunehmend misanthropisch wurde, zum Menschenfeind. Wenn er zur Beichte ging, dann stets mit dem Bekenntnis, dass er seinen Nächsten überhaupt nicht liebte, außer Frau und Sohn, seine paar Freunde und die Brüder, keine Kunst so was, sagte Jesus irgendwo. Wie er seinen Sohn dort sitzen sah, abgekämpft, in seinem Manga-T-Shirt, da spürte er, wie sehr er ihn liebte und seine Gesellschaft genoss. Er kam nach ihm, behaupteten die Leute. Er schrieb Hip-Hop-Songs auf Englisch, sie hatten Witz und waren voller Wut auf irgendwelche Scheißkerle, die ihm das Leben schwer machten. Und manchmal auch auf ihn.

Aus ihrer riesigen Hamburger Wohnung waren Katja und er in diese kleine mit drei Zimmern am Rande eines Feldes gezogen, Marcel hatte sich selbstständig gemacht, sie hatten Ballast abgeworfen wie seine Eltern, nachdem sein Vater pensioniert war, einst hoher politischer Beamter der CDU, der alten, die noch Werte kannte, die vor allem er als Familienpolitiker vertrat, in einer hochherrschaftlichen Sechs-Zimmer-Altbauwohnung, danach drei kleine Zimmer am Rand eines Villenviertels. Sehr am Rand. Entscheidend war die Nähe einer katholischen Kirche.

Jetzt also auch für ihn drei Zimmer, großes Wohnzimmer und um die Ecke die offene Küche mit dem runden Küchentisch. Ja, tatsächlich, sie hatten den Runden Tisch in der Wohnung.

Auch sein Sohn hatte eine Zeit lang Unsinn gemacht, wie er in seiner Jugend, aber, und das unterschied ihn von seinen Altersgenossen, sein Sohn konnte arbeiten. Wie er. Hart arbeiten. Nach der Schule hatte er in einer brasilianischen Favela ein Soziales Jahr eingelegt, mit dramatischen seelischen Einbrüchen und äußeren Bedrohungen, einmal blickte er in eine Pistolenmündung, ein anderes Mal auf das Messer eines Zehnjährigen, durchaus gefährlicher Einsatz, danach eine Lehre in Hamburgs bestem Hotel, Nachtschichten, dann das Psychologiestudium, und jetzt dieses Waisenheim für Problemkinder.

Ja, die wurden hierher aufs Land geschickt, ihre Geschichten erzählten von Schmerz und Ohnmacht. Und das Schlimme war: Auch dieses Waisenheim machte Geschäfte mit ihnen, denn der Staat zahlte Unsummen für die Unterbringung von Härtefällen, die hier nur als Geldbringer gesehen wurden. Marcel hatte den Eindruck, dass er mit seinem Psychologiestudium – üppig bezahlt – dafür benutzt wurde, um der Einrichtung Seriosität zu verleihen.

Kurz, auch hier in der Abgeschiedenheit war er nicht wirklich abgeschieden, das Übel wucherte überall, und Rico schrieb weiter darüber.

Er nahm einen Topf aus dem Küchenschrank, schwenkte ihn mit ein wenig Öl aus und gab zwei Tassen Reis hinein, erhitzte ihn auf dem Herd und wendete ihn, bis er das Öl aufgesogen hatte. Ein bisschen Salz, zwei Knoblauchzehen und Wasser, zwei Finger über dem Reisrand, Lorbeerblatt, so hatte ihre brasilianische Haushälterin in Rio ihn immer zubereitet. Er stellte ein Weinglas auf den Tisch, holte den Grauburgunder aus dem Kühlschrank und goss ein.

»Und woran arbeitest du?«, fragte Marcel.

»Wenn ich das wüsste«, sagte er und nahm einen Schluck Wasser. »Eine alte Freundin hat sich gemeldet, sie will ein Buch mit mir machen.«

Warum nicht, sagte er sich?

Er war mehr als nur bereit, mit Natalie über den Selbstmord zu streiten, der sich ihm ganz natürlich verbot: Selbstmord war Mord und ein Verstoß gegen das fünfte Gebot. Wusste sie, worauf sie sich einlassen wollte? Wusste er es?

Er nahm den Topf mit dem Reis vom Herd. Dann legte er die Ente in ihrer Alufolie in den Backofen.

Jetzt also ein Buch über den Tod.

Also: Wer will über den Tod lesen?

Antwort: Alle! Er ist das Thema der Stunde.

Eine halbe Stunde später dreht sich der Schlüssel in der Eingangstür, Katja trat in die Diele, Simba tanzte und suchte wie verrückt nach irgendeinem Schuh oder Socken, den er ihr zur Begrüßung schenken konnte.

»Hallo mein Bärchen«, rief Katja und kniete sich hin, um den Hund zu liebkosen. Schließlich, so verlangte es das Protokoll, richtete sie sich auf und sagte kühl: »Hallo Schatz …«

Er begrüße sie mit einem Kuss, die Locken fielen ihr in die hohe Stirn, sie trug ein rotes Kleid mit breitem Gürtel unter ihrem Regenmantel, den er ihr abnahm, breite Wangenknochen, Lachfältchen, für ihn war sie schön wie Romy Schneider, mindestens. Sie gab sich Mühe, ihren Schülern zu gefallen und sie wurde angehimmelt.

»Ich werde ein Buch über den Tod schreiben.«

»Ist es denn schon so weit?«, fragte sie sarkastisch. Offenbar hatte sich ihre Verstimmung seit dem Böhmermann-Video nicht gelegt. Von dem Toyota-Typen wusste sie nichts.

»Ein paar Jährchen hast du noch, Papa«, rief Marcel.

»Wer weiß das schon«, sagte er. Er riss er die Packung mit dem chinesischen Gemüse auf und gab es in einen Topf. Wer weiß das schon, nun wirklich.

Seit Längerem versuchte er, sich an den Gedanken zu gewöhnen, dass er auf die Zielgerade seines Lebens eingebogen war. »Der Tod liegt in allen Dingen«, schrieb Garcia Lorca, »und Stille, Ruhe, Gelassenheit heißen seine Studiengänge.«

»Du kannst dich doch an Natalie erinnern?«, fragte er Katja, die sich an den Küchentisch gesetzt hatte. Er stellte ein Glas vor sie und goss ihr ein. Katja schaute fragend, sie hatte ein schlechtes Namensgedächtnis. »Natalie … ich hatte sie damals in Caracas kennengelernt, als ich diese Reportage über den Putschversuch gegen Chávez schrieb … sie hat uns doch vor ein paar Jahren diese Wohnung in Paris im Marais-Viertel besorgt.«

Eine Woche hatten sie dort verbracht, hatten Notre-Dame besucht und den Louvre und schließlich das Moulin Rouge, um Marcel aktuellere Schönheiten zu zeigen. Aber auch, weil es ihm selbst gefiel – mein Gott diese endlosen Beine, diese Schönheiten, mittlerweile alles total unwoke.

»Was ist mit ihr?«

»Sie will sich umbringen und möchte ein Buch darüber machen, mit mir.«

»Nein!«, rief Katja.

»Doch«, sagte Rico.

Und er erwärmte sich plötzlich für das Projekt.

Als Kind war der Tod exotisch für ihn, war Stoff für Spukgeschichten und Gänsehaut und beileibe nicht Teil eines allgemeinen Lebensekels, der heute auch den Alltag von Kindern bestimmte, in dieser »Kultur des Todes«, wie sie bereits von Papst Johannes Paul II. gesehen und gegen die er gepredigt hatte. Mittlerweile war Abtreibung zur Selbstverständlichkeit geworden und es gab Frauen, tatsächlich, die wollten die CO_2-Bilanz nicht verschlimmern, wie sie sagten, durch die Geburt eines Kindes.

Dunkle Faszination

Mit sieben oder acht war er dem Tod im Skiurlaub begegnet. In der Dorfkirche waren, so hörte er es damals bei den Erwachsenen raunen, Lawinenopfer aufgebahrt, im Raum des Küsters, und er hatte versucht, einen Blick durch die beschlagenen gelben Butzenscheiben zu werfen. Er sah nur undeutliches Flackern der Kerzen, dann war er mit seinen Skistiefeln von der Mauerfuge abgerutscht. Schaurig. Seinem kleinen Bruder, der ihn schlotternd begleitete, erzählte er, er habe die Toten in weißen Tüchern umherwandeln sehen. Der konnte danach nicht mehr einschlafen.

Der Tod war das ganz Andere.

»Lukas hat sich umgebracht, todsicher«, sagte Marcel, »da hatten die Eltern Schuld, die haben sich nicht gekümmert, sondern ihn von einem Internat ins andere gesteckt … und Freddie, der Stiefsohn von Onkel Christoph, der hat sich am Bettpfosten erhängt, hab mich immer gefragt, wie das geht.«

Er erinnerte sich an jene dunklen Stunden, in denen er einst selber beschlossen hatte, einzuschlafen, um nie wieder aufzuwachen.

Er war Anfang zwanzig und seine damalige Freundin hatte ihn verlassen. Er hatte mehrere Handvoll Valium geschluckt und mit einem Liter Vodka heruntergespült. Er lag auf einer Schaumstoffmatratze in einer noch nicht eingerichteten Hinterhauswohnung nach einem Umzug aus München nach Berlin. Es war Winter und die Wohnung hatte nur einen Kachelofen, der ebenfalls kalt war. Ein paar Häuser weiter in der Hauptstraße in Schöneberg brachte David Bowie seinen Heroinentzug hinter sich und produzierte mit »Heroes« sein vielleicht bestes Album.

Das waren die Siebzigerjahre für ihn. Kalt und dunkel und schmerzhaft. Hippie war ausgeträumt, Blumen verwelkt, nur noch Schwärze und Hoffnungslosigkeit und Terroristenjagden. Und sein Selbstmordversuch schob einen Riegel hinter seine Pubertät und bewahrte deren Poesie, es gab ein Vorher und ein Nachher, er präparierte das Abenteurertum seiner Jugend wie in einem Kinofilm. Sein Lieblingsfilm.

Statt zu sterben, wachte er zwei Tage später wieder auf. Die Zigarette war ihm wohl aus der Hand gefallen und hatte sich in die Schaumstoffmatratze gebrannt und diese mit seiner Achselhöhle verschmolzen. Noch heute erinnert ihn eine Narbe daran. Eine Freundin stöberte ihn damals auf und brachte ihn zu einem Arzt. Und danach in eine Entzugsklinik. Es war kurz vor Ostern und sein Vater hatte ihn dort besucht.

Der Alte hatte mit ihm ohne alle Vorwürfe geredet und ihm Mut zugesprochen und war mit ihm in die Anstaltskapelle gegangen, und sie hatten gebetet. Und dann sagte sein Vater: »Auferstehung ist auch für dich möglich, mein Junge«, und er hatte geweint. Auch Rico weinte. Und sie umarmten sich. Er spürte in diesem Moment die Unbeholfenheit seines Vaters. Und seine Liebe.

Wäre sein Suizid erfolgreich gewesen, dachte er nun, hätte er Katja, die große Liebe seines Lebens, nie kennengelernt und das Glück, einen Sohn zu haben, auf den er so stolz war. Auch hätte er sich um ein erfülltes, reiches, abenteuerliches Leben als Journalist gebracht. Der Selbstmord hätte Konsequenzen gehabt für viele Menschen.

Marcel hätte es nie gegeben. Auch dessen künftige Kinder nicht. Auch deren Kinder nicht, unter denen ganz sicher ein künftiger Nobelpreisträger mit bahnbrechenden Forschungen gewesen wäre, die das Leben der Menschheit entscheidend zum Guten gewendet hätten.

Katjas Leben wäre anders verlaufen.

Sein Selbstmord hätte die Herzen seiner Eltern gebrochen.

»Die Töchter meiner Tante haben sich umgebracht«, fiel ihm ein. »Mit fünfzehn und sechzehn, beide bildhübsch. In den Siebzigern. Waren in der Schule in diesen Gothic-Kram gerutscht. Mit Selbstmordpakten und so was.«

»Furchtbar«, sagte Katja.

Sie stand auf und deckte Teller und Besteck, Rico nahm die Ente aus dem Ofen, gab den Reis in eine Schüssel, das Chinagemüse in eine weitere und stellte Sojasauce auf den Tisch. Er stellte ein zweites Weinglas für Katja dazu. Dann schnitt er die krustige Gänsebrust auf dem Hackbrett in Scheiben. »Heute gibbes Nummer 116, pikante Ente mit pikante Rais un Gemüse ...«

Er imitierte die Aussprache der freundlichen Vietnamesin, bei der sie in Hamburg ihre Ente zu holen pflegten. Er goss sich Mineralwasser ein, viel Wasser, das war wichtig in der Fastenzeit, und er sagte: »Laa gud mecken.« Sie lachten.

Er schaute ihnen zu beim Essen, sein Magen knurrte, seit Aschermittwoch fastete er, er gönnte sich neben Wasser und Tee und gelegentlich einem Apfel nur griechischen Naturjoghurt und eine Walnuss.

Das Thema der Selbsttötung, nicht zu verwechseln mit der asketischen Selbstabtötung in der Fastenzeit, ließ ihn nicht los nach Natalies Botschaft. Er hatte sich informiert. »In Deutschland sterben mehr Menschen an Selbstmord als im Straßenverkehr oder durch Krankheiten, es ist die häufigste Todesart«, sagte er. »Jede Stunde einer.«

Er nahm einen Schluck Wasser.

»Unter Jungen und Männern kommt Selbstmord doppelt so oft vor wie unter Mädchen oder Frauen, später im Alter bis zu dreimal mehr.«

Katja schüttelte den Kopf. »Was ist da nur los?«

Marcel nannte ein paar Rapper, die sich mit Überdosen verabschiedet hatten. Tolle Texte. Hatten doch alles, Fame und Reichtum. Offenbar hatte sich nichts geändert seit den Tagen von Jimi Hendrix, Brian Jones, Jim Morrison.

»Gilbert K. Chesterton, der robuste Trinker, mein Idol, hielt Selbstmord für die schlimmste Sünde überhaupt. Er sagte, Moment, ich hab's gleich …«, er scrollte in seinem Handy herum. Hier: ›Selbstmord ist nicht nur eine Sünde, es ist die Sünde selbst. Er ist das letzte und absolute Übel: die Weigerung, sich für die Existenz zu interessieren, die Weigerung, dem Leben den Treueschwur zu leisten. Der Mensch, der einen anderen tötet, tötet nur einen; aber der

Mensch, der sich selber tötet, tötet alle Menschen; was ihn betrifft, so löscht er das ganze Weltall aus.‹«

»Wie sieht es in Frankreich aus?«, fragte Katja, die Pragmatische. »Wie will Natalie das anstellen mit ihrem Suizid? Sie will sich doch nicht vor einen Zug schmeißen, oder?«

»Keine Ahnung. In Frankreich ist es wohl strenger geregelt. Aber sie hat offenbar eine Ärztin in der Schweiz.«

»Wann fliegst du?«

»Ich habe schon gebucht, nach meiner Israel-Reise, bis dahin will ich mit ihr korrespondieren. Schriftlich sind Gedanken ohnehin klarer.«

Sie räumten das Geschirr zusammen und setzten sich ins Wohnzimmer. Die beiden mit ihrem Wein, Rico mit Mineralwasser. Er sah auf das Ölgemälde, das über Katja und Marcel, die auf dem Sofa Platz genommen hatten, an der Wand hing, und wie stets hatte er Spaß daran. Ein Ölgemälde aus dem 18. Jahrhundert aus der Cusco-Schule, das Christoph Columbus zeigt, wie er hinter einem Franziskanermönch, der ein Kreuz voranstreckt, den amerikanischen Kontinent betritt, in den Büschen hinter einer Palme hocken heimtückisch oder staunend Indianer mit Kriegsbemalung, ein großartiges und naives und politisch völlig inkorrektes Bild, das er bei einem Antiquar in Quito erworben hatte. Dort hatte er, damals, über den Putsch von Offizieren gegen die Regierung berichtet.

Neben dem Bild hing eine Marienfigur. Auch sie aus Quito. Die Madonna, die auf einer Mondsichel schwebte, breitete die Hände über seiner Familie aus. Unter ihren Füßen zertrat sie die Schlange, das Böse. Wie beruhigend.

Peter Pan

In den folgenden Tagen diskutierte er mit Natalie, schriftlich. Natalie interessierte ihn, weil er fand, dass sich in ihrem Vorhaben der Irrsinn einer ganzen Welt ausdrückte, die auf dem Kopf stand. Er spürte die Sogkraft, die das Thema auf ihn ausübte, und das war, rein journalistisch, immer ein gutes Zeichen für ihn gewesen.

Sie schrieb: »Ich sehne mich sehr nach meinem jüngsten Sohn, der inzwischen vierundvierzig ist. Er lebt auf Bali. Dort bin ich sehr gern, nur habe ich dort nichts zu tun. In Paris bilde ich Ärzte aus, die Patienten gut vertreten sollen, wenn sie sterben wollen und gegen ihren Willen weiter therapiert werden. Für mich ist Selbstbestimmung sehr wichtig.«

Dieser Wahn der »Selbstbestimmung« wird zur Religion ausgebaut, dachte er sich. Für Natalie war der Tod zur Hauptbeschäftigung geworden, so paradox es war: zum Lebensinhalt.

In ihrer nächsten Nachricht ein paar Tage später wurde Natalie konkreter. Sie wollte sich im April aus dem Leben verabschieden, in ein paar Wochen sei sie nicht mehr da. »Verreist«, wie sie schrieb. Sie war nicht krank. Sie wolle selbstbestimmt gehen, schrieb sie, erhobenen Hauptes, »avec panache«, wie es Cyrano de Bergerac am Ende tut.

Sie war Sterbehilfe-Aktivistin, engagiert in der internationalen »Right to Die Society« und Generalsekretärin der französischen »Association pour le Droit de Mourir dans la Dignité«. Sie schrieb einen Blog zu dem Thema. Nationale Bekanntheit erlangte sie, als sie in einem Interview einen Termin für ihren eigenen Freitod setzte. Und dieses Rendezvous mit dem Tod dann entschlossen – nicht wahrnahm.

Es ist offenbar schwer zu sterben, wenn man nicht gerade unter unerträglichen Schmerzen leidet. Alma Mahler-Werfel hat geschrien, als ihre Todesstunde nahte, sie hat sich in den Arm der Tochter gekrallt. Und wer könnte je Tolstois »Tod des Iwan Iljitsch« aus dem Kopf kriegen, der drei Tage und Nächte mit dem Tod ringt und Haus und Gesinde mit seinem Brüllen verstört.

In Natalies Fall kam ihr das blühende Leben in die Quere, wie sie ihm schrieb, und zwar in Form eines Briefes, in dem ihr ihre Schwiegertochter die freudige Nachricht von ihrer Schwangerschaft meldete. Wenigstens die Geburt ihres Enkels wollte sie noch abwarten. Eine Art Rückschlag, wenn man so will, denn sie war ein Star der Sterbeszene, eine Solistin in der Kultur des Todes, eine Prominente in diesem schwarzen Maskenball. Oft interviewt. Oft in Magazinen vertreten.

Sie gehörte wie er zur Boomer-Generation. Sie waren zehn Jahre auseinander. Sie war unter den Ersten, die in dieses Generationenabteil eingestiegen war, er gehörte zu den Letzten. Ihre gemeinsam prägende Dekade war das Beatles-Jahrzehnt. Sie tanzte zu »She loves you, yeah«, als die Fab Four noch Anzüge trugen und sich nach jeder Nummer artig verbeugten und sich die pubertierenden Mädchen, überwältigt von diesem fremden Gefühl im Bauch, hysterisch in den Orgasmus schrien und in die Höschen pissten, während er zur psychedelischen Phase der Beatles hinzustieg, zu »Strawberry Fields« und »Sgt. Pepper«.

Gemeinsam war ihnen die Freiheit, die Sorglosigkeit und der grenzenlose Genuss in einer Gesellschaft ohne Krieg. Ihrer beider Krieg war der importierte in Vietnam, der ihre Diskussionen zu selbstgedrehten Zigaretten befeuerte. Ihre Kriegserfahrungen bestanden aus Drogen und der Gefahr von Überdosen – nicht wenige Gefallene unter seinen Freunden.

Sie gliederten ihre Jugenderlebnisse nicht nach Schlachten, sondern nach dem Erscheinen von Platten und Moden und dem Besuch von Rockkonzerten. Wie sollte sich da der Ernst des Lebens herausbilden? Sie waren die Peter-Pan-Generation, die nie erwachsen werden musste – und plötzlich sollten sie nun sterben, was für eine Ungeheuerlichkeit, da sie doch ein Leben lang jung und schön waren.

Auch die Milliardäre, die ihre Körper einfrieren lassen wollten oder davon träumten, ihr Bewusstsein auf eine Festplatte kopieren zu können, um dadurch Unsterblichkeit zu erlangen, waren bemitleidenswerte Peter Pans.

Er schrieb ihr das. Und sie? Gab ihm recht. Ja, sie unterschrieb eine ihrer Mails mit »Peter Pan«.

Die meisten anderen Männer in seinem Alter trieben Yoga und banden sich die langen grauen Haare zu einem

Pferdeschwanz zusammen. Sie sahen trotzdem alt aus. Er dagegen hatte sich einen Bauch angefressen, seine Arme und Beine waren dünn, was ihn dem Felonius Gru aus dem Animationsfilm »Despicable Me« ähneln ließ, auf Deutsch »Ich – Einfach unverbesserlich«. Er fand sich damit ab, unverbesserlich zu sein, ach was, er fühlte sich damit sauwohl.

Allerdings konnte ihm die Fastenzeit nur nutzen. Sagte sein Arzt. Übergewichtige neigen zu Diabetes. Alle Religionen kannten das Fasten als innere Läuterung. Fasten war Heilung, die Buchinger-Klinik am Bodensee bot Heilfasten an. In der orthodoxen Kirche wurde die Fastenzeit als »Freudenzeit der Reue« bezeichnet.

Einst hatte er beim Fasten ein Erleuchtungserlebnis nach rund acht Tagen, er lag am Bodensee auf seiner Liege unter einem Verandadach und schaute in den Regen hinaus, und plötzlich wurde er überströmt von einer Wärme, einem nie gekannten Glücksgefühl, von einer durchdringenden Dankbarkeit vor Gott. So muss es gewesen sein, was Pascal zustieß und was er in seinem berühmten »Mémorial« in hastigen Worten niedergeschrieben hatte: »Freude, Freude, Freude.« Er hatte sich den Zettel in seinen Mantel einnähen lassen, der wurde erst nach seinem Tod gefunden.

Blaise Pascal, der Mathematiker und Wissenschaftler, hatte auf diesem Zettel den Moment seiner Vision exakt festgehalten, am 23. November 1654, sie dauerte von 23:30 bis 1:30 Uhr. Er notierte weiterhin: »Feu. Dieu d'Abraham, Dieu d'Isaac, Dieu de Jacob. Non des philosophes et des savants. Certitude, certitude, sentiment, joie, paix. Dieu de Jésus-Christ. Deum meum et Deum vestrum.« Also:

»Feuer. Gott Abrahams, Gott Isaaks, Gott Jakobs, nicht der Philosophen und Gelehrten. Gewissheit, Gewissheit, Gefühl, Freude, Frieden. Gott Jesu Christi. Mein Gott und euer Gott.«

Auch ihn, Rico, hatte in jenem Moment die Gewissheit, dass es Gott gibt, der ihn liebt, der seine Schöpfung liebt, und der es in diesem Moment regnen ließ über seine Pflanzen und für sie sorgte wie für ihn, und es hatte ihn überschwemmt mit einem nie gekannten Glückgefühl.

Er wünschte Natalie ein solches Erlebnis.

Ihre Anfrage beschäftigte ihn.

Er las sich in das Thema ein. Er erfuhr, dass die Rücknahme eines Sterbeentschlusses wie im Falle Natalies keine Seltenheit war. Viele Sterbewillige, die bei entsprechenden Hilfsorganisationen wie »Dignitas« oder »Exit« anfragen, erscheinen zu Folgeterminen dann nicht mehr.

Unter allen fürchterlichen Konsequenzen seines Selbstmordes wäre diejenige, dafür in der Hölle zu landen, wohl die schlimmste. Gibt es die Hölle? Seine Mutter schien trotz ihrer Glaubenszweifel davon überzeugt. Gott ist nicht nur Liebe, sondern auch Gerechtigkeit.

Im Alten Testament gibt es sie nicht, die ewige Verdammnis, aber im Neuen. Jesus spricht oft von ihr. Insofern sind die Evangelien grausamer als die Erzählungen aus der Zeit der Propheten, da hatte der atheistische Spötter Christopher Hitchens wohl recht.

Natalie war zehn Jahre älter als er. Möglicherweise, sagte er sich, trifft es attraktive Frauen härter, wenn sie erleben müssen, dass sie verblühen, als es bei Männern der Fall ist. Natürlich schenken Schönheit und begehrliche Blicke ein ständiges Wellnessbad an Aufmerksamkeit. Verfall ist einfach nicht vorgesehen und nichts ist gnadenloser als der Blick einer Frau im Spiegel auf sich selbst.

Berühmt jenes Interview, das Maximilian Schell einst mit Marlene Dietrich in ihrer Wohnung in Paris führte: Sie sprach durch eine angelehnte Tür und Schell durfte nichts als diese Tür filmen. Die Göttin verhielt sich rollengerecht, ein stärkeres Bildertabu hat auch der alttestamentarische Gott der Juden nicht verfügt.

In der nächsten Botschaft Natalies zum Thema spricht sich der Überdruss einer einst schönen Frau, einer hedonistischen Französin aus den Sixties, dem Jahrzehnt der freien Liebe, aus:

»Es ist lästig, alt zu sein. Leben ist eben, die guten Dinge des Lebens zu genießen. Essen zum Beispiel. Heute kann ich kaum etwas essen, ohne Bauchweh zu haben: weder Früchte noch scharfe Gerichte. Sobald ich Wein trinke, bekomme ich Kopfschmerzen. Ich habe eine Haut wie ein Krokodil. Ich ficke nicht mehr. Ich mag mich nicht mehr nackt zeigen. Keine Lust auf einen Alten mit dickem Bauch, der ihn nicht mehr hochkriegt. Stößt mich ab. Wozu mit jemandem das Bett teilen, wenn man nicht mehr fickt? Ich würde Liebe mit einem jüngeren Mann schon gerne haben. Die wollen wiederum nichts mit einer Alten wie mir, außer wenn sie von mir ausgehalten werden. Ich habe nur noch schöne Augen. Wenn ein junger Mann ihn für mich hochkriegt, dann tut er es aus finanziellen Gründen. Leider bin ich jetzt pleite. Ich habe mein Leben aber aus vollen Zügen genossen.«

Also weg damit?

Natalies Mail provozierte ihn, das war wohl die Absicht. Schien ihm zu kalt und zu einfach und die Kälte darüber hinaus eine Pose, denn er hatte sie als zwar energische, nicht aber als kaltschnäuzige Frau in Erinnerung.

Damals galt sein journalistisches Interesse ihrem Mann, den er über seinen Freund, den deutschen Botschafter in Venezuela, kennenlernte. Damals ging es um einen bürgerlichen Aufstand gegen Chávez' ruinöses Regime. Der Aufstand schlug fehl. Ein wunderbarer Typ dieser Hamburger Unternehmer, stets lachbereit, ein Fan von Larry Davids Sitcom »Curb Your Enthusiasm«.

An jenem dampfend schwülen Abend unter Palmen, den der Botschafter in seiner Residenz ausrichtete, in Anwesenheit einer Schönheitskönigin mit Diadem und endlosen Beinen, fiel ihm Natalie durch eine eigentümliche silbrige Helligkeit auf, sie war hübsch und grazil, jungenhaft und sehr pariserisch in ihrem weißen Hängerkleid, mit den blonden Haarfransen, meerblauen Augen, der verrauchten Chansonstimme. Er beschrieb sie in seiner Reportage als »aufregend«.

Er blieb mit den beiden in Kontakt, auch nachdem sie sich, zu seiner Überraschung, getrennt hatten, denn sie schienen gut miteinander klarzukommen.

Die Taue unserer Lebenszelte reißen, sagte er sich, da ist tatsächlich wenig, was noch Halt bietet, zumal diese neue Gesellschaft, die da Gestalt annimmt, alle Freiheiten genießen möchte. Freie Liebe? Liebe ist niemals frei, sonst wäre es keine Liebe, so ähnlich hatte es Chesterton einst geschrieben.

Er starrte auf Natalies Zeilen.

Noch einmal rief er im Computer den Psalm 90:10 auf, der die menschliche Lebensdauer (siebzig bis achtzig Jahre) betrifft, von ständigem Glück war da nicht die Rede, der

Psalmist fährt fort: »Und wenn's köstlich gewesen ist, so ist es Mühe und Arbeit gewesen; denn es fährt schnell dahin, als flögen wir davon.«

Die Lebensdauer hat sich verlängert, doch keiner ist vorbereitet. Ihm fiel ein, was Hellmuth Karasek, dieses genießende und alle anderen an seinem Lebensgenuss teilnehmen lassende Freundlichkeitswunder, ein paar Tage vor seinem Ende seinem Freund Jürgen Flimm entgegenrief: »Jürgen, ich sterbe!«

Und er klang, wie Flimm berichtete – überrascht.

Für einen wie Hellmuth wäre ein freiwilliger Abschied vom Leben nicht infrage gekommen, es bot ihm einfach zu viel.

Gespenstisches Duell

Akribisch bereitete er sich auf dieses gespenstische Fernduell mit Natalie vor und bestellte Bücher, es gab zahllose zu dem Thema, er las sich Argumente an, die über die ihren triumphieren und sie von ihrem Todeswunsch abbringen würden. Zunächst für das gemeinsame Buch. Doch dann auch, um darüber hinaus zumindest andere zu überzeugen, auch wenn Natalie sie für sich selbst nicht gelten ließe.

»Dying is an art, like everything else«, meldete ihm sein »Reminder«-Programm auf das Handy. Ein Spruch von Sylvia Plath.

Was aber, wenn der Tod mehr ist als eine Kunst?

Sylvia Plath nahm sich am 11. Februar 1963 das Leben. Ausgerechnet der Tod war ihr schon einmal missglückt, diesmal ging sie kein Risiko ein. Sie nahm Schlaftabletten und drehte gleichzeitig das Gas im Herd an. Ihre Kinder schliefen im oberen Stock. Daraus schlossen ihr Mann und ihre Freunde, dass ihr Selbstmord nur als Versuch gemeint war, als erneuter letzter Hilfeschrei.

Nun, dieser Versuch war geglückt. Anders gesagt: ein schiefgegangenes Meisterwerk.

Eines konnte er bei Natalie von vornherein vergessen: das christliche Argument der Todsünde und ewigen Verdammnis, denn Natalie war nicht gläubig, das stellte sich heraus, ja, sie war eher kämpferisch antikirchlich, wenn nicht sogar antichristlich eingestellt, wie wohl die meisten heutzutage. Auch ihre jüdische Religion, in der der Selbstmord als schwere Sünde gilt, schien sie nicht zu interessieren. Bisweilen lieferte sie höhnische Tiraden, wenn sie über ihre Praxis als Sterbeberaterin schrieb:

»Es geht doch nur um die Zulassung des wirksamen Barbiturats Natrium-Pentobarbital (NAP) – dass man darum kämpfen muss, ist absurd, weil alle Tierärzte Hunde, Katzen und Pferde mit diesem Mittel einschläfern. Warum haben Menschen nicht die gleichen Rechte wie ihre Haustiere?«

»Na, und warum?«

»Weil wir der Religion nach ein ›heiliges Leben haben‹, klar.« So steht es im Alten Testament. »Sicher überwacht Gott bei jedem sexuellen Austausch, welche Spermien das Rennen gewinnen und er entscheidet obendrein, wie und wann jeder einzelne von den Milliarden Menschen stirbt. Ob er auch die Raketen und Bomben überwacht, die wir auf Zivilbevölkerungen schmeißen? Sind etwa manche Leben ›heiliger‹ als andere? Auf den Gürtelschnallen der Wehrmacht stand: Gott mit uns.«

Was für ein Gulasch! Wie kommt sie jetzt von der Sterbehilfe auf den Missbrauch durch die Nazimörder. Und Selbstmörder. Mit den Nazis hatte der Todeskult doch einen perversen Höhepunkt angestrebt, und sie waren erfolgreich darin. Und heute? Die New York Times berichtete auch dieser Tage von erhöhter Suizidalität unter Jugendlichen, und nach einer Meldung in der FAZ war die Zukunftserwartung im Lande so pessimistisch wie seit dem Zweiten Weltkrieg nicht mehr.

Auch Natalie sah sorgenvoll auf den Krieg in der Ukraine, auf den Krieg und die Möglichkeit, dass er sich zum Weltkrieg ausweiten, ja nuklear werden könnte.

Aber war das ein Grund, zum Notausgang zu stürzen?

Der geniale Blaise Pascal, der sein Leben lang mit quälenden Kopfschmerzen zubrachte, dachte nicht an Selbstmord. Hätte er ihn verübt, hätte die Welt eine andere Richtung genommen, davon war Rico überzeugt. In Pascals Fall: Er hätte weder die Rechenmaschine erfinden noch seine »Pensées« aufs Papier werfen können, diese kurzen geistreichen Notizen auf Zetteln, die zu einem längeren Essay nicht reichten, denn zu dem war unter diesen dröhnenden Schmerzen die Konzentration nicht aufzubringen. Er litt und hielt aus.

Auch der tragische Nietzsche, ebenfalls unter entsetzlichen Migräneanfällen leidend, brachte sich nicht um. Er empfahl, das Leben zu feiern, ließ die deutsche Sprache auf nie erlebten Gipfelhöhen glänzen – das Wort »Freitod« hatte er geprägt. Philosophisch war er Anhänger Schopenhauers, für den das Leben ein Pendeln zwischen Schmerz und Langeweile war, eine Absurdität und Last, die durch den freien Willen jederzeit abgeworfen werden könne. Am besten sei es, nie geboren zu sein. Umgebracht hat auch er sich nicht. Im Gegenteil, man konnte ihn noch im hohen Alter mit seinem Pudel im Frankfurter Hof dem Schweinebraten zusprechen sehen.

All das notierte er sich für seinen Zweikampf mit Natalie.

In seinen »Senilia« pries Schopenhauer das Alter als Gipfelglück des Lebens, als großen Lehrmeister.

Der Sinn des Lebens: Glück?

Wie albern.

Wer ist nicht durch lange Phasen der Dunkelheit gegangen, sagte er sich.

Und da sprach er aus dem Schlaraffenland einer Komfortgesellschaft, in der die Depression zur Volkskrankheit wurde. Wie sah es dagegen aus mit dem Lebensglück der minderjährigen Minenarbeiter in Peru, den Hungernden im brasilianischen Maranhão, den Obdachlosen in den Tunneln New Yorks, denen er auf seinen Reportagen begegnet war, wie mit seinen wundervollen und oft verzweifelten Freunden, die in Liebe ein autistisches Kind großzogen?

Alle weg, weil sie nicht glücklich sind?

Gilbert Chesterton, dieser turmhohe katholische Lebensgenießer mit dem Whiskyglas und der Zigarre im Mund, spottete einst über die morbiden Philosophen der Lebensmüdigkeit und ihr Salon-Ästhetentum: »Ich habe einem von ihnen angeboten, ihn auf der Stelle zu erschießen. Er hat abgelehnt.«

Das alles wollte er Natalie nicht nur zu bedenken geben, sondern um die Ohren hauen. Wie kann man nur so lässig über das Geschenk des Lebens reden?

Als Jüdin müsste Natalie doch empfänglich sein für das, was Viktor E. Frankl, der große österreichische Seelenforscher, der Auschwitz überlebt hat, schrieb im Rückblick auf die entmenschlichenden Lagererfahrungen: »Nicht nur schöpferisches und genießendes Leben hat einen Sinn, sondern wenn Leben überhaupt einen Sinn hat, dann muss auch das Leiden einen Sinn haben. Gehört doch das Leiden zum Leben dazu, so wie das Schicksal und das Sterben.«

Da philosophiert ein der Hölle Entkommener über den Wert des Lebens, und eine gelangweilte Hedonistin hält sich für eine Heldin, wenn sie es fortwirft? Und sie ist nicht allein: Sie führt in dieser Einstellung einen in unserer Generation wachsenden, endlosen, Zigtausende zählenden Zug an.

Ihr als Jüdin sollte die historisch-politische Unheilsgeschichte der faschistischen Selbstmordverklärung zu denken geben. In seinem fulminanten Essay »Gegen den Selbstmord«, erschienen ein Jahr nach Kriegsende, blickte der katholische Schriftsteller Reinhold Schneider auf den Totenkult der vergangenen Tyrannei zurück – all die Totenköpfe auf Gürtelschnallen – und stellte fest, dass in der Führungsriege ausnahmslos alle zum Selbstmord entschlossen waren. »Wenn sich irgendwann von Menschen sagen ließ, dass sie einen schrecklichen Tod in sich trügen, so von den Mächtigen der zwölf Jahre.«

Waren die Endzeitsüchtigen, die die Gegenwartskultur prägten, in Deutschland genauso wie in Frankreich, nicht auch heimliche Bündnisgenossen der Schwarzuniformierten, dieser Gesellschaft aus Leichenträgern? Und das nebenbei: So sahen die echten Nazis aus, und nicht die, die heute als solche bezeichnet werden.

»Der Todeskult der Nazis«, so fuhr Reinhold Schneider fort, »könnte die verborgene Geschichte der zwölf Jahre sein. Die Verneinung kleidete sich in Triumph ...« Die Selbstvernichter hatten damals das Sagen. »Der Selbstmörder trägt etwas Entsetzliches in die Welt, etwas, das nicht in ihr sein soll und ihre Ordnung bedroht.« Und nun, sagte

Rico sich, sind es die grünen Nazis, die den Tod in die Gesellschaft tragen.

Stefan Zweigs Selbstmord kam ihm in den Sinn, der zu Kriegszeiten erfolgte, auf dem Höhepunkt der Judenverfolgung. Er hatte für eine Reportage versucht, sich in ihn einzufühlen.

Zweig war über London und New York nach Brasilien geflüchtet und da er der berühmteste deutschsprachige Schriftsteller seiner Zeit war, ließ ihn der brasilianische Diktator Getúlio Vargas mit großen Ehren empfangen. Das tat er nicht ohne Hintergedanken. Er dachte daran, Zweig als Propagandisten zu nutzen und beauftragte ihn mit einer Arbeit, die später unter dem Titel »Brasilien – Land der Zukunft« erscheinen sollte. Zweig ließ sich darauf ein, weil er sich im Gegenzug von dem Autokraten versprechen ließ, sein Land für jüdische Flüchtlinge zu öffnen.

Er sah sich getäuscht.

Nun saß er, im Februar 1942, mit seiner jungen Frau in dem ihm zur Verfügung gestellten Haus auf einer Anhöhe in Petrópolis, dem Luftkurort und der Sommerresidenz von Dom Pedro I., zwei Stunden Fahrt von der Strandstadt Rio in den Bergen, und dorthin hatte Rico sich für seinen Reportageessay zu ihm gesetzt, fünfundsiebzig Jahre später, hatte sich auf seine Terrasse gesetzt – tatsächlich stand da ein mannshoher Stefan Zweig aus Pappe mit seinem Hut auf der überdachten Veranda seines Hauses, das in ein Museum umgewandelt war – und er hatte wie Zweig in den Regen gestarrt, der hier jeden Tag pünktlich um drei Uhr nachmittags herniederkam, und auf das Café an der Straßenecke unten, das sich allmählich füllte.

Hier oben hatte Zweig, aus dem Gedächtnis und ohne

alle Stützen durch Briefe oder Aufzeichnungen, die sämtlich auf der Flucht verloren gegangen waren, sein autobiografisches Meisterwerk »Die Welt von gestern« verfasst. Hier oben auch die »Schachnovelle« und die biografische Skizze über den Humanisten Erasmus.

Und tatsächlich erinnerte ihn Petrópolis mit seinen Bächen und dem ewigen Grün und dem weißgelb getünchten Palast Dom Pedros an die Sommerresidenz der Kaiserfamilie in Bad Ischl.

Doch Zweig fühlte sich fremd, verloren, in einen Weltwinkel gehetzt, der ihm zunehmend als Endstation erschien. Deshalb legte er sich am 23. Februar 1942 auf sein Bett, nahm das vorbereitete Gift und entschlief. An seiner Seite seine junge Frau, ihn umarmend, die ihm offenbar einige Stunden später mittels einer Dosis Rattengift auf schmerzhaftere Weise gefolgt war. Es gab dieses Bettgestell noch. Es füllte den kleinen Schlafraum nahezu völlig aus.

Rico sympathisierte mit Zweig, selbstverständlich, diese ganz realen Nazis hatten ihn zu Tode gehetzt, auch wenn Rico seinen Entschluss zumindest für unglücklich hielt, denn kurz darauf änderte sich die militärische Lage zuungunsten der Mörder und ihrer Armeen ganz erheblich. Thomas Mann war da unversöhnlicher – er sprach später davon, dass Zweig doch schließlich in Sicherheit gewesen und aller materiellen Sorgen ledig gewesen sei.

Er schaute also in den silbrigen Regenvorhang, der diese Terrasse und seine Bewohner von der Welt trennte, ja, auch von der lärmenden des Karnevals, den er ebenfalls zuvor besucht hatte im dampfenden und trommelnden Dschungel dort unten am Strand mit seinen Sambatänzern. Zweig hatte damals, da war sich Rico sicher, den Tod in einer geschminkten Karnevalsmaske gesehen, wie er später in Marcel Camus' Filmklassiker »Orfeu Negro« auftrumpfen sollte.

Hier oben der Außenposten Petrópolis. Dort unten in Rio verbrachte Zweig die drei Tage vor seinem Suizid und er äußerte sich begeistert über das Toben und Tosen des Karnevals, dieser Überdosis an Leben. Aber er hatte wohl schon abgeschlossen und fühlte sich befreit und war, wie nun die Jüdin Natalie, von einer merkwürdigen, ja fast heiteren Gelassenheit.

Allerdings gab es keine Nazis, die Natalie hetzten. In dieser außerordentlichen historischen Zwangslage befand sich Natalie nicht. Sie lebte ihr Leben ohne Drangsal mit Ausnahme derjenigen, die das Alter mit sich bringt. Warum nicht warten? Warum den natürlichen Tod nicht bewusst erleben?

In diese Richtung warnte er Natalie schon mal, er würde es ihr nicht einfach machen, er schrieb: »Mich kotzt unsere Selbstermächtigung an, unsere angestrebte Verfügungsgewalt über die Natur des Menschen, über Geburt und Tod, ja, mittlerweile auch über das Weltklima.« Er hielt es mit dem bereits erwähnten Reinhold Schneider, der in seinem Essay schrieb: »Der Selbstmord ist das sichere Zeichen der Verwirrung aller Ordnung, die Sünde, die Empörung selbst.«

Sie schrieb zurück: »Gefällt mir immer besser, ich habe gern intelligente Gegner.« Emojis für Küsschen und Herz.

Na denn. Spielen wir das Lied vom Tod, sagte er sich, ich kämpfe um dein Leben und du um deinen Tod, mögen die besseren Argumente gewinnen. Sie hatte ihn beschworen, ein lustiges Buch zu schreiben! Ein lustiges Buch über den Suizid?

Also los. Stellen wir die Kombattanten vor.

Er war römisch-katholisch, sie hielt die Gottesidee für Humbug.

Alter: Sie war achtundsiebzig, er zehn Jahre jünger.

Größe: Ihre konnte er von den Fotos, die sie auf Instagram postete, nur schätzen. Schmal, zierlich, sie könnte ein zwölfjähriges Mädchen sein. Er dagegen 187 Zentimeter, gemessen an ihr: Typ Riese, aber gutmütig.

Kampfgewicht: Seines eindeutig zu viel, um die 110 Kilo, vor seiner dreiwöchigen Fastenzeit zu Ostern hin (derzeit 98 Kilo), sie vielleicht 45 Kilogramm.

Eine Frage brennt brannte ihm auf der Seele. Er schrieb ihr: »Du hattest dir mal einen Termin gesetzt für deinen Selbstmord? Wie lebt es sich damit? Das interessiert mich jetzt. Ist das nicht wie ein Verurteilter, der unters Schafott muss?«

»Deshalb sagte man damals den Verurteilten nicht genau, an welchem Tag man sie hinrichten würde. Wir sind alle zum Tode verurteilt. Der Tag rückt unweigerlich näher, je älter man wird.«

Wo Natalie nun war in ihrer Todesnähe, würde er in zehn Jahren sein, wenn alles gut ging. Im Austausch mit ihr wollte er seine Fühler ausstrecken. Wollte in dem Nebel herumstochern, wollte sich hinüberlehnen, er hatte eine lebhafte Fantasie. Wie ist es, achtundsiebzig zu sein und in Nachbarschaft zum Tod?

»Ab einem bestimmten Alter ist das Leben nicht mehr leben, sondern nur noch verlängern«, schrieb Natalie. »Daher plädiere ich für die Selbstbestimmung der alten und der kranken Menschen.« Also weg mit den Alten und Überflüssigen?

Hier musste er an seine Mutter denken. Sie genoss es sehr, als Neunzigjährige noch einmal im Kreis ihrer Söhne, Schwiegertöchter und Enkel zu feiern, ihren Geburtstag, dort draußen im Schlosshotel Grunewald mit dem angeschlossenen Park in der Sommersonne.

Ein langer Tag mit Essen und Trinken und Reden auf dieser sonnigen Hotelterrasse, der jüngere Professorenbruder, Spezialist für Erinnerungstechniken, hatte aus ihren Fotoalben den Film ihres Lebens gebastelt, sie genoss das Treiben auf ihren Stock gestützt, weißhaarig wie eine alte Königin oder Sippenchefin, und mittags lag sie klein und weiß auf einer großen gepolsterten Gartenliege unter einer Eiche, tatsächlich wie aufgebahrt, und hielt Mittagsschlaf und sah dabei aus wie eine versöhnte Tote.

Und hier wurde er unsicher. Warum nicht damit genug sein lassen? Wäre das nicht ein schöner Abschied gewesen, einer, von dem auch Natalie träumte, ein Dahinscheiden im Kreis ihrer Lieben?

Im Fall seiner Mutter entschied ihr Schöpfer anders, die beiden folgenden Jahre bis zu ihrem Tod, den sie herbeisehnte, waren markiert mit Stürzen und der Umbettung in ein Pflegezimmer, mit einer Verschlimmerung ihrer Depressionen, tatsächlich eine pure Leidensverlängerung.

Hat Natalie recht? Hätte man ihr, seiner Mutter, diese restlichen zwei Jahre ersparen sollen?

Sie war fromm, auch wenn ihre Glaubenszuversicht in den letzten Tagen zu schwinden schien, aber sie hatte eine Patientenverfügung unterschrieben, ebenso wie sein Vater, der zwanzig Jahre vor ihr gegangen war. Lebensverlängerung an Apparaten kam für beide nicht infrage. Ebenso wenig allerdings eine Selbsttötung.

»Jeder Tag enthält das ganze Leben«, schrieb der Religionsphilosoph Robert Spaemann, den er kurz vor seinem Tod, tief beeindruckt, interviewt hatte – der Spiegel hatte ihm einen Redakteur aus dem Wissenschaftsressort beigestellt, als Aufpasser, damit das Gespräch nicht zu religiös geriet.

Ja, im Gegensatz zu dem ausgesöhnten und fast heiteren Spaemann wollte seine Mutter einfach nicht mehr in diesen letzten Jahren, das hat sie oft gesagt, aber sie hat mit bewundernswerter Langmut und Demut auf ihre Stunde gewartet, ihr Gesicht hellte sich auf, wann immer ihre Söhne sie besuchten in dem Heim, in dem sie mit ihrem Mann bis zu dessen Tod lebte, und wer von den fünf hätte von außen den Wert ihres Lebens bemessen wollen, wie es in Holland offenbar gang und gäbe ist?

Als sie schließlich spürte, dass es auf das Ende zuging, bereitete sie sich vor. Sie war todernst geworden, ihr sonst verbindliches Lächeln, das zu ihrem zweiten Gesicht geworden war in den Stürmen der Zeit, war gewichen und etwas Prosaisches nahm Besitz von ihr.

Sie lag in ihrem Bett, aß kaum – und wartete. Seinem jüngeren Bruder, der ihr sagte, dass sie bestimmt in den Himmel käme, beschied sie trocken: »Woher weißt'n das?«

Ihm, Rico, gestand sie, rund eine Woche vor ihrem Tod, sie habe »Angst vor dem Richter«. Er konnte sich allerdings nicht vorstellen, was ihr Schöpfer gegen sie vorbringen könnte und sagte ihr das, dieser katholischen Engelsfigur, die fünf Söhne großgezogen hatte und mit einem schwierigen Mann klarkam, die kochte, den Kindern vorlas, nachts strickte und Socken stopfte und in seiner Kindheit, als sie noch in bescheidenen Verhältnissen lebten und keine Haushaltshilfe hatten, bisweilen weinte vor Erschöpfung.

Aber wenn sie Berge bestiegen, kletterte sie mit, allerdings im geblümten Rock und mit Halbschuhen. Wenn sie ihre Radtouren machten bis nach Holland hinein, fuhr sie mit, allerdings hing an ihrem Lenker die Tasche mit den Stullen. Und bei all dem war sie schön wie Ingrid Bergman.

Auch Natalie hatte drei Söhne in die Welt gesetzt, sie war vierfache Großmutter und natürlich war sie stolz auf ihre Kinder, doch die schienen nun keine Rolle mehr zu spielen, nicht in diesen Tagen, in denen sie sich vorbereitete, auf ihre Art.

Sie schickte ihm eine Sprachnachricht mit einem Gedicht von Baudelaire »L'invitation au voyage«:

»*Meine schwester mein kind!*
Denk dir wie lind
Wär es dorthin zu entweichen!
Liebend nur sehn
Liebend vergehn
In ländern die dir gleichen!
Der sonnen feucht
Verhülltes geleucht
Die mir so rätselhaft scheinen«

Sie sprach dieses Gedicht auf WhatsApp mit geradezu sehnsuchtsvoller Abschiedstrauer.

Er spürte, dass er nicht mehr viel Zeit mit ihr habe.

Er witzelte über die Impfdiktatoren in ihrem und seinem Land. Macron hatte Impfverweigerer »Abschaum« genannt, in Deutschland standen sie für die Behörden und die öffentliche Meinung auf einer Stufe mit Nazis. In Deutschland stehen alle, die nicht regierungskonform sind, auf einer Stufe mit Nazis.

»Ja bist du denn nicht geimpft?«, fragt sie ihn.

Klar, antworte er, sonst dürfe er ja nirgends mehr hinfliegen.

Eines schien sicher: Sie wollte nicht an Covid sterben. Sie war dreimal geimpft, wie er selber. Auf den Notstationen, erzählt sie, habe sie in erster Linie Übergewichtige gesehen.

»Hilfe, ich bin auch übergewichtig.«

»Dann sieh zu, dass du abnimmst.«

»Das tu ich derzeit, ich faste, aber ich sollte ohnehin aufhören, es sind jetzt zwei Wochen.«

Sie gab Tipps: »Fleisch und Gemüse, sonst nichts. Das hilft! Versprich mir, dass du abnimmst!« Jawoll, Madame!

Für ihr Buch stellte er sich einen schriftlichen Disput vor, über einen längeren Zeitraum, schriftlich ist man genauer.

Sie antwortet dagegen: »Im Grunde will ich nicht zu lange warten. Ich kann schnell schreiben. Du musst mich fragen, wenn du nicht fragst, weiß ich nicht, was ich antworten soll.«

Also frage er: »Du sagtest mir am Telefon, du wolltest Schluss machen, wenn dir das Leben keinen Spaß mehr macht, und du könntest dir Paris nicht mehr leisten. Paris oder Tod. Aber Natalie, das klingt wie ein Chanson von Édith Piaf, ist das nicht zu kitschig?«

Als Antwort schickt sie ihm einen Cartoon, auf dem der Sensenmann am Rande eines Grabes steht und einen ankommenden, Geldkoffer schleppenden Reichen zurecht weist: »Sorry Sir, no baggage allowed.«

Mit anderen Worten: Das letzte Hemd hat keine Taschen. Doch im vorletzten wäre es nützlich, nämlich, wenn man zu seinen eigenen Bedingungen sterben möchte, und zwar in Paris.

Sie will, dass wir uns treffen. Eilig. Sie könne auch zu ihm an die Ostseeküste kommen. Er wehrte ab. Vorher müsse er noch nach Israel für eine Reportage. Danach könne er sie besuchen.

Sie schickt Fotos aus ihren Urlaubstagen in Israel mit ihrem Fitnesscoach Narek, einem Armenier, Familienvater mit zwei Kindern, glücklich, und sie zeigt das orthodoxe Kreuz, das er ihr geschenkt hat.

Die Fotos könnten ein glückliches Liebespaar zeigen. Darauf folgt ein Foto in Nahaufnahme, erschöpft.

»Heute sehe ich so alt aus wie ich bin.«

»Wenn du lachst, siehst du nicht alt aus. – Hast du ein Foto aus jüngeren Tagen?«

»Ich hab eins gemalt, hier!«

Ihre schwungvolle Porträtskizze könnte von einem Modemacher stammen, sie zeigt das Wesentliche, schwarze Striche für Zottelhaare, die ins Gesicht hängen, drunter ein roter Mund, frech, flapsig, komisch.

Er buchte den Flug.

Putzer und die Minimaus

Das Mädchen klammerte sich am Arm des Jungen fest, der versuchte, sie aufzumuntern. »Komm«, sagte er, »noch ein paar Schritte, bis zur Bank dort hinten, da können wir verschnaufen.«

»Ich kann nicht mehr«, sagte sie. »Ich will auch nicht mehr. Wozu die ganze Scheiße, Putzer? Wir sind doch sowieso bald am Ende, die ganze Menschheit ist am Ende ...« Schleppender Singsang. »Wozu überhaupt leben? Die Reichen werden reicher, die pesten die Atmo voll mit ihrem Industriedreckzeug und wir sind am Arsch. Jawohl Putzer, wir sind am Arsch.«

»Wir werden es denen zeigen, Minimaus«, sagte der Junge. »Mit uns legt man sich nicht an. Wir werden sie alle weghauen. Typen wie dieser Hausmann, die werden dann Riksha-Fahrer, meine Süße, und du kannst ihnen in den Hintern treten.« Das Mädchen lächelte kurz. Dann seufzte sie. »Es macht alles keinen Spaß mehr, Putzer. In zehn Jahren ist der Klimatod da. Was soll's also?«

»Aber die frische Luft tut dir gut. Und siehst du, du zitterst nicht mehr. Nachher mach ich dir den Spinat, den magst du doch. Und Fischstäbchen. Du wirst sehen, Minimaus, alles wird gut.«

Putzer kannte das Gefühl, er spürte, wie es in ihr kalt und trostlos wurde. Ihr Blick wanderte über das Feld, die kahlen Bäume, der eisige Wind, nichts da, was Hoffnung geben könnte. Nichts, was sie ermutigen könnte. Sie zitterte, sie war krank, sie war aussortiert vom Leben in einer Welt, die dem Untergang entgegentaumelte. Er drückte sie an sich, nahm sie unter seinen Anorak, um ihr Wärme zu geben. In diesem Wintergrau, das sich plötzlich über ihr kurzes Leben gelegt hatte, verlor alles an Farbe. Sie rutschte durch, fiel ins Bodenlose.

»Warum nicht einfach Schluss machen, Putzer, es macht doch keinen Sinn mehr.« Er würde auf sie aufpassen müssen, würde sie überwachen müssen, dachte er verzweifelt. »Wenn du aufgibst, Minimaus, dann haben die anderen gewonnen. Willst du das wirklich? Willst du, dass die Faschos gewinnen, das System, die Typen aus der ›Sonne‹, die Systemschweine?«

»Die haben doch bereits gewonnen«, sagte das Mädchen und schluchzte auf. »Wenn Greta recht hat, haben wir nur noch drei Jahre oder so, dann ist alles verloren. Wozu noch weiterkämpfen, wozu noch weiterleben?«

»Aber was, wenn sie sich geirrt hat? Dann würdest du nie wieder einen Frühling erleben, würdest nie wieder an den Strand gehen und dir einen tüchtigen Sonnenbrand holen. Und ich könnte dir nicht den Rücken einreiben mit After Sun und dir von der Bude Currywurst holen und Coke Zero.«

Sie lächelte schwach.

»Komm, lass uns zurückkehren und den Kamin anmachen und Rihanna hören, wir haben doch uns …«

Putzer spürte, wie in ihm ein Gefühl aufstieg, das mehr war als nur die amouröse Anziehung zu diesem Mädchen. Ein Gefühl, das ihm bis dahin fremd war. Es hieß Verantwortung. Ja, er fühlte die Verantwortung für dieses kleine verlorene Wesen an seiner Seite. Und er spürte auch: Wenn er sie nicht rettete, würde er auch sich selber nicht retten können. Sie war ihm zum Lebensinhalt geworden, ohne sie wäre auch er verloren.

Putzer, der sonst eher düstere Streetfighter, zwang sich einen Optimismus auf, mit dem er der Lebensmüdigkeit des Mädchens begegnen konnte. Mittlerweile hegte er sogar Zweifel am bevorstehenden Klimatod, er war auf YouTube auf einen Professor gestoßen, der mit allerlei Statistiken belegte, dass es keinen Grund zur Panik gab. Die Erde, so sagte er, habe sich immer mal wieder erwärmt, auch ohne das Zutun der Menschheit.

Wahrscheinlich wurde er bezahlt dafür, sicher sogar, aber dennoch.

Er sah auf die Kleine an seiner Seite, die in ihrem kurzen Dasein auf der Erde nichts als Scheiße erlebt hatte, die saufende Mutter, die prügelnden Ersatzväter, die Ämter, das Leben auf der Flucht, klar, dass sie sich ab und zu ein bisschen Glück die Arme gespritzt hatte.

Er seufzte. »Alles wird gut, Minimaus«, sagte er und drückte sie an sich. »Alles wird gut.« Und er dachte, als er in den tief über den Feldern hängenden Himmel sah: Ohne Hoffnung geht nichts.

Todessehnsucht im Frühling

In Paris ist der Frühling ausgebrochen. Rico ist aus dem düsteren, verhexten, todesschweren Deutschland angereist, um einer Selbstmörderin beizustehen, und landet in der Sonne. Ihm ist die Ironie nicht entgangen. Aber vielleicht kann er sie von ihrem Vorhaben abbringen. Wenn Chesterton recht hatte, dass der Selbstmörder nicht nur sich selber umbringt, sondern die ganze Welt auslöscht, dann gilt vielleicht auch die Umkehrung: dass er, Rico, die Welt retten könnte, wenn er Natalie rettet.

Er nimmt die Bahn ins Zentrum. Vororte, Fabrikgelände, Brachen. Eine Schwarze, die zugestiegen war und den Platz ihm gegenüber eingenommen hatte, weist ihn nach einer Weile freundlich, ja mütterlich darauf hin, dass der Reißverschluss zur Außenseite seines Rollkoffers offensteht.

Sie sieht müde aus, die Lider halb gesenkt, als habe sie eine Nachtschicht hinter sich. Sie trägt eine braune Kunstledertasche, eine Selleriestange schaute heraus, womöglich wird sie ihren Kindern, ihrem Mann noch Essen auf den Tisch stellen.

Und er ist auf dem Weg zu einer mondänen Luxusfrau, die sich umbringen will, weil sie ihre Wohnung im 7. Arrondissement nicht halten kann.

In Les Halles steigt er aus und tritt hinaus in den Sonnenglanz der Boulevards, die von den fünfgeschossigen Mietpalästen seines Namensvetters Haussmann aus napoleonischer Zeit gerahmt sind. Er scheppert seinen Rollkoffer über das Pflaster zum nächsten Taxistand, lässt sich in die Polster fallen und schaut von unten auf die Fassaden. Es ist dieser Trick, den keine Stadt so drauf hat wie Paris, sagt er sich: dich zu umarmen und gleichzeitig hochmütig auf dich herabzuschauen. So viel Schönheit. Das Seine-Ufer, die Tuilerien, der Louvre, der Boulevard Saint-Michel, Saint-Germain, schließlich die Rue du Bac.

Natalie steht schon auf der Straße vor ihrer riesigen Haustür, klein und blass und blond im weißen T-Shirt in der hellen Sonne. Sie ist geschrumpft und gealtert, seit sie sich vor zehn Jahren das letzte Mal gesehen haben. Damals hatte sie ihm und seiner Familie eine wunderbare Wohnung im Marais besorgt, wo sie für eine Woche Paris erkundeten, bis sie zu Freunden in den Süden weiterfuhren.

Auch da hatte sie schon von ihrem Engagement für die Sterbehilfe gesprochen, er hatte damals kaum hingehört.

Sie tippt eine Zahlenreihe in das Schaltbrett neben dem hellblau gestrichenen Tor, stemmt sich mit ihrer zierlichen Mädchenfigur dagegen, er hilft ihr, indem er über sie hinwegreicht und es aufstößt. Es fällt ins Schloss, und dann:

Stille. Sie betreten eine andere Welt. In der Mitte des Hofs steht ein Baum, ein südamerikanischer, der von einem peruanischen Hausmeister gegossen wird.

Hier: Nur Luxus und Ruhe wie in dem Gedicht von Baudelaire. Möglicherweise putzt die Schwarze aus der Vorortbahn in Häusern wie diesem.

In royalistischen Zeiten lagen links und rechts Pferdeställe, längst sind sie zu mondänen Wohnlandschaften ausgebaut und zu ganz sicher unerschwinglichen Preisen vermietet oder verkauft.

Natalie wohnt im Hintergebäude. Fünf Stufen und sie stehen erneut vor einer Tür, die mit einem elektronischen Signal am Schlüsselgriff geöffnet wird. Schwarz-weiße Marmorfliesen, ein goldgerahmter Fahrstuhl, gerade groß genug für einen großen, dicken Mann mit Koffer, sie steigt behände die paar Stufen Wendeltreppe zu ihrer Wohnung hinauf in die Beletage.

Herrschaftliches Entrée, Parkett, rechts ein großes Wohnzimmer, links die Schlafzimmer und die Küche.

Im Wohnzimmer ein niedriger grobgefügter Tisch aus Planken oder Treibholz, mit Büchern, akkurat ausgebreitet. Obenauf, als Blickfang für ihn, eines mit dem Titel »Gott«.

Es handelt sich nicht um ein Gebetbuch, sondern um das jüngste Theaterstück von Ferdinand von Schirach, das die Frage der Sterbehilfe verhandelt. Ein Gerichtsdrama. Und mit dem Instinkt eines Jesuitenschülers hatte Schirach das Problem des Selbstmordes auf den metaphysischen Punkt gebracht: Gott.

Schirach war wie er in einem Jesuiteninternat erzogen, allerdings nicht in Bad Godesberg, sondern in St. Blasien, und er hatte wie Rico keine schlechten Erfahrungen gemacht, sie hatten sich einst darüber ausgetauscht, allerdings hatte er für sich die Gottesfrage anders beantwortet.

»Ich habe Saft, Vodka, Wasser, was willst du?«, fragt Natalie, nachdem sie ihm sein Schlafzimmer und die Toilette gezeigt hat, »für Vodka ist es wahrscheinlich noch zu früh.«

»Ach, für Vodka ist es nie zu früh«, witzelt er und entscheidet sich für Wasser, das bekanntermaßen auf Russisch Vodka, Wässerchen, hieß. Er folgt ihr in die Küche. Blaue portugiesische Kascheln, Azulejos, und Armaturen aus der Belle Époque. Der Kühlschrank leer bis auf einen angebrochenen Kräuterquark und eine Packung Knäckebrot. Eine dunkle offene Flasche Saft. Minimum.

»An die Arbeit!«, ruft sie, während er sich ein Glas Leitungswasser nimmt.

Sie will reden, will ihre Geschichte erzählen, ihr Plädoyer halten, vielleicht, da sie seine Haltung mittlerweile kennt, eine Verteidigungsrede.

Seit sie in den Siebzigerjahren in einem Buchladen ein Buch über den Freitod entdeckt hat, ist sie von der Idee des selbstbestimmten Lebensendes besessen. »Das Leben genießen, und sich dann verabschieden, so haben die Stoiker in der Antike gedacht.«

»Moment, wegen eines Buches bist du zur Selbstmord-Aktivistin geworden?«

»Nein, natürlich nicht, der Grund dafür lag weit zurück in der Kindheit.«

Sie setzen sich ins Wohnzimmer, er auf einem großen Segeltuchbespannte weichen Sofa, sie ihm gegenüber, in einen riesigen braunen Ohrensessel gekauert wie ein kleines Mädchen.

Und Natalie erzählt. Sie war sechs Jahre alt, als ihre Mutter ihr vom schrecklichen Ende ihrer Großmutter berichtete. Die hatte Krebs und litt, und in Stalins Russland, wo die Familie lebte, gab es keine Schmerzmittel, so bat sie ihren Mann, sie zu töten. Der versuchte tatsächlich, seine geliebte Frau mit einem Kissen zu ersticken. Der Versuch misslang. Möglicherweise war die Kraft, die ihr im Überlebenswillen zuschoss, zu groß. Sie starb zwei Jahre später.

Rico schießt der Gedanke durch den Kopf, dass es sich bei Natalies Selbstmordwunsch um ein Familienverhängnis handeln könnte. Um einen Fluch. Schon die Großmutter hat sich umbringen wollen. Nun wollte Natalie, mit einem Generationensprung, das Vorhaben vollenden.

Was für eine Familiengeschichte: Der eine Großvater arbeitete noch für den Zaren, der andere war überzeugter Kommunist.

»Natürlich waren sie einander spinnefeind.« Natalie lächelt. »Mein Großvater war Professor an der Moskauer Universität. Seine Frau ließ ihn schwören, bevor sie starb, dass er mit der kleinen Galia Russland verlassen würde.«

So setzte er sich mit Natalies Mutter, als die noch ein Kind war, in einen Zug nach Wladiwostok, ihr Fluchtziel war China, über die Mandschurei. Sie hatten nichts bei sich außer der Aktentasche, die ihr Vater trug, als ob er zur Arbeit führe, das Kind nur einen Schulranzen, um den Hals ein Foto ihrer Mutter. Diese hatte ihren Mann davor gewarnt, dass er im Falle einer Verhaftung die Tochter verlieren würde, sie käme in eines dieser schrecklichen Lager für Waisenkinder, in denen sie hungern und geschlagen werden würde.

»Sie haben in einem Dreckloch, das sich Hotel nannte,

zwei Wochen verbracht, bevor sie einen Schlepper fanden, der sie zu Fuß durch die Mandschurei führte. Sie schliefen am Tag und gingen nachts, um keinen Lärm zu machen. Sie tranken Sumpfwasser und bekamen Durchfall. In der Gruppe – es waren mehrere Flüchtlinge – gab es einen Säugling. Er wurde mit Opium vollgestopft, damit er nicht schrie. Daran ist er gestorben.«

Als sie endlich angekommen waren, hat der Schlepper die ganze Gruppe an die Sowjets ausgeliefert. »Nur nicht meinen Großvater und meine Mutter. Während der acht Tage, die sie marschierten, hatte sich mein Großvater mit dem Schlepper unterhalten und ihm den Sternenhimmel erklärt. Der Schlepper war ihm dankbar und half den beiden bis zum Zug, der nach China fuhr.«

Als sie schließlich in diesem Zug saßen, dachten sie, sie seien gerettet. Aber dann kam ein Mann in ihr Abteil und sagte: »Ihr seid Flüchtlinge, oder?« Natalies Großvater wusste nicht, was er antworten sollte, als der Mann sagte: »An der Grenze wird es Kontrollen geben. Steigen Sie auf das Dach des Zuges und bleiben Sie liegen. Ich werde sagen, dass die Kleine meine Tochter ist.«

»Wer behauptet, dass es keine Vorsehung gibt!«, werfe ich ein. »Und Engel!«

Sie lächelt kurz und fährt fort. »So hat dann mein Großvater die Reise auf dem Dach des Zuges gemacht und beide kamen heil in China an. Meine Mutter hat also einen Teil ihrer Kindheit und ihre ganze Jugend in China verbracht, wo ich dann, 1943, geboren wurde.«

Natalie erzählt viel von Russland, von dem Wald, in dem ihre Mutter mit der Großmutter spazieren ging, bevor sie krank wurde.

»Sie lief auf wilden Erdbeeren barfuß und kam mit roten Füßen nach Hause. Jedes Mal, wenn ich heute im Berner Oberland wandere und es ist Sommer, sehe ich wilde Erdbeeren und fühle eine solche panische Angst, dass ich sie nicht pflücken kann. Ist es nicht verrückt, dass Angst vererbbar ist?« Sie lächelt traurig in ihre Erinnerung hinein.

Neurologische Untersuchungen haben ergeben, dass Traumata tatsächlich vererbbar sind. Sie schlagen auch in der folgenden Generation durch.

»Meine Mutter hat mir ihre Wehmut weitergegeben. Ich habe niemals aus vollem Halse lachen können. Selbst als ich glücklich war, immer war da diese undefinierbare Traurigkeit, die mein Glück überschattete. Heute bin ich eher heiter, weil das Ende naht. Ich muss weder für mein Überleben kämpfen noch für das Überleben meiner Kinder.«

Tatsächlich macht mir Natalie in diesem Moment einen gelösten Eindruck. Sie scheint ihren Tod herbeizusehnen wie den Moment, in dem sie eine Last abschütteln darf. Die Last des Lebens. Gleichzeitig scheint sie es zu genießen, dieses Leben, ihre letzten Tage.

Sie hat, auf Ricos Wunsch hin, einen Tisch reserviert in ihrem Lieblingslokal im angrenzenden Viertel St. Germain und schlägt nun vor, auf dem Weg dorthin ihre Lieblingskirche Saint-Thomas-d'Aquin zu besuchen.

So gehen sie nun durch diesen Frühlingsabend, an dem die Stadt beginnt, ihr Tempo zu ändern: Sie schlendert, die Stadt, mit offenem Hemdkragen. Die blaue Stunde für Liebespaare. Rico denkt: Wir beide müssen merkwürdig aussehen. Oder frivol. Ein großer, kräftiger Mann mit einem zarten alten Fräulein an der Seite.

Allerdings halten sie nicht Händchen, sondern rezitieren Gedichte. Natalie beginnt mit einem wehmütigen von Verlaine. Rico antwortet mit den Verzückungsrufen der Sonette an Orpheus: »Da stieg ein Baum. O reine Übersteigung! O Orpheus singt! O hoher Baum im Ohr! ...« Sie nickt, lächelt.

Er hatte die Sonette als Student während der Nachtschicht in einer Schraubenfabrik gelernt, um nicht dem Stumpfsinn zu verfallen. Er saß vor dieser ölspuckenden, lärmenden Maschine und brüllte: »Und fast ein Mädchen wars und ging hervor / aus diesem Sang aus Klang und Leier / und glänzte klar durch ihre Frühlingsschleier / und machte sich ein Bett in meinem Ohr.«

Er musste über sich selber lächeln, er genoss dieses Bild, was für ein Schauspiel, der Maschinendreck und mitten hinein, wie die Bolzen auf der Rinne, in die er die Schleifbacken zu schieben hatte, die zartesten Verse.

Vor einem Schaufenster stand ein Mann mit Hut und Mantel. Mit Hut, an diesem Frühlingsabend? In der Boutique Karl Lagerfeld wurde an der Dekoration gearbeitet. Kioske mit Blumen waren geöffnet.

Am Nordende eines runden Platzes die Kirche Saint-Thomas-d'Aquin aus der Zeit des Absolutismus. War einst ein Dominikanerkloster. Andachtsdunkel, Stühle statt Bänke. Dem Altar haben die Baumeister ein Proszenium mit einem gerafften marmornen Vorhang vorgesetzt, eine wahre Bühne für das Allerheiligste. Dahinter steigen Gesänge auf, offenbar findet eine Andacht hinter dem Hochaltar statt. Schmale mit Bast bespannte Kaffeehaus-Stühle. Links eine Gedenktafel für die Gefallenen im Ersten Weltkrieg. Ein Seitenalter mit Marienstatue.

Natalie setzt sich und lauscht den Gesängen. Woran mochte sie denken? Ließ sie sich hinauftragen zum Strahlenkranz in der Kuppel über dem Altar mit den hebräischen Schriftzeichen für Jahwe, umrahmt von goldenen Putti, die sie wie ein heller Mückenschwarm umgeben?

Als Rico sich umwendet, um die prächtige Orgel in Augenschein zu nehmen, sieht er hinten im Halbdunkel den Mann im Mantel. Er sitzt am Seitenalter mit der Marienstatue und beobachtet sie. Den Hut hält er in der Hand.

Rico betet ein Vaterunser, sie machen sich auf den Weg. Vielleicht hätte er mit ihr zusammen beten sollen: »Dein Wille geschehe, wie im Himmel so auf Erden ...«

Orpheus in der Unterwelt

Zartes Grün an den Bäumen, die Lichter der Cafés strahlen aufs Trottoir, vor dem Deux Magots sitzen entspannte Menschen hinter ihrem roten Martini und plaudern. Der Glanz schimmert auf den Pflastern, zartgelb unter dem Lindgrün, der Place Saint-Germain-des-Prés sah aus wie in Woody Allens »Midnight in Paris«, dieser großen und beschwingten Geisterbeschwörung. Ist es nicht verrückt, das reale Paris mit seiner Kinoversion zu rühmen?

Die Straßenbeleuchtung flackert an. Er kann Natalie verstehen, hier würde er auch nicht wegwollen. Aber doch nicht in den Tod flüchten!

Gegenüber der Kirche Saint-Germain, die nach dem Mönch Germanus benannt ist, liegt das angepeilte Restaurant »La Société«. Erster Eindruck: Orpheus in der Unterwelt. Schwarze Stühle, dunkles Tropenholzparkett, schwarze Tische. Die Kellnerinnen der »Société« sind berühmt für ihre Schönheit, sagt Natalie mit einem Lächeln. Sie tragen enge schwarze Röcke, schwarze Tops mit verrutschenden Trägerchen, und als ihm eine schwarzlockige Schöne die Speisekarte reicht, bewundert er die tätowierte Schlange, die sich auf ihrem nackten Arm Richtung Hals windet.

Geldleute und Models an den Tischen, die Musik ist laut, Rico erwartet, dass sich zum Aperitif das Parkett zur Seite zieht und den Blick freigibt auf eine rotblakende glühende Hölle, auf schwitzende nackte Leiber und goldene Saxofone.

Sie ertrinken in hämmernden Bässen und Schlagzeug, das Restaurant gilt als eine der angesagtesten Jazzbars in Paris.

»Ich komme hier normalerweise mittags her«, sagt Natalie entschuldigend, »die Musik ist sehr laut, nicht wahr?«

In alten Tagen, zur Zeit der Studentenrevolte, war es wohl eine Art Blues-Bar, die sich Studenten leisten konnten, jetzt empfiehlt der Restaurantführer, die Platinum-Karte einzustecken, bevor man auf die Idee kommt, den Abend hier zu verbringen.

Natalies Stammplatz ist gleich hinter dem Eingang rechts, gegenüber der Garderobe. Von hier aus hat sie die ganze Lokalität im Blick, das Kommen und Gehen, das Schauspiel der Geselligkeit. Ihr Platz ist einer für Einsame.

Sie bestellen Aperol und später die Jakobsmuscheln. Bei Rico kommen noch ein Trüffelrisotto und ein Tatar dazu, er hat das Fasten für sich abgeschlossen.

Da die schwarzledernen Stühlchen eher auf Natalie angepasst sind, schnappt er sich unter den hochgezogenen Brauen der lockigen Schönen einen kurzbeinigen Ledersessel vom Nachbartisch. Bei dem Lärm ist Verständigung kaum möglich, deshalb sind sie erleichtert, nach dem Essen das Restaurant verlassen zu können.

Ihnen zuvor kommt der Mann aus der Kirche, der seinen schwarzen Mantel und den Hut entgegennimmt.

Jetzt erkennt Rico, dass jener Mann weiße Haare hat, die hinter seinem Kopf zusammengebunden sind. Der weichkrempige Hut, ein Fedora mit kleiner Feder im Hutband, lässt hinten den Zopf über den Kragen fallen. Der Mantel ist eher ein Cape, nicht schwarz, sondern er schimmert innen grün oder rot, wohl je nach Lichteinfall. Elegante Erscheinung und offensichtlich gut betucht. Saint-Germain scheint sein Jagdrevier zu sein.

Sie schlendern zurück zur Rue du Bac, und in der Wohnung angekommen, erläutert sie ihm einige der Fotos, die als Screensaver über ihren Bildschirm gleiten. Was für ein Sternenschweif des Lebensglücks, denn selbstverständlich werden nur die schönen Momente archiviert. Sie mit ihren Söhnen, ihren Enkeln, Paris-Impressionen, ihr Haus.

Sie macht einen erschöpften Eindruck und er zieht sich zurück mit Ferdinand von Schirachs »Gott«.

Dann telefoniert er mit Katja. Ja, alles gut, hier ist Frühling und ihr? Immer noch trübe, hm.

»Es ist was Merkwürdiges passiert«, sagt Katja. »Ich komme vom Einkaufen zurück, da steht da so'n Kerl mit einer schwarzen Lederjacke, der sich die Klingelschilder anguckt.« Rico erstarrt. »Ich hab ihn gefragt, ob ich ihm helfen könnte, fährt Katja fort, aber er hat nur irgendwas wie Tschulle gemurmelt und ist weggegangen, als ob er's plötzlich eilig hätte, Richtung Bürgerpark.«

»Wenn er nochmal auftaucht, lass ihn nicht rein«, sagt Rico. »Wie käme ich dazu«, meint Katja.

Darf doch nicht wahr sein, denkt Rico. Er ist alarmiert.

Aus der Küche holt er sich ein Glas Wasser, ein Vodka wäre jetzt tatsächlich nicht schlecht.

Dann zwingt er sich in die französische Gegenwart zurück, in dieses Duell, diesen merkwürdigen letzten Tanz mit einer Jüdin, die sterben will. Und zu dem deutschen Gegenwartsautor, der den Todeskult mit juristischer Spitzfindigkeit zu begrüßen schien.

Von Schirach führt eine öffentliche Sitzung des Ethikrats auf. Verhandelt wird der Fall des altersmüden Richard Gärtner, mit achtundsiebzig Jahren genauso alt wie Natalie, der völlig gesund ist, aber sterben möchte und bei seinem Vorsatz, sich zu töten um ärztliche Hilfe bittet. Er will Phenobarbital, ein Mittel, mit dem man Pferde einschläfert, jeder Tierarzt verfügt darüber.

Vertreten wird der Gärtner von dem Anwalt Biegler, der den Fall seines Mandanten äußerst smart und beweglich vertritt, ein Courtroomdrama, in dem er glänzt, manchmal so selbstherrlich und provokant, dass der Vorsitzende ihn mehrmals zur Ordnung rufen muss.

Ohne Zweifel hat sich der Autor hier selber porträtiert, und selbstverständlich argumentiert er derart souverän, dass er in der anschließenden Abstimmung durch das Publikum in den Theatern des Landes in der Regel mit siebzig zu dreißig Prozent Zustimmung rechnen kann. Stets sind zwei Drittel der Theaterbesucher dafür, dass man sich umbringen sollte, wenn man genug hat. Theaterbesucher gehören oft zur Elite der Gesellschaft, Studenten, Professoren, Ärzte, Ingenieure, Kleinunternehmer, Politiker, Anwälte.

Wir glauben, so argumentiert Anwalt Biegler in seinem Schlussplädoyer, an alles Mögliche heutzutage, »an Gott oder Buddha oder das Spaghettimonster«, aber eines sei doch klar: »Wir können nie endgültig wissen, was richtig und was falsch ist.«

Zunächst stört Rico die Gleichsetzung von Gott und Spaghettimonster gewaltig, er war dieser Nivellierung schon einmal bei einer öffentlichen Auseinandersetzung mit einem Vertreter der Giordano-Bruno-Stiftung begegnet, der sich über den christlichen Glauben lustig machte.

Nun, der Glaube an ein Spaghettimonster, sagte er damals auf dem Podium, hätte wohl kaum Kunstwerke wie die Sixtinische Kapelle oder Mozarts Requiem oder das mittelalterliche Bildungswesen hervorgebracht – und diese unstillbare Sehnsucht nach dem, »was allen in die Kindheit scheint, und worin noch niemand war: Heimat«, wie der Marxist Ernst Bloch sein »Prinzip Hoffnung« beschließt.

Darüber hinaus aber und ganz besonders stört ihn der Werte-Relativismus. Nach seinem Dafürhalten gibt es absolute Urteile. Zum Beispiel, dass Töten eine Todsünde ist. Dass das Leben wertvoll ist. Dass die Würde des Menschen unantastbar ist, eben weil wir alle Geschöpfe Gottes sind, ob weiß oder schwarz oder gelb, ob Mann oder Frau.

Wir sind soziale Wesen. Dem im Stück auftretenden Bischof gewährt Schirach ein sehr richtiges Argument. Er sagt, dass es seit Urzeiten in der Natur des Menschen liegt, dem Nächsten nicht zum Tod zu verhelfen, sondern ihm in den Arm zu fallen, sollte er sich umzubringen versuchen, lange vor allen Gesetzen, vor allem innerhalb der Familie, der Keimzelle jeder Gesellschaft.

In einem Naturgesetz, das wie einige andere heute in Vergessenheit geraten ist. Er will der traurig-entschlossenen Natalie in den Arm fallen, sollte sie sich tatsächlich Gewalt antun wollen, denkt er, bevor er wegdämmert. Aber wie?

Jardin du Luxembourg

Am nächsten sonnigen Vormittag weckt ihn der Lärm der benachbarten Schule, typisches Pausengerangel, Rufe und Geschubse und Gelächter, das Leben grüßt, die Jugend meldet sich zur Stelle. Normalerweise würde er sich ärgern über den Lärm, der ihn aus seinen Träumen reißt, aber an diesem Morgen klingt er wie Musik, nicht zu vergessen, schließlich war er am Abend zuvor in der Unterwelt.

Fetzen eines wilden, niederträchtigen Traums, er suchte nach seiner Kabine auf einem Kreuzfahrtschiff und hatte seine Zimmernummer vergessen. Und sein Handy war neu und so klein, dass er unmöglich die Tasten bedienen konnte, um Katja anzurufen. Verwirrtheit, Unorganisiertheit, einer seiner häufigsten Versagensträume.

Natalie sitzt bei geöffneter Tür in ihrem Schlafzimmer mit angezogenen Beinen unter ihrer Bettdecke. »Komm ruhig rein, die Dusche ist dort hinten.«

»Wie hast du geschlafen?«, fragt er.
»Gut«, sagt sie knapp.
»Hast du geträumt?«
Sie schüttelt den Kopf.
Er duscht und bevor er wieder in seinem Zimmer verschwindet, verabreden sie ein Frühstück im Café um die Ecke.

Es dauert, bis sie sich wieder meldet und dann tut sie es mit guten Nachrichten. Ihr Vermieter hat ihr geschrieben, dass sie nun doch nicht, anders als zuvor angekündigt, zwei Monatsmieten im Voraus zu leisten hätte. Als sie ihm davon erzählt, schöpft er den Verdacht, dass der Vermieter von Natalies Vorhaben, diese Welt ohne Kündigungsfrist Hals über Kopf zu verlassen, Wind bekommen hat. Er wollte sich wohl absichern. Wahrscheinlich war sie in die Kategorie »unzuverlässig« gerutscht.

Doch nein, sie hatte mit ihm telefoniert und ihn, mit Rücksicht auf die immerhin sechs Jahre als pünktlich zahlende Mieterin, umstimmen können.

»Das ist wunderbar«, sagt sie mir im Wohnzimmer, »nun bin ich nicht gezwungen, zu gehen. Wenn ich es nun tue, dann aus freiem Entschluss. Nicht wie ein Tier, das auf der Jagd von den Hunden in eine Ecke gehetzt wurde.« Dramatisches Bild.

»Ist doch prima, dann brauchst du dich doch gar nicht mehr umzubringen«, sagt er leichthin. »Lass uns frühstücken.«

Er versucht, der Theatralik ihres Vorhaben die Luft rauszulassen und damit vielleicht dem Vorhaben selbst.

Sie verlassen die Wohnung, in deren Splendid Isolation in bedrückender Weise die Finsternis wuchs, und treten hinaus in den Sonnenschein und finden ein Café in der nächsten Querstraße. Croissant mit Schinken, O-Saft, die gekochten Eier sind exakt so weich, wie sie sein sollten, wie schön das Leben sein kann!

Sein Besuch, so hat er sich entschieden, soll nicht nur, wie sie es sich offenbar wünschte, der Zeugenschaft ihres Heldentums gelten, das er zudem im tiefsten Innern ablehnt, sondern auch ein Wettkampf sein. Von seiner Seite aus. Zunächst, um das Leben einer Freundin zu retten. Und weiterhin die Chefin einer bedeutenden Selbstmordfabrik dadurch zu besiegen, dass sie dem Leben Vorrang vor dem Tode gibt.

»Wenn dir das Geld ausgeht, kannst du dich doch immer noch auf deine Kinder verlassen«, sagt er über seinem Cappuccino. »Die verdienen alle, und ich nehme an, sie lieben ihre Mutter und gönnen ihr letzte schöne Jahre auf unserer Erde, bis sie der Schöpfer nach Hause ruft.«

»Kommt gar nicht infrage, ich will ihnen nicht zur Last fallen.«

Hier wären sie bei einer der größten und verbreitetsten Sorgen alter Menschen in unserem Kulturkreis: den Kindern zur Last zu fallen. Es war eines der Mantras seiner Mutter, genau dies nicht tun zu wollen. »Ich will euch nicht zur Last fallen«, wie schrecklich das klang, wie furchtsam, wie elend. Sie hätte jedes Recht der Welt gehabt, ihnen zur Last zu fallen, sagte er ihr jedes Mal, und erwähnte, dass sie sie großgezogen hatte, mit Liebe und Selbstaufopferung, und das mit großer Selbstverständlichkeit.

Womöglich, denkt er sich jetzt, sind die islamischen Großfamilien mit ihrer ganz selbstverständlichen Sorge füreinander doch humaner.

Was heißt »zur Last fallen«? Nicht mehr produktiv sein? Und wonach ließe sich das messen bei alten Menschen?

Für Marcel war sein Opa, der Vater seiner Mutter, der engste Freund und Buddy und Berater, und er hatte sie ins Ausland begleitet. Das war seine »Nützlichkeit«. Wie wird die bemessen? Nach Arbeitsleistung und Nutzwert? Dann hätte David Singer Recht, der meint, ein ausgewachsenes Schwein habe einen größeren Wert als ein menschliches Baby. Wenn Nützlichkeit das Kriterium für unser Lebensrecht wäre, dann hätten die Verfechter des Freitodes recht. Auch die Euthanasie-Aktivisten der Jahrhundertwende – darunter Roosevelt, Churchill, ja die New York Times – sprachen ungeniert über das »Ausmustern« von Geisteskranken, z. B. durch Sterilisationen, von Rasse und Aufzucht und Eugenik.

Dass man dabei war, zu einer Gesellschaft zu werden, in der Menschen nur noch nach dem Grad ihrer Nützlichkeit bewertet werden, war ein Albtraum.

Kurze Beratung über den weiteren Tagesablauf. Sie würde gerne noch eine Abschiedsbotschaft für ihre Kinder aufnehmen, er sollte ihr Handy halten. »Klar«, sagt er, »Alles, was du willst.«

Aber vorher einen Spaziergang, schlägt er vor. Die Tuilerien mit dem Louvre sind nicht weit, etwa so weit wie der Jardin du Luxembourg. Er wählt den Letzteren, schon um Rilkes Flamingos zu bewundern, die jener so unvergleichlich schön bedichtet hatte, besonders mit dem letzten und preziösesten aller Reime, in dem das »Imaginäre« auf die »Volière« folgt, das sollte ihm ein Durs Grünbein erst mal nachmachen.

»Die Flamingos gibt es längst nicht mehr«, sagt Natalie. »Dafür aber einen Ententeich.«

Nun, das Leben besteht aus Kompromissen. Sie machen sich auf den Weg.

L'amour,
die liebe

Wie mag Natalie die Welt wahrnehmen, jetzt, da sie sich auf den Abschied vorbereitet, fragt er sich, während er neben ihr durch das Viertel läuft? Was ist die Welt für sie? Ein Kunstgebilde, eine Täuschung, ein Schleier aus Illusionen? Wie ein Gedicht?

Sie überqueren einen Boulevard und lassen sich mit den Passanten treiben und ihm fällt die Schlussstrophe von Franz Werfels »Ballade von Wahn und Tod« ein, auch eines dieser großartigen aus Kurt Pinthus' Sammlung »Menschheitsdämmerung«, die er in Schumachers Expressionismus-Seminar an der FU kennengelernt hat. Pinthus hatte sie kurz nach dem Ersten Weltkrieg zusammengestellt und eine Reihe von Dichtern präsentiert, die das Schlachten nicht überlebt hatten, Trakl etwa oder August Stramm.

Im Strom der Passanten also diese Zeilen Werfels:
Ich ging, wie Tote gehn,
Ein abgeschiedner Geist, verwaist und ungesehn.
Ich schwebte fern und kühl durch Heimkehr und Gewühl,
Sah Kinder rennen und sah Bettler stehn.
Ein Buckliger hielt sich den Bauch, und eine Greisin
schwang den Stock und schrie.
Leicht eine Dame lächelte. Ein Mädchen küßte sich
die Hand …
Und ich verstand, was sie verband, und schritt durch
ihre Alchimie.

Natalie läuft rasch. Bis vor Kurzem noch traf sie sich mit einem Coach, der sie fit hielt, der mit ihr wanderte, Berge bestieg, der mit ihr verreiste, und einen Gleitschirm-Tandemflug mit ihr unternahm, da war sie sechsundsiebzig. »Wenn du das hinter dir hast, hast du keine Angst mehr vor dem Tod.«

Zum ersten Mal spricht sie über diese Angst.

Noch blass die Gesichter in der Frühlingssonne im Jardin du Luxembourg und gleich hinter dem Eingang rechts dreht sich Rilkes Karussell mit seinem Dach und seinem Schatten, grün gestrichen, von bunten Pferden, »alle aus dem Land, das lange zögert, eh' es untergeht. Ein böser roter Löwe geht mit ihnen«, jetzt stimmt Natalie mit ein: »und dann und wann ein weißer Elefant«. Und ja, obwohl das Gedicht von 1906 stammt, den weißen Elefanten gibt es immer noch, eine Fahrt kostet zwei Euro und auf der Bank davor sitzt eine Mutter, die ihren Sprössling im Blick hat, der sich in einer roten Kutsche glückselig schwindelig dreht.

Ein weißer Kiesweg führt an Kiosken vorbei, durch die knospenden Bäume weit hinten schiebt sich die Kuppel des Pantheons in den zartblauen Himmel. Der Parkweg führt an kleinen Blumenbeeten und blühenden Sträuchern vorbei und mündet in einer Terrasse mit Balustrade, Mädchen sitzen auf gusseisernen Stühlen davor, halten ihre Gesichter in die Sonne oder beugen sich über Schulhefte, und alles an diesem Tag jubelt Neuanfang und Leben – und Liebe.

Sie ziehen zwei freie Stühle zusammen, Natalie erzählt von der Liebe und damit von Verlusten. Ihren Coach Narek, einen Armenier, mit dem sie Italien bereist hat, nennt sie einen »Schuft«. Sie hat ihn ausgehalten und sie hat ihn gemocht, dass er verheiratet ist und zwei Kinder hat, hat sie beide nicht gestört – es war ein Arrangement.

Aber wenn sie könnte, würde sie wieder mit ihrem Mann zusammen sein. »Er war so großzügig, und ich war sicher manchmal schwer zu ertragen.« Da war die Affäre, die sie in Venezuela ausgelebt hatte, mit einem Botschaftsangestellten, das verzeiht sie sich nicht. Als ihr Mann sah, dass sie mit ihrer Eskapade die Familie zu sprengen drohte und die Kinder verstörte, sorgte er dafür, dass der verliebte Attaché versetzt wurde. Und zwar an die Botschaft in Teheran.

Er lacht. »Strafe muss sein.«

Ihr erster Ehemann war ein Missgriff, er ist im Rückblick nicht der Rede wert, außer, dass er der Vater ihres ältesten Sohnes ist. Der lebt in Paris, aber seit er mit dieser versnobten Marokkanerin verheiratet ist, gibt es kaum noch Kontakt.

Wie traurig das alles ist. Wie sehr sich das alles in einem Wort zusammenfassen lässt: Einsamkeit. Immer mehr Menschen auf diesem Planeten, und, zumindest im Westen, immer mehr Einsame. In England gibt es mittlerweile ein Ministerium für Einsamkeit. Er vermutet, dass das Flackern von Natalies Lebensflamme mit dem Eishauch der Einsamkeit zusammenhängt.

Er lässt seinen Blick schweifen, viele Paare unterwegs. Natalie mustert die Roben der Frauen. Das schwarz-weiße Zebra-Kleid der kurvenreichen Dame: zu eng. Entsetzlich. Doch dahinter diese junge Frau mit den langen blonden Haaren. Jeans und blauer Kaschmirpullover mit weitem weichen Rollkragen: Das ist pariserisch. Vor allem: Das ist jung.

Unter einer Kastanie trainiert ein Boxer mit seinem Coach, er prügelt Haken auf dessen gepolsterte Handteller, links, rechts, links, rechts. Abseits von ihnen steht eine Gruppe, die seine Aufmerksamkeit auf sich zieht und die sich angeregt unterhält. Er meint, den Mann im Cape vom Abend zuvor wiederzuerkennen. Er steht mit drei anderen, ebenso dunkel gekleideten Männern zusammen. Jetzt schaut er herüber, kein Zweifel, er ist es. Graues Haar, zum Pferdeschwanz gebunden. Was mag er im Schilde führen?

Die echten Nazis

Er schlägt Natalie vor, sich auf den Heimweg zu machen. Diesmal nehmen sie einen anderen Weg, denn Natalie will ihm einen anderen Ort zeigen, der für sie von Bedeutung ist: das Hôtel Lutetia, das erste Jugendstilhotel in Paris, mit einer wunderschön schwingenden Fassade, die von Paul Belmondo, dem Vater des jüngst verstorbenen Kinostars, gestaltet wurde.

Nach der Okkupation durch die Deutschen 1940, erklärt Natalie, hatte die SS hier ihr Hauptquartier aufgeschlagen, vorher diente es der Résistance als Treffpunkt. Die schwarzen Uniformen mit dem Totenkopf. Die Judenjäger, die Bestien, die Nazis. Die echten Nazis!

Er versucht, sich den belebten Boulevard menschenleer vorzustellen und schwarz-weiß. Diese Geschichte läuft immer schwarz-weiß. Diese Welt hat alle Farben ausgeblutet. Nun nicht mehr dieses bunte Gewimmel eines späten Frühlingstages, sondern leere Boulevards, er nimmt einfach an, dass sich nach dem Einfall der Deutschen erst mal keine Menschen auf die Straße trauten. Ganz sicher keine von Natalies Glaubenszugehörigkeit, die für sie, wie sie ihm unumwunden sagt, nicht die geringste Rolle spielt.

Das Grauen war immer schwarz-weiß und das Zittern und die Furcht, die die Menschen in ihren Wohnungen gefangen hielt, mit Blicken hinter Gardinen hinunter auf die Straße, wo sich die Herrenmenschen aufführten, als seien sie welche. Wie Sieger in dieser Schrecksekunde der Geschichte, denn sie blieben keine Sieger, sie waren es so vorübergehend wie ein Zug von Geistern, der sich irgendwann verflüchtigte, aber hier immerhin quälende vier Jahre lang hielt und die Deutschen in ihrer Gespensterform bis in die Gegenwart heimsucht.

Bekannt die Bilder von Hitlers Stippvisite in der besiegten Stadt am 23. Juni, der Mercedes-Konvoi, Hitler mit seiner Entourage in den langen Mänteln auf dem Trocadéro mit Blick auf den Eiffelturm, und in den Wochen und Monaten darauf waren eben jene mit den Totenköpfen auf den Gürtelschnallen ins Lutetia eingezogen, jene, die wie Reinhold Schneider es nannte, »den Tod in sich trugen«.

Immer noch schwarz-weiß. Rico schüttelt sich.

Doch jetzt kehrt die Farbe zurück. In den goldgerahmten Vitrinen jenseits der Concierge-Loge – »nein, Fotos aus den Vierzigerjahren gibt es leider nicht« – werden Colliers und Täschchen ausgestellt und beleuchtet wie liturgische Gegenstände, geweiht vom Konsum, der neuen Religion der Friedenszeit. Links die Bar, die um diese Nachmittagsstunde noch nicht geöffnet ist. Eine Wand aus Glas gibt den Blick frei auf kleine runde Tischchen und rote Bänke, und die imponierende Bar im Art-déco-Stil und eine Batterie von leuchtenden Likörflaschen in blau und rot und grün.

»Meistens saß ich hier vorne in der Ecke«, sagt sie, »Beluga-Vodka hieß meine Verpflegung.« Ihr Rezept gegen Einsamkeit.

Wieder zurück in ihrer Wohnung kommt das Gespräch noch einmal auf die Trennung von ihrem Mann vor sieben Jahren und die Funkstille zwischen beiden seit einiger Zeit, die sie so bedauert. Sie versteht, dass er sich in eine neue Frau verliebt hat, eine neue Lebensbegleiterin, die seine Interessen teilt, zum Beispiel Golf und Urlaubsreisen nach Schottland – wegen der Golfplätze. Sie hatte es eine Zeit lang ihm zuliebe versucht, aber er fand es langweilig, mit ihr zu spielen, lieber zog er mit seinen Buddys los. Im Sommer feiert er im Kreis der Familie in der Schweiz seinen achtzigsten Geburtstag, sie ist nicht eingeladen.

Ihre Beziehung hatte diesen offenbar unheilbaren Riss erfahren durch ein Missverständnis. »Ein ganz dummer Fehler, meinerseits«, sagt sie. »Ich hatte auf eine Mail meines Sohnes geantwortet und übersehen, dass sie an die ganze Familie ging. Sie handelte von Herrmanns Sympathien für die AfD, trotz dieser Rede von Gauland, in der er den Holocaust einen ›Vogelschiss in der Geschichte der Deutschen‹ nannte.«

Rico hielt den langjährigen CDU-Staatssekretär, der unter schweren Depressionen litt, nie für einen Nazi, auch nicht für einen Verharmloser des Holocaust, das waren viel eher diejenigen, die in diesen Tagen jeden Zweiten einen Nazi nannten. Nein, Gauland war ein Konservativer durch und durch, ein Melancholiker wie viele Konservative.

»Gauland hat sich für seine missverständliche Äußerung längst entschuldigt.«

»Ach ja?« Sie hält es für eine bloße Kriegslist.

»Gauland hat mit der Bemerkung nicht die moralische Schuld kleinreden wollen, sondern diese kurzen Jahre des Zivilisationsbruchs der langen deutschen Geschichte gegenübergestellt. Aber sicher keine gelungene Formulierung.«

In seinem Buch »Wir Deutschen«, immerhin ein Spiegel-Bestseller, hatte Rico nichts anderes getan, er hatte darauf hingewiesen, dass die große Geschichte der Deutschen, von Arminius über Otto und Gutenberg, Goethe, Heine, bis hin zu Beckenbauer und Claudia Schiffer nicht auf die zwölf dunklen Jahre zusammenzuschnurren seien. Und er hatte Hitler einen »Freakunfall der deutschen Geschichte« genannt – eine Formulierung, an der nur ein einziger Kolumnist aus der Schweiz Anstoß genommen hatte – und nicht deren zwangsläufige Konsequenz. Damals lobte ihn die gesamte Kritik, von der SZ über die FAZ bis zur Zeit.

»Pah«, sagt sie auf eine wegwerfende Weise, wie es nur Französinnen können. »Auf jeden Fall schrieb ich meinem Sohn, dass das doch nicht verwunderlich sei, da seine Eltern Nazis gewesen waren. Und die Mail ging an alle.«

Ihr Mann muss diese Mail wohl als Racheakt einer zurückgelassenen Ehefrau empfunden haben. Doch dann bricht es aus ihr heraus: Sie erzählt, wie ihre Schwiegereltern versucht hätten, die Verbindung zwischen ihnen zu vereiteln. Die seien Antisemiten gewesen, eindeutig. Sie ließen Nachforschungen anstellen. »Sie beschuldigten mich als nymphoman, als drogensüchtig, als alles Mögliche.«

Sie hatte ihren Herrmann bei einem Essen kennengelernt, das Freunde arrangiert hatten, er verliebte sich auf der

Stelle in sie. Er suchte eine Frau. Er war aus Venezuela zu einem Heimatbesuch nach Hamburg gekommen. Sie hatte sich mittlerweile von ihrem ersten Mann getrennt und vertrieb sich die Zeit mit ein paar mittellosen Adligen. Die waren ebenfalls auf der Suche, und einer war darunter, der ihr gefiel, doch er meinte, bevor die Sache ernster wurde, dass er eine gute Partie suche, eine mit Geld.

Er suche eine »Ziege mit Wiese, so hat er es ausgedrückt«. Sie lächelt amüsiert. »Eine verrückte Bande.« Nun, sie hatte keine Wiese, aber Herrmann hatte sie, reichlich. Er machte gute Geschäfte in Venezuela. Das Startkapital hatte er von seinem Vater erhalten, und der hatte es unter anderem – von Juden.

Und nun öffnet sie einen weiteren Abgrund, einen düsteren.

Tatsächlich war die Handelsfirma von Herrmanns Eltern – ehrbare Hamburger Kaufleute – im Generalgouvernement Polen aktiv, wo nach dem Einfall der Deutschen jüdischer Besitz arisiert wurde.

Sie hatte sich mit einem Hamburger Historiker kurzgeschlossen, der darüber arbeitete. Und der schickte ihr tatsächlich nach einiger Zeit Dokumente, die belegten, dass Herrmanns Vater im Distrikt Galizien in der Ortschaft Złoczów tätig war.

Zurück in der Wohnung zeigt sie ihm die Dokumente auf ihrem Handy und leitet sie per Mail an ihn weiter.

Eine Akte zum Judenmord

Vergilbtes Papier. Stempel. Fraktur. Einen Monat zuvor hat sie die Kopien aus dem Staatsarchiv erhalten. Da ist ein Vertrag zwischen der Reichsregierung und deutschen Unternehmern, die sich an der Arisierung jüdischen Besitzes beteiligen wollten.

Der Historiker, mit dem sie inzwischen in das vertrauliche Du gewechselt war, schrieb ihr:

Liebe Natalie,

ja, die Kaufleute im Generalgouvernement wussten um die Judenverfolgung und deren Ermordung. Sie wussten auch um den Zusammenhang ihrer eigenen Tätigkeit mit der Judenverfolgung.

Die ersten der hanseatischen Firmen wurden ins GG geholt, gerade weil die jüdische Bevölkerung verdrängt und enteignet wurde. Da die Juden bis dahin das Handelssystem getragen hatten, mussten neue Händler her. Die Verantwortlichen aus den NS-Behörden haben den Kaufleuten deutlich gemacht, dass sie »jüdischen« Handel ersetzen sollten. Es gibt zahlreiche Quellen, also Akten und alte Pressetexte, die auf den Zusammenhang hinweisen und außerdem zeigen, dass die einzelnen Kaufleute ganz klar wussten, dass sie an die Stelle der Juden treten sollten. Ich habe zum Beispiel einen Tätigkeitsbericht eines Bremer Kaufmanns namens Ernst Durlach von der Firma Overbeck & Co., der mit antisemitischen Klischees rechtfertigt, dass er selbst seine Firma, die bis 1939 im Kongo tätig war, nun seit 1940 in einer polnischen Kleinstadt führte. Die polnischen Juden galten den Nazis und überhaupt vielen Deutschen als profitgierig, unzuverlässig und schmutzig, wie du sicher weißt. Hanseatische Kaufleute waren demgegenüber vermeintlich »ehrbare Kaufleute«, die sauber, ordentlich und verantwortungsbewusst arbeiteten. Du kennst diese Legende vermutlich.

Ferner kann ich zeigen, dass zumindest in der Anfangsphase von 1940 auch geraubte Warenbestände aus ehemaligen Betrieben jüdischer Eigentümer an die Hamburger und Bremer übergeben wurden, damit sie im Generalgouvernement verkaufen konnten. Ich kann auch an einem Beispiel nachweisen, dass ein Hamburger Kaufmann namens Julius H. Rieche, der nebenbei SS-Mitglied war, sich persönlich an der Ausraubung jüdischer Großhändler in der polnischen Stadt Tarnów beteiligt hat.

Die Firma Hartmut Stoltz war, wie gesagt, gemeinsam mit zwei anderen Firmen in Złoczów tätig. Das lag im Distrikt Galizien, der 1941 nach dem deutschen Angriff auf die UdSSR an das GG angegliedert wurde. Dort lagen die Anfangsverhältnisse ein wenig anders, da diese Region ja seit 1939 bereits von den Sowjets erobert worden war und zum sowjetischen Staatsgebiet gehörte. Die Sowjets hatten dort bereits angefangen, eine »kommunistische« Wirtschaft zu errichten und viele Betriebe verstaatlicht. Die Nazis wollten ihr Handelssystem mit den Hamburgern und Bremern auch dort einrichten und haben die Landkreise in Ostgalizien ebenfalls an solche Unternehmen vergeben. Quellen zeigen, dass dort auch Beute an die Firmen gegangen ist. Was die Firma Hans Wiechmann genau gemacht hat, weiß ich nicht. Man muss aber eigentlich davon ausgehen, dass diese Firma ebenfalls an der Ausraubung der jüdischen Bevölkerung beteiligt war beziehungsweise davon profitiert hat. An der Ausbeutung der Polen und Ukrainer hat sie sich jedenfalls beteiligt.

Auch vom Massenmord an den Juden müssen die hanseatischen Kaufleute gewusst haben. Er fand vor ihren Augen statt. Die Firmen waren in den vielen polnischen Kleinstädten aktiv, wo zahlreiche Massaker und die brutalen Deportationen in die Vernichtungslager stattgefunden haben. Die deutschen Polizeibataillone verübten in der polnischen Provinz viele Mordaktionen und auch der Abtransport aus diesen Orten in die Gaskammern war für alle ein öffentliches und brutales Ereignis. Es kann nicht sein, dass die Hamburger Kaufleute davon nichts mitbekommen haben. Wie genau es in Złoczów vonstattenging, weiß ich nicht. Ich weiß auch nicht, was Hans Wiechmann alles gesehen und gehört hat. Ich weiß noch nicht einmal, ob er persönlich in Ostgalizien anwesend war oder ob er von Hamburg aus einen Geschäftsführer beauftragt hat.

Ich sende dir noch einen Ausschnitt aus einer Akte aus dem Staatsarchiv Bremen, die eine Liste mit den Firmen im Generalgouvernement enthält. Du findest in dieser Liste die

Handelsfirma Hartmut Stoltz, im PDF auf S. 7 unter »Distrikt Galizien«.

Viele Grüße,

Henry

Rico kann kaum fassen, was er dort liest. Da waren sie, die Nazis. Nazis waren reale Mörder und Räuber, und keine Fantasiefiguren, wie sie sich verpickelte Antifas hinbasteln gegen Mitmenschen, die gegen irgendwelche hirnrissigen Wokeness-Gebote verstoßen.

Natalie erhielt bei der Trennung eine Pariser Wohnung, die sie sofort versilberte, um sie nicht in die Hände ihrer Schwiegertochter fallen zu lassen; das Haus in der Schweiz überließ sie ihm.

Nun, zurück in der Wohnung, sie klein hineingekauert in den großen braunen Ohrensessel, während er ihr gegenübersitzt auf dem weißen Sofa, wünscht er sich, dass sie im Hotel Lutetia bei »Beluga-Vodka« Unmengen von dem Geld verschleudert hätte, das ihre Schwiegereltern womöglich ihren Glaubensangehörigen geraubt hatten, bevor diese in die Gaskammern geschickt wurden.

Und dass sie ausgerechnet ihn ausgesucht hat mit seinen bekannten Sympathien für die AfD, diese als Sammlung von Nazisympathisanten geächtete Schwefelpartei, und nicht etwa ihren zweiten Sohn, der ja bereits einen Dokumentarfilm über sie und ihren Sterberechts-Aktivismus gedreht hatte, scheint für sie einen besonderen Reiz zu haben.

Auf ihrem Couchtisch liegt neben vielen anderen Büchern eines mit dem Titel »Als Hitlers Adjutant 1937–45« von Nicolaus von Below, der im Vorwort versichert, dass die »fantasievollen Darstellungen über die letzten Wochen im Bunker der Reichskanzlei« der Korrektur bedürften. »Sicher gab es menschliche Spannungen, wie immer, wenn unterschiedliche Temperamente und verschiedenartige Charaktere auf engem Raum zusammengedrängt sind ... Aber dass nur eine Stimmung der Verzweiflung und des Weltuntergangs geherrscht hätte, die durch Alkohol betäubt wurde, konnte ich nicht beobachten.«

Nach von Bülows Schilderung herrschte im Führerhauptquartier Büroalltag, wie überall sonst auch. »Es gab durchaus eine Normalität innerhalb des lange aufeinander eingespielten Kreises der engeren Mitarbeiter Hitlers.« Zu ihm, dem Führer, bestand auch im Bunker das »in den Jahren gewachsene wechselseitige Vertrauensverhältnis weiter«. Er gibt diese Auskünfte »nach bestem Wissen und Gewissen« und ist »nur bei den Vernehmungen in Bad Nenndorf und Nürnberg bewusst von der Wahrheit abgewichen«, eine soldatische Selbstverständlichkeit in Gefangenschaft, die bei den alten Kameraden auf Verständnis stoßen dürfte.

Veröffentlicht wurde dieser robust gewissenlose Bericht eines Massenmord-Assistenten 1980, als doch noch einige alte Haudegen nasse Augen bekamen, wenn vom Führer die Rede war – drei Jahre später, kurz vor seinem Tod, blätterten die Chefredakteure des Stern, für den Rico als junger Reporter gearbeitet hatte, Millionen hin, um ehrfürchtig in blauen Kladden nachlesen zu können, dass der Führer an Verstopfung litt und wieder einmal Krach mit Eva hatte.

Von Below war einer derjenigen, die Zweifel an der Echtheit der vom Stern präsentierten Tagebücher Hitlers äußerten.

Nach dem Krieg schaffte es von Below tatsächlich, sich als Student in Bonn einzuschreiben, bevor er aus dem Hörsaal heraus verhaftet wurde. Er fand Verwendung als Zeuge während der Nürnberger Prozesse und wurde bereits 1948 wieder aus der Haft entlassen und fädelte sich ins deutsche Wirtschaftswunder ein. Herrmann hatte von Belows Sohn in Venezuela kennengelernt.

Nun erzählt Natalie Rico, dass sie zur Beerdigung des verstorbenen von Below eingeladen war. Sie hatte dort einen alten Freund von ihm, Richard Schulze-Kossens, kennengelernt, und war mit ihm ins Gespräch gekommen. Er interessierte sich für ihre Sterbehilfe. Er litt an Lungenkrebs und hatte darüber hinaus Gefallen an Natalie gefunden. Schulze-Kossens, Leibstandarte Hitler, Totenkopfstandarte Elbe, wie von Below in jenem Besprechungsraum zugegen, in dem Stauffenbergs Bombe explodierte, später ebenfalls Hitlers Adjutant, soll nach dem Krieg einer der Köpfe der Untergrundorganisation Odessa gewesen sein, die ehemaligen SS-Leuten die Flucht ins Ausland, zumeist nach Südamerika, ermöglichte. Er hatte Natalie ein Exemplar seiner Lebenserinnerungen gewidmet.

»Hast du ihm denn nicht erzählt, dass du Jüdin bist?«

»Doch, aber das hat ihn nicht gestört«, sagt sie, sarkastisch, aber gleichzeitig verwundert. Wer will diese unmöglichen Verschlingungen deutscher Geschichte verstehen?

Offenbar hatte der Täter dem davongekommenen Opfer verziehen.

Ihn gruselt es bei diesen Erzählungen. Erinnert ihn an den Hitchcock-Thriller »Notorious« mit Ingrid Bergmann, die die nichts ahnende Ehefrau eines Nazis spielt, der einer ganzen Gruppe untergetauchter Gesinnungsgenossen zur

Flucht verhelfen will. Aktion Odessa. Sie will ihn entlarven, er ahnt es und will sie vergiften, wovor sie von dem FBI-Agenten Devlin, Cary Grant, gerettet wird.

Nun sieht er in seinem Kopfkino die kleine, schmale Natalie im Netzwerk von Nazis.

Während sie erzählt, wächst der Tod im Wohnzimmer, nimmt alles in Beschlag, legt seine Schatten über die Bilder, die großformatigen Schwarz-Weiß-Fotografien ihres Sohnes Maximilian, ein Buschbrand mit Rauchsäule, ein Sonnenuntergang, sein Modell eines Bambushauses, mit dem er als Jahrgangsbester seiner Schule ausgezeichnet wurde, bis nur Natalies Stimme da ist, eine dunkle Musik, eine fatalistische.

So verhält sich die Sache mit dem Leben und mit dem Tod, und den Nazis und den Juden, sagt diese Stimme, jenseits aller kindischer und verblasener Missbräuche durch eine verwöhnte und ignorante Generation von Nachkommen.

Die Armeen des Teufels

Am Abend sind sie im Café Varenne gegenüber mit ihrer Nachbarin Marie verabredet, der Erfolgsanwältin, blond und um die sechzig, ihre endlosen Beine in einer knallengen gelben Lederhose, die wirkt, als sei sie aufgemalt. Als sei sie ein Teenager, der auf ein Rockkonzert geht. An ihrer Leine Gatsby, ein brauner Retriever.

An der Straßenecke die gewohnte Sicherungsgruppe von drei Polizisten, denn ein paar Häuser weiter wohnt der Ministerpräsident. Gatsby kennt den Weg, er hechelt voraus an der Leine und bleibt plötzlich knurrend stehen. An einem Tisch vor dem Café draußen sitzen die drei Männer aus dem Park, silbergraue Anzüge weiße Hemden, der Mann mit dem grauen Pferdeschwanz unterbricht sich, schaut auf Natalie und Rico und grinst und tuschelt und beugt sich den anderen zu. Nur widerwillig lässt sich Gatsby an ihnen vorbei ins Lokal zerren.

»What's wrong with you, Gatsby?«, ruft Marie. Sie haben

sich für diesen Abend auf Englisch geeinigt, weil sein Französisch nicht ausreicht für eine flüssige Konversation. Gatsby beginnt wieder zu knurren. Auf der Bank an einem Tisch gegenüber sitzt eine weitere Gruppe von Männern in dunklen Anzügen. Isabel herrscht ihn an, und dann ist das Tier beschäftigt mit der Garnele, die Frauchen mit spitzen, formvollendet manikürten Fingern aus ihrem Salat gefischt und an ihn verfüttert hat. Nun ist Gatsby ganz auf unseren Tisch konzentriert und auf mögliche kulinarische Wunder, die ihm aus dem heiteren Himmel oberhalb der Tischplatte zufliegen könnten.

Doch je lebhafter die Unterhaltung zwischen Rico und Isabel wird, desto stummer wird Natalie. Sie ist geistesabwesend. Sie schaut sich das alles von außen an, von weit außen auf eine Welt, die bald nicht mehr die ihre sein wird.

Um sie einzubeziehen, ja hineinzuziehen von dort, wo sie sich aufhält, bringe ich das Gespräch auf ihren Einsatz für die Sterbehilfe. Marie ist unbedingt dafür. Für die Freiheit! Würde sie, Marie, Natalie bei ihrem Freitod helfen? Zunächst überhört sie die Frage. Ich stelle sie erneut. Unwirsch antwortet sie: »Natürlich nicht.« Sie würde sich strafbar machen, ihre Lizenz verlieren, ins Gefängnis kommen. Natalie zuckt zusammen. Auch wenn sie nur Kenntnis davon hätte, führt Isabel aus, würde sie sich strafbar machen, sie käme wegen unterlassener Hilfeleistung dran.

Natürlich sei sie für den Tod auf eigenen Wunsch, wenn Schmerzen ein Weiterleben zur unerträglichen Tortur werden ließen, aber Palliativmedizin gebe es auch in Frankreich.

Wir sind beim Espresso angelangt. Die Gruppe an der Wand gegenüber beobachtet uns nun ungeniert. Sie stupsen sich in die Seiten und grinsen. Gatsby nimmt sie erneut in Augenschein und knurrt.

Sie zahlen und ziehen den Hund nach draußen, wo er kurz in Richtung des Tisches bellt, an dem sich der Rest dieser merkwürdigen dunkelseiden gewandeten Truppe mit dem offensichtlichen Anführer, dem Mann mit dem grauen Pferdeschwanz, gruppiert hat.

Isabel lädt noch auf einen Spaziergang mit Gatsby ein, aber sie fühlen sich beide müde und erschöpft und lassen sie ziehen mit der Bemerkung, sie hätten noch »zu arbeiten«. In ihrer Wohnung angekommen, setzen sie sich nur noch auf ein Glas Wasser zusammen. »Niemand zwingt dich, es zu tun«, sagt er zu ihr im Wohnzimmer. »Du kannst dir zumindest einen Aufschub gewähren, eine Art Begnadigung auf Zeit.«

»Mich hält hier nichts mehr«, sagt sie.

In der Dämmerung ihrer Wohnung sagt Natalie müde: »Schau da drüben, das Klavier. Ich spiele nicht mehr.«

Sie erhebt sich aus ihrem Sesselnest aus braunem Leder. »Komm«, und sie führt Rico in das Atelier, das der Wohnungseigentümer, der kolumbianische Künstler Fernando Botero, für sich eingerichtet hatte. Schränke für Pinsel und Schubfächer für Zeichenblätter, eine Zeit lang hat sie sich versucht, nicht untalentiert, ihre Strichtechnik kommt aus dem Modegeschäft, lauter dünne Frauen, und immer sie selber, wie in einer trotzigen Demonstration gegen die voluminösen Figuren, für die Botero weltbekannt ist.

»Ich zeichne nicht mehr«, sagt sie, »ich habe buchstäblich nichts zu tun. Ich bin mir eine Last, mir und anderen.« Dann legt sie ihre Mappe zurück wie etwas, das abgeschlossen ist und schon nicht mehr zu ihr gehört.

Er spürt mit einem gewissen Grauen, wie diese schwarze Wand aus dem Nichts näher rückt, und wie er selber immer sprachloser wird, denn sie möchte sich offenbar konzentrieren auf ihren Weg in diesen letzten Stunden, und hineinschauen lässt sie sich nicht. Fragen nach ihrem Befinden, ihren Gefühlen beantwortet sie einsilbig und – müde.

Wenn er des Nachts über das knarrende Parkett den endlosen Weg in die Küche nimmt, um sich ein Glas Wasser zu holen, wirft der Mond sein bleiches Licht über die gekachelten Wände und die Fliesen und lässt ihn an einen stummen Tatort denken aus einem Chabrol-Film.

Putzer und Mädchenträume

Sie saßen sich in der Küche der Kemenate gegenüber, vor beiden standen dickwandige große Porzellantassen, aus denen es dampfte. Er trank Kaffee, sie hatte heiße Schokolade. Sie sah frisch und wach aus. Er sagte: »Siehst du, ich hab's dir doch gesagt, es ist gar nicht so schwer. Du siehst toll aus, Minimaus.«

Tatsächlich hatte sie sich die Wimpern getuscht und Puder auf die beiden Pubertätspickel am Kinn aufgetragen. Eigentlich hieß sie Gudrun. Wie kann man sein Kind nur Gudrun nennen, hatte sie empört gerufen, als sie sich kennenlernten, total der Fascho-Name! Sie hatte ihre Freundinnen gezwungen, sie Guddi zu nennen, wie Goody, wenigstens was Englisches. Und Putzer hatte ihr lachend gestanden, dass er eigentlich Bernd hieß. »Bernhard! Oberfascho!«

»Du, Putzer?«, fragte sie und spielte mit seinem kräftigen Zeigefinger, bog ihn nach oben und ließ ihn auf das rot-weiß karierte Wachstuch auf dem Küchentisch schnappen. »Liebst du mich?«

»Aber Minimaus«, sagte der Junge. »Für immer und ewig, das weißt du doch!«

»Sag es!«

»Was?«

»Dass du mich liebst.«

»Ich liebe dich, Gudrun!«, deklamierte er mit gespieltem Ernst und tiefer fester Stimme.

»Nein«, schrie sie lachend. »Nicht so, sag es richtig.«

»Ich liebe dich, meine Minimaus, meine Guddi, mein Engel …«

Sie strahlte zufrieden.

»Wirst du mich je verlassen?«

»Ich werde dich nie verlassen. Nie in meinem ganzen Leben.«

»Und auch nicht im nächsten?«

»Da auch nicht.« Putzer war so gerührt, dass ihm die Tränen in die Augen stiegen. Er stand auf und kniete sich neben ihren Stuhl, streichelte ihre Wangen, sie fiel ihm um den Hals.

»Ich will ein Kind von dir, Putzer.«

»Nur eins?«

»Nein, ich will zehn Kinder von dir«, lachte sie übermütig.

»Am besten wir fangen gleich damit an!«

Der Junge nahm sie hoch in seine Arme wie eine leichte Stoffpuppe, sie juchzte und strampelte mit ihren Füßen und er trug sie ins Nebenzimmer und legte sie aufs Bett, bekleidet nur mit einem Micky-Maus-Slip und ihrem weißen Katzen-T-Shirt, auf dem Baudelaires Gedicht »Viens mon beau chat« aufgedruckt ist. »Zieh deine Krallen zurück«, heißt es da weiter. Er schob es ihr über den Kopf und sah, als sie sich zurückbeugte, wie die Warzen an ihren kleinen Brüsten hart nach oben zeigten, er strampelte sich die Jeans von den Beinen und hing mit seinen Lippen an ihrer süßen, kaum behaarten Muschi.

Sie gaben sich ihrem Liebesspiel hin. Ausgiebig. Anschließend rauchten sie, beide, er hielt den Aschenbecher, eine verrostete Sardinendose, auf seiner breiten Brust, sie spielte mit ein paar Härchen daneben.

»Wie machen wir denn weiter, Putzer?«, fragte sie.

»Was meinst du?«

»Wovon wollen wir leben?«

»Mach dir keine Gedanken, Minimaus … Ich hab da eine Connection, wir könnten uns kleben gehen. Gibt einen Tausender pro Aktion … aber erst mal können wir hierbleiben, das hat die Tusse aus dem Haupthaus gesagt, ich hab sie gestern drauf angesprochen, die Feriengäste rücken erst gegen Ostern an.«

»Eigentlich ganz schön hier oben, so aufm Land«, sagte das Mädchen. »Ich könnte kellnern, in Flensburg, da kenn ich ein paar coole Bars.«

»Und ich?«, fragte Putzer.

»Du raubst Banken aus«, kicherte das Mädchen. »Ein Gewehr hast du doch schon.«

»Das wäre wie in diesem Film über das Pärchen, ›Badlands‹ hieß der, hab ich mal zufällig beim Rumzappen auf Arte gesehen, geil, total die Outlaws die beiden, der Alte von Charlie Sheen spielt da mit und Sissy Spacek …, nein Minimaus, das mit den Banken ist Blödsinn, das Gewehr hab ich nach den Dreharbeiten nur mitgehen lassen, weil die Typen mich nicht auszahlen wollten, totale Kapitalistenschweine diese Band, wir hatten fünfhundert ausgemacht und sie wollten mich runterhandeln auf zweihundert, mehr kriegen Komparsen nicht, sagten sie, der Quatsch hat zwei ganze Tage gedauert, immer fröhlich rumhopsen, dann diese Scheißmusik ständig, da bin ja ich schon besser ... Hab gehört, dass das Ding ein paar Tausender wert ist. Ich hab Connections, kenne da den Typ ausm »Orient« hinterm Bahnhof, der kann das vermitteln, sagte er.«

»Und später? Ich meine, wegen der zehn Kinder, die wir ernähren wollen?« Sie wurde ernst. »Wir können uns ja nicht dauernd festkleben.«

»Vielleicht ist es gar nicht schlecht hier oben«, sagte er. »Hier könnte man was zum Wohnen kriegen. Irgendeine Scheune ausbauen, so was.« Sie küsste ihn und kuschelte sich an ihn.

Endspiel

Wieder ein Vormittag, an dem die Sonne in breiter Flut auf sein Bett fällt. Natalie ist bereits im Wohnzimmer, sie sitzt mit untergeschlagenen Beinen in die Ecke ihres braunen Sessels gekuschelt wie ein kleines Mädchen.

Wenn sie sich an den von ihr selber gesetzten Zeitplan hält, hat sie noch drei Tage zu leben. Wieder fragt Rico, wie sie geschlafen hat, wieder antwortet sie »gut«, aber diesmal scheint sie genervt zu sein, als ob schon die Frage ein unstatthafter Versuch sei, sie von ihrem Vorhaben abzubringen.

Sie will nicht mehr diskutieren. Rico spürt, dass er nur noch Statist in ihrem letzten großen Auftritt ist.

Sie will klarmachen, dass sie mit sich und ihrem Sterbewunsch im Reinen ist und dass sie noch einiges mit ihm vorhat, denn sie rechnet ihn wie selbstverständlich mittlerweile zu ihrem Hilfspersonal. Sie müssen letzte und vorletzte Dinge besprechen. Unter anderem soll er ihr iPhone halten, während sie den Abschied von ihren Kindern in die Kamera spricht.

Allerdings meint er doch, eine Zögerlichkeit auf ihrem Weg gespürt zu haben, als sie ihn fragte, ob er nicht einen Tag länger bleiben könne?

Er hatte ihr daraufhin leichthin geantwortet, dass diese drei Tage doch hinreichen müssten, um ein Frage-Antwort-Buch hinzukriegen, zumal er erst am frühen Abend flöge. Doch noch etwas anders zieht ihn nach Hause. Der Junge mit der Lederjacke vor der Haustür. Rico muss bei Katja sein!

Doch daneben zieht ihn auch etwas anderes hier weg. Er will nicht in den Strudel ihrer Selbstmordvorbereitungen gezogen werden. Möglicherweise spürt er seine Ohnmacht allzu deutlich, denn Natalie steuert, das wird ihm zunehmend klarer, den Heldentod für »die Sache« an, und die Schlagzeile. Die »Sache« wäre in ihrem Fall die konsequente Umsetzung ihres Kampfes für einen selbstbestimmten Tod.

Sein »Reminder«-Programm spielt ihm diese Erkenntnis aufs Handy: »Eine Sache ist nicht allein deshalb wahr, weil ein Mann bereit ist, für sie zu sterben.« Der Satz stammt von Oscar Wilde, dem Salon-Spötter über alles Pathetische. Sie liebt Wilde, doch in diesem Moment geht ihr sein Geistreichtum auf die Nerven, und was ihn, Rico angeht: Sie will ihn nicht als Verhinderer, sondern als Zeugen. Vielleicht sogar als Ansporn. Sie will ihn als den, der dem Selbstmörder ergriffen applaudiert.

Nachdem sie metaphysische Reflexionen im Zusammenhang mit ihrem Tod aus unseren Gesprächen verbannt hatte – der Tod ist keinesfalls der Übergang in eine andere Existenzform, in ein neues Leben in Gott, sondern das absolute Nichts – versucht er mit ihr lebenspraktische Lösungen zu finden, schönere als das Sterben.

Sie könnte zu ihrem Sohn nach Berlin ziehen und Oma für dessen Kinder sein. Er selber allerdings an ihrer Stelle, so redet er sich in Begeisterung, würde zu dem Sohn nach Bali ziehen, zu Max, dem Künstler in der Familie, zu Max, dessen Porträtfoto großformatig an der Wand gegenüber von ihrem Bett hängt, Max, dem sie zu seiner zweiten Frau verholfen hatte, »die erste war einfach zu jung, sie konnte nicht mit ihrem Kind und dem Haushalt umgehen«.

Er eifert sich an diesem Vormittag regelrecht für Bali, und dort für Ubud, das er selber so liebte, für dieses Dorf-Juwel, das da in bergigen Reisfeldern gebettet liegt mit seinen Pfahlbauten und den rauschenden Brisen. Was könnte schöner sein, beschwört er sie, als in dieser sanftesten aller Landschaften auf das Ende hinzuleben?

Vorbei sei es mit ihrer Einsamkeit, sie hätte Familienanschluss, Pflege würde dort billig zu haben sein, sie hätte mit ihren Enkeln eine erfüllende Aufgabe, wobei er an die letzten Lebensjahre seines Schwiegervaters dachte, an Opa Walter, der für seinen Sohn alles das war, was die Mafia einen »Consigliere« nannte, die beiden heckten jede Menge Mist aus, Brothers in Crime.

Am lustigsten waren seine Ausrufe während sie ihre Yu-Gi-Oh!-Karten legten, ein japanisches Kartenkriegsspiel, nämlich: »Opa, pass auf, du hast nur noch einen Lebenspunkt.« Und dann: »Sorry Opa, deine Lebenspunkte sind alle!«, was Opa in gespielter Traurigkeit das Portemonnaie öffnen ließ, um den Niederlagen-Tribut an seinen fünfjährigen, erstaunlich gefühlsrohen und geschäftstüchtigen Enkel zu entrichten.

Allerdings führen seine Vorschläge zur Familienzusammenführung bei Natalie zu keinen Ergebnissen. Und der

Sohn in Berlin? »Was soll ich denn in Berlin? Ich hasse Berlin.«

Es scheint fast so, als ob sie ihn davon überzeugen wollte, dass sie es sei, die im Vollbesitz ihrer Geisteskraft ist und er eher der sentimentale Trottel, der den schlanken und schönen Lösungsvorschlag ihres mathematischen Lebensproblems nicht erkennen kann. Es ist dann allerdings doch kein simples Zahlenrätsel, sondern eines des Herzens und des Gefühls unendlicher Einsamkeit.

Es geht auf den Mittag zu. Sie beschließen, in der nahen Passage nur zwei Häuser weiter essen zu gehen, da gibt es Gourmethamburger mit schwarzen Brötchen, ein Fischrestaurant, ein Café und eine peruanischen Tequila-Bar über zwei sonnige Hinterhöfe hinweg.

Die enorme Dachterrasse hoch darüber gehört einem Minister der sozialistischen Jospin-Regierung, erzählt sie. Verachtung für die Kaviar-Linke schwingt mit in ihren Worten.

Sie knabbert drei Salatblätter und fingert eine Crevette heraus, die sie in Joghurtsauce tunkt. Das muss reichen.

Mit schon erstaunlicher Kraft brennt die Sonne von oben. Ihm wird schwindelig, er presst Daumen und Zeigefinger in die Augen, und als er aufschaut, glaubt er, in den schwarzen Punkten vor seinen Augen vier oder fünf der schwarz gekleideten Männer vor dem angrenzenden Café sitzen zu sehen. Nach einer knappen Stunde gehen sie zurück in die Wohnung.

»Wir haben nicht ewig Zeit«, sagt sie, die bald ewig Zeit haben wird.

Doch ausgerechnet jetzt werden sie auf den paar Metern zu ihrer Wohnung aufgehalten. Über der Eistheke am offenen Fenster ihres Cafés steht Francesca, eine schwarzlockige Italienerin, und ruft »Ça va bien, Natalie?« und »Viens!« und Natalie empfängt eine Klarsichtschachtel mit zwei bunten Macarons. Der Antiquitätenhändler winkt durch die Ladentür, sie öffnet, um einen Gruß zuzurufen, daraus wird ein längeres Wechselspiel, aus dem vor allem hervorgeht, dass das Leben schön und die Welt für beide in Ordnung ist. Ça va bien.

Alle scheinen sich ein letztes Mal von ihrer schönsten Seite zeigen zu wollen, während Natalie über ihrem Lebensabgrund balanciert, auch José, der peruanische Gärtner im Innenhof, zeigt seinen Goldzahn. Die Fenster in den Erdgeschosswohnungen sind aufgerissen, damit eine frische Frühlingsbrise alles Abgestandene und Winterliche endgültig vertreiben kann.

»Der Vormieter ist an Krebs gestorben, schon mit fünfzig«, sagt Natalie, »und der Mieter über mir hatte einen Unfall und sitzt im Rollstuhl.« Und ausgerechnet sie, so fährt sie fort, lebe noch, und es klingt wie: Was für eine Schande!

Letzte Worte

Für ihre Schlussworte an die Familie putzt sich Natalie nicht heraus, sondern kämmt sich nur durch ihre aschblonden Fransen mit ihren leicht gichtig verkrümmten Fingern und gleichwohl rot lackierten Fingernägeln. Und dann beginnt sie. Auf Englisch. Es ist ein makelloses Englisch, und sie spricht es ohne Wortfindungsschwierigkeiten, flüssig, professionell, wie es nur eine gelernte Dolmetscherin beherrscht – sie verdiente einst ihren Unterhalt damit. Und sie beginnt mit einem Gedicht von Algernon Charles Swinburne, das den Titel »From too much love of living« trägt:

From hope and fear set free,
We thank with brief thanksgiving
Whatever gods may be
That no life lives forever;
That dead men rise up never;

That even the weariest river
Winds somewhere safe to sea.

Und dann erklärt sie, dass sie »weary« sei, abgekämpft und überdrüssig, und dass diese Botschaft zwar ihren Kindern gilt, dass es aber auch Stefanie und die anderen Schwiegertöchter, die kein Französisch sprechen, verstehen sollen, weshalb sie nun Englisch spricht, wobei er glaubt, dass sie es nur ihm zuliebe tut, er darf das hier nicht verpassen. Ja, womöglich dient ihre Bitte, die letzten Worte aufzunehmen, doch eher dem Buch als ihrer Familie.

Die kühle Beiläufigkeit, mit der sie ihre letzten Worte spricht, steht in einem fast unerträglichen Kontrast zur Schwere ihrer Botschaft – sie gibt sich offenbar Mühe, erst gar keine Gefühle aufkommen zu lassen.

»Der Moment ist gekommen, ich muss nun gehen. Ich wollte euch nicht anrufen, weil ich euch und mir die Tränen ersparen wollte ... Die Welt wird immer unsicherer, Max, du solltest tatsächlich versuchen, nach Costa Rica zu gehen ... Ich bin nun nicht mehr eure schützende und sorgende Mutter, sondern eine alte Frau, die selber beschützt werden muss, und ich möchte euch die Verantwortung ersparen, auf mich aufzupassen. Also wünsche ich mir nur noch, dass ihr eure Werte an eure Kinder weitergebt. Denn ihr seid Humanisten, ihr seid offen und ehrlich und freundlich, ihr seid Väter und liebende Ehemänner. Stefanie, du hast mir das schönste Geschenk gemacht, das eine Schwiegertochter ihrer Schwiegermutter nur geben kann, nämlich einen Enkel, und das zu meinem Geburtstag, und du hast ihn auch noch Nat genannt ... sag ihm, dass ich weiterlebe, dass ich in euch allen weiterlebe. Natürlich habt ihr auch die Qualitäten eures Vaters, ihr seid harte Arbeiter, ihr seid Männer ... Und ich bin eine Frau, und wollte immer nur eine Frau sein, wollte nie ein Mann sein ... Was soll ich noch sagen? Natürlich ist es schön, den April in Paris zu verbringen, aber der Mai in Paris ist auch schön, und so weiter, ich lebe jetzt seit acht Jahren hier, und diese acht Jahre sind genug. Ich bin so dankbar für alles, was ich haben durfte und dankbar für meine Familie, meine Schwiegertöchter, aber irgendwann muss man sich verabschieden und wenn ich meine Augen schließe, werde ich an euch denken, ich trage euch in mir und in meiner Seele.«

Dass sie, die Nüchterne, als letztes ihrer Worte tatsächlich »soul« wählt, also Seele, überrascht ihn dann doch. Nicht, weil er gezweifelt hätte, dass sie eine Seele hat, sondern weil sie es ausspricht.

Über ihrem Scheitel hinten an der Wand brennt der balinesische Busch auf der großen Schwarz-Weiß-Fotografie, und er muss an die Leichenverbrennung denken, die er dort einmal miterlebt hat, eine bunte hinduistische Zeremonie, ein fröhliches Fest, die Leiche war in einem großen Stier aus Pappmaschee aufgebahrt und wurde mit Butter übergossen und verbrannt.

Er hatte ihr davon erzählt, ein weiteres Verkaufsargument für Bali als letzten Ruhesitz, immerhin ein nichtchristliches Ritual, das ein Lebensende dort ihr, der Ungläubigen, bereithalten würde.

Dann suchen sie Fotos für das Buch aus, und blättern in ihren Alben in ihrem Leben zurück. Verblichene Farbfotos. Mal mit dem Enkel von Mitterand auf einer Yacht, mal mit einem israelischen Mäzen, nach dem ein Konzertsaal in Jerusalem benannt ist, Jetset von der kultivierten Sorte, der die Annehmlichkeiten des Lebens als eine Selbstverständlichkeit betrachtet. Dazwischen immer dieser goldblonde Schopf, aber nie ein Lachen, nie eine prustende Alberei, stets ist da eine Reserve.

Von ihrer Mutter gibt es zwei Fotos. Eines, das sie eher ärgerlich überrascht beim Abwasch zeigt. Und ein anderes, das sie als Journalistin zeigt – sie war dank ihrer Chinesischkenntnisse die erste westliche Korrespondentin, die den Vater des chinesischen Wirtschaftswunders Deng Xiaoping interviewen durfte.

Er ist beeindruckt. Sie auch. Ja, sie redet über ihre Mutter eher beeindruckt als liebevoll.

Doch ihr Held in diesen letzten Stunden in seiner Gegenwart ist Cyrano de Bergerac, der von Gérard Depardieu gespielt wird in dem gleichnamigen Film.

Die Sterbeszene hat es ihr angetan, in ihr ist Depardieu zu Tode verwundet und zieht mit dem Degen torkelnd in einen letzten heroisch-poetischen Kampf, er sieht sich bereits in Marmor gearbeitet und auf Münzen geprägt für diesen Kampf, und ein letztes Mal hebt er den Degen gegen seine »alten Feinde ... gegen die Falschheit, den Kompromiss, die Feigheit und wenn ich die blaue Schwelle Gottes dort oben betrete, wische ich sie mit etwas so Makellosem wie einem Diamanten ... mit meiner Panache ...« Mit seinem Schneid, der auch ein Federbusch sein kann.

Sie hat ihm die Szene auf YouTube geschickt, und jetzt spielt sie sie ihm vor, nur mit ihrer Stimme, Wort für heldenhaftes Wort, diese kleine zarte alte Frau von 1,65 Meter und vielleicht 45 Kilo, die »Vize-Präsidentin der Organisation für das Sterben in Würde«, sie, die den Tod zu ihrem Lebensinhalt gemacht hat, sie möchte erhobenen Hauptes aus dieser Welt gehen.

Hat sie recht?

Mittlerweile ist es gegen 17 Uhr nachmittags und er muss los.

Vorher lässt er sich noch das Gift zeigen. Graues Pulver in einem kupferfarbenen Plastikzylinder, das sie in einer Matrioschka-Puppe in dem Kirschholzsekretär aufbewahrt.

Wenn alles so verläuft, wie sie es sich vorstellt, wird sie ein krampflösendes Mittel nehmen und dann das Phenobarbital trinken. Und dann ihr Abschiedsmanifest bei »Les Temps« ins Netz stellen.

Wahrscheinlich wäre es seine Pflicht gewesen, ihr das Gift zu entreißen und ins Klo zu spülen. Allerdings ist er sich gleichzeitig darüber im Klaren, dass sie das nicht abgehalten hätte, ihrem Leben ein Ende zu setzen. Sie wäre zu ihrer befreundeten Ärztin in die Schweiz geflogen.

Sie verabschieden sich auf der Straße vor dem blau gestrichenen schweren Tor. Er umarmt sie und spürt ihre zarten Wirbel unter dem Pullover, ihr Haar.

Sie winkt ihm Lebewohl.

Kaum ist das Taxi losgefahren, sieht er eine beträchtliche Gruppe von Männern in silberschwarzen Anzügen aller Altersstufen die Rue du Bac hinströmen zu jenem Hauseingang, in dem Natalie gerade verschwunden war.

An der Metro-Station Les Halles steigt er wieder in die Unterwelt, wo in Paris noch der Corona-Maskenzwang herrscht, und er sieht, wie ihm eine ganze Armee von maskierten Männern auf den Rolltreppen und Laufbändern entgegenströmt. Die Maschinenmenschen der Zukunft, Roboter, Todesengel.

Sie tragen alle schwarz.

Erste Hilfe

Als er am nächsten Nachmittag von seinem Sohn am Provinzbahnhof abgeholt wird, ist der Himmel düstergrau und durchzogen von giftig gelben Schlieren.

Ausgerechnet am nächsten Tag, einem Sonntag, den Natalie für ihr Ende ausgesucht hatte, muss er einen lange vereinbarten Erste-Hilfe-Kurs absolvieren. Er lernt, wie man den Körper eines Unfallopfers in die stabile Seitenlage bringt und wie man einen Menschen mit Herzstillstand wiederbelebt.

Er schreibt ihr darüber auf WhatsApp.

Sie antwortet: »Gut.« Und schickt zwei Herzen hinterher.

Es ist der vierte Sonntag der Fastenzeit, Laetare, der Freuden- oder Rosensonntag, das Messgewand von Father Bernhard aus Kenia in der kleinen Schlosskirche ist deshalb roséfarben. Er besucht die Sonntagsmessen mit Marie, der polnischen Krankenschwester, die in der Siedlung wohnt. Sie nimmt ihn in ihrem Auto mit, einem Hybrid, den sie aus einer Steckdose in ihrer Garage lädt und auf den sie mächtig stolz ist. Rico hat wieder Lektorendienst. Er liest die zweite Lesung, aus dem Brief des Apostel Paulus an die Korinther: »Wenn jemand in Christus ist, dann ist er eine neue Schöpfung: Das Alte ist vergangen, Neues ist geworden …«

Er hatte Natalie das alles nicht mehr nahebringen können, nicht so spät, sagt sich Rico, schade, vielleicht hätte sie diese Zeile gerettet.

Doch später keimt bei ihm Hoffnung auf, denn auf ihrem Instagram-Account lässt sie abends, mit einem fröhlichen Partyfoto, ihn und den Rest ihres Publikums wissen, dass es ihr gut geht in dieser Welt. Offenbar hat sie sich doch für ein Weiterleben entschieden.

Am nächsten Morgen ist er dennoch besorgt. Er schreibt ihr auf WhatsApp. »Wie geht es dir?«

»Gut, frag nicht ständig.«

»Ich bin erleichtert, dass du noch unter uns bist, das ist alles … Ich habe in »Les Temps« nach deinem Namen gesucht und dann aus Sorge Marie angerufen, die mich aufgeklärt hat … Ruf mich bitte jederzeit an, wenn dir danach ist.«

Sie antwortet: »Nein, weil ich mich dann nicht mehr frei fühle. Ich möchte nicht andauernd überwacht werden.«

Sie schickt ihm über WhatsApp ein Baudelaire-Gedicht hinterher, sie liebt Baudelaire und liebt es, ihn zu sprechen, pure traurige Sprachmusik eines Décadent. Weiß sie, dass Baudelaire am Ende seines Lebens zum katholischen Glauben und zur Kirche fand?

Putzer erledigt Geschäfte

»Minimaus, ich muss nach Hamburg, meinen Kontakt treffen wegen des Gewehrs, er schiebt tatsächlich fünftausend Dinger rüber!«

»Ist schon okay«, sagte das Mädchen zerstreut. »Ich komm schon klar.«

Sie sieht so süß aus, dachte er sich, und sie scheint wieder gesund zu sein. Er ist glücklich darüber. Das Schwerste haben wir hinter uns, sagte er sich. Mal sehen ob ich ein bisschen Gras auftreiben kann, das ist okay, das macht nicht abhängig, damit kommt sie dann mal wieder hoch, sie war doch ziemlich runter und down die letzten Tage.

»Übrigens ist es gut, dass die Knarre wegkommt. Der Bammelmann hat kürzlich ein Konzert in Bochum gegeben, da hat er die Party von dem Nazi Hausmann wieder aufs Korn genommen. »Der Nazi auf der Party« hieß der Song. Keine Lust, dass jetzt auch unser Video wieder hochkommt und sich die Leute fragen, wo die Knarre hin ist.«

»Dieser Scheiß Fascho.«

»Keine Bange, Mäuschen, der kriegt noch in die Fresse. Ich hab jetzt rausgekriegt wo der wohnt.«

»Echt?«, sagte das Mädchen. Sie wirkte teilnahmslos.

»In so 'ner Siedlung in Ahrensfeld. Fast am Friedhof. Das ist praktisch.« Der Junge lachte. »Da hat er's nicht weit.« Das Mädchen lachte ebenfalls, gekünstelt.

Als der Junge seine Tasche gepackt und den Geigenkasten mit dem Gewehr in den Kofferraum gehoben hatte, umarmte er das Mädchen. »Ich liebe dich«, sagte er und küsste sie.

Dann fuhr er vom Hof. Das Mädchen winkte ihm hinterher und kehrte zurück in die Kate. Sie griff nach ihrem Handy, das auf dem Küchentisch lag.

»Hi Bobby«, sagte sie, »kannst jetzt kommen. Wie lange brauchst du? ... Na beeil dich auf alle Fälle. Und ruf an, ich dirigier' dich. Ja, rund zwanzig Kilometer, du siehst dann irgendwann die Windmühlen von dir aus links und dann noch drei Kilometer auf der rechten Seite, so'n Gehöft mit drei Katen ... okay, ruf dann an.«

Sie legte das Handy weg, und starrte vor sich hin und biss auf ihren Lippen herum.

Vollendete Tatsachen

Tatsächlich hatte Rico Natalies Nachbarin Marie angerufen, und die erzählte ihm von den dramatischen drei Stunden am Abend zuvor. Natalie, die den Abend im Kreis der italienischen Nachbarn, die über ihr wohnen, überhaupt nicht genossen hatte, kam hinüber zu Isabel, um ihr die Schlüssel zu ihrer Wohnung zu hinterlassen, weil sie zur Tat schreiten wollte. Die Fotos auf Instagram waren ein letztes Täuschungsmanöver an eine Welt, die Täuschungen liebt.

Marie hatte entsetzt reagiert, und ihrer Stimme war die Erschöpfung und auch die Wut anzuhören, mehrere Stunden habe sie auf Natalie eingeredet – sie machte ihr klar, dass sie nicht nur ihre Nachbarin strafrechtlich gefährde, sondern auch ihre Familie. Und dass die Idee, aus dem Leben auszusteigen, ohnehin keine gute sei, solange sie gesund war.

Schließlich erreichte Rico Natalie telefonisch. Sie ärgert sich über ihre Nachbarin, die sie von ihrem letzten Schritt abgebracht hatte. Offensichtlich bangt sie selber um ihre Entschlossenheit, und will nun keine Störungen mehr zulassen. Gleichzeitig aber berichtet sie von einer brandneuen Bekanntschaft mit einem sehr alten und sehr reichen Sterbewilligen, dem sie ihre Assistenz angeboten habe.

»Ich habe ihm einen Handel vorgeschlagen: Ich helfe ihm zu sterben, und er hilft mir mit seinem Geld weiterzuleben.«

Das klang fast wie eine mittelalterliche Volkssage, ein Handel um Seelen aus der Faust-Legende, und Rico war sich nicht sicher, ob sie ihn nicht doch ein letztes Mal auf den Arm nehmen wollte.

Aber solange sie Pläne für ein Weiterleben schmiedet, wie absurd sie auch sein mögen, redet er sich ein, ist wohl alles in Ordnung, ohne seinem Optimismus wirklich zu trauen.

Am nächsten Tag antwortet sie nicht. Ein Anruf bei Marie bestätigt seine Befürchtung.

Sie hatte nun also tatsächlich dieses kupferfarbene Plastikdöschen der Matrioschka-Puppe entnommen, den Inhalt – das in der Selbstmordszene hochbegehrte Natrium Phenobarbital – mit Wasser vermischt und getrunken und sich, wie Hamlet es nannte, aufgemacht »in jenes Land, aus dem es keine Rückkehr gibt«.

Sie war nun tot, wusste er, und kalt wie jene Lawinenopfer, auf die er in seiner Kindheit mit größter Scheu und Entsetzen einen Blick zu erhaschen versuchte. Doch an deren Bahren brannten immerhin Kerzen.

Er hatte verloren. Aber hatte sie gewonnen?

Teil III
Armageddon

»Dann sah ich das Tier und die Könige der Erde …
Aber das Tier wurde gepackt
und mit ihm der falsche Prophet.«
(Joh. Offenbarung 19,19-20)

Putzers Hamburg

Putzer war beunruhigt, als er die Kate verließ. Goody schien völlig geistesabwesend zu sein. Sie war nervös und schien ängstlich wie ein junger Sperling, der an einer Leimrute festhing. Sie flatterte irgendwie hilflos. Er schüttelte den Kopf frei und drehte den Zündschlüssel. Er musste dringend tanken. Immerhin sprang die Maschine nach einer kratzenden Runde im Getriebe an, die Lichtmaschine schien in Ordnung zu sein. Erleichterung.

Langsam schaukelte er den Feldweg hinunter, auch die Stoßdämpfer waren durch. Nun ja, mehr konnte er nicht erwarten für die 875 Ocken, die er dem Türken auf die Hand gezählt hatte. Genau gesagt 878,37 Euro, alles, was er aus seiner Jeans zutage gefördert hatte, Schrumpelscheine und Kleingeld. Bargeld lacht. Der Erdoganknecht hatte einen Tausender verlangt. Windiger Typ, man muss höllisch aufpassen heutzutage, besonders bei Kanacken, jeder versucht jeden über den Tisch zu ziehen, scheiß Kapitalismus …

Putzer hatte seine schwarze Strickmütze auf dem Kopf, sie ließ sich bei Bedarf einfach runterziehen, Augen und Mund waren ausgespart, man wusste ja nie. Auf der Landstraße bog er rechts ein und fuhr Richtung Lidl, nicht der kürzeste Weg nach Hamburg, aber der sicherste. Bei der Star-Tankstelle hielt er vor einer der Zapfsäulen, hier war der Preis mittlerweile wieder auf 1,71 pro Liter gefallen. Im Shop griff er sich eine Rolle Bahlsen-Kekse und eine Pepsi zur Verpflegung und warf einen Blick auf die Bild. Las in der Schlagzeile irgendwas von Söldnern. Die schienen nicht schlecht zu verdienen, falls man den Ukrainern trauen konnte. Aber zunächst mal würde er sich um die Kleine kümmern müssen. Seine süße Goody.

Zurück auf der Landstraße schob er eine selbstgebrannte CD mit »Feine Sahne Fischfilet« in den Schlitz des Geräts. Er drehte den Regler ganz auf und grölte mit:
Ich bin komplett im Arsch
Weiß nicht wohin mit mir
Ich bin komplett im Arsch
Keine Ahnung wie es weitergeht

Die Jungs hatten es drauf, sie wussten wovon sie singen, nicht so wie diese intellektuellen Schwachköpfe von Egotronic mit ihrem Politgequatsche, wenn's drauf ankam, waren die doch so was von weg ...
Sie löchern mich mit ihren Fragen
Auf die ich alle, keine Antwort weiß
Mein radikales Nein zu dieser Welt
Ist es was mich stark und lebendig macht
Ich liebe dich, ich liebe Freiheit

Und ich liebe meine Freunde
Und ganz nebenbei belüg' ich mich auch noch selbst

Nee, er würde sich nicht mehr belügen, nicht er. Putzer spürte eine großartige Entschlossenheit in sich. Er hatte jetzt eine Aufgabe. Er würde die Knarre verkaufen, und dann mit Goody neu starten, so was wie ein Leben.

Die Bäume an der Landstraße flogen an ihm vorbei, Leichtmetallbaracken, Schuppen, vor den Gehöften standen Erntemaschinen, eine Kfz-Werkstatt, er hatte auch mal für ein paar Monate geschraubt, bis ihm der Meister blöde kam und er ihm den Lappen ins Gesicht schmiss.

Wieder Fischfilet:

Vollgepumpt mit ihren Drogen
Und der Schweiß in deinem Gesicht.
Warum musst du denn so leiden?
Ich hoffe, dass das bald vergeht!
Ich hab mich selten so gefühlt.
Diese Leere bringt mich um!
Das ist doch alles nicht gerecht!
Wieso es immer die Besten trifft?

Putzer fühle, wie ihm die Tränen in die Augen stiegen. Ach Goody. Wie hatte sich die Kleine gequält in den letzten Tagen, immer wieder hatten sie ihre Spaziergänge über die Felder gemacht, er hatte sie gestützt, schließlich konnte sie allein an seiner Seite staksen, auf unsicheren dünnen Beinchen, wie konnten die Ämter das Mädchen so im Stich lassen, sie erzählte ihm von ihrem Sozialarbeiter, muss ein Vollarsch gewesen sein, hat ihr sofort einen Verweis reingesetzt, wenn sie mal zu spät kam, immer wieder wurde sie in die »Sonne« zurückverfrachtet, wo sie ihr einfach das Handy abgenommen hatten. Aber eines Nachts war sie ins Büro eingebrochen und hatte die Schublade im Schreibtisch geknackt und ihr Handy und noch zwei andere mitgehen lassen, zwei Zwanziger lagen auch noch drin, waren wohl zu faul, sie in die Kasse zu schließen, und so war sie dann nach Hamburg mit einem Lkw-Fahrer, der brauchte Gesellschaft, um wach zu bleiben, war aber zu müde, um ihr an die Wäsche zu gehen.

Sie hatte die Adresse von einem Buddy aus Flensburg, der im »Kutter« auflegte, korrekter Typ, sie hatte dort eine Zeit lang an der Bar gearbeitet, bis einer vom Jugendschutz auftauchte, und sie abhauen musste. Dann war sie nach Hause, sie hatte ihrer Ma sogar Blumen von einer Tanke geklaut, aber die war so abgefüllt, dass sie das gar nicht mitbekam.

»Was soll ich damit«, hatte die Mutter gelallt, »hättest mir besser'n Korn mitgebracht.« Sie hatte es nur eine Nacht dort ausgehalten, dabei liebt sie ihre Ma.

»Ihre Bude stank so fürchterlich, Putzer«, sagte sie. »Überall lag Wäsche rum, im Abfall vermoderten irgendwelche Essensreste, ich hab nicht rausgekriegt, was es war, vielleicht war es auch nur Kotze.«

Schließlich war sie bei ihm in der Schanze gelandet, nun gut, das mit der Wäsche sah bei ihm auch nicht anders aus, als erstes schnappte sie sich eine große Tasche und brachte seine Jeans und seine Shirts in den Waschsalon im Schulterblatt und dann wischte sie das Parkett in seinem Zimmer und legte seine Sachen in sein Regal aus Apfelsinenkisten und ihre eigenen fein säuberlich daneben. Er war – wie hieß der Ausdruck noch – er war »gerührt«.

Nun bog er ab, nahm die Auffahrt zur Autobahn und stellte befriedigt fest, dass an diesem Tag der Woche nicht viel los war, sodass er die Kiste schießen lassen konnte. Na ja, mit Schießen war nicht viel. Besorgt lauschte er auf das Klopfen im vierten Gang. Er drosselte sein Tempo wieder, und das war sein Glück, denn im gleichen Moment sah er etwas Schwarzes über die Windschutzscheibe wischen, sodass er abbremsen musste, es kam, wie er aus dem Augenwinkel sah, von hinten angeschossen, als wolle es überholen.

Der Schreck war ihm in die Glieder gefahren, er schüttelte sich und fuhr mit mäßigem Tempo weiter. Auf diesem Teilstück der Autobahn war ohnehin achtzig vorgeschrieben. Immer noch dröhnte Fischfilet, die Jungs hatten auf Einladung dieses weißhaarigen Regierungsbonzen Stoff gegeben in Chemnitz, wo die Faschos Kanacken gejagt hatten, danach hatte die Antifa ein paar Rechte geklatscht, er wäre gerne dabei gewesen. Beim Konzert und beim Klatschen.

Alle Welt hatte sich dann darüber aufgeregt, als die Band ihren Song »Staatsgewalt« über die Bühne brachte, Putzer kannte sie von der ersten CD »Backstage mit Freunden«, die nicht mehr im Vertrieb war. Er sang mit: »Die Bullenhelme, die sollen fliegen. Eure Knüppel kriegt ihr in die Fresse rein!« Jetzt war er wieder in Stimmung, das klang doch großartig, er verstand nicht, warum Jan Gorkow, der Sänger, sich davon distanziert hatte. Sie seien achtzehn, neunzehn gewesen, »einfach zu jung«, sagte der. Dabei war es nichts als ein Rachesong, voll berechtigt, die Bullen hatten ihn verprügelt und dann noch vor Gericht gezerrt. Die Bullerei war der Feind, soviel war mal klar.

Er döste nun wieder vor sich hin. Bei Kaltenkirchen die Ausfahrt zum großen Shoppingcenter, da gab es einen Saturn, möglicherweise könnte er da einen Job kriegen, und Goody könnte im Café daneben kellnern, allerdings hatte er auch die Hauptschule geschmissen und war ohne Abschluss, aber irgendwie mussten sie wieder einfädeln ins Leben, die Kate würden sie nur bis Ostern haben, dann musste ein neuer Plan her.

Jetzt erst mal die Scheißknarre verhökern, seine Mittel wurden knapp. Hoffentlich hatte Dingo den Käufer aufgestellt, die dreitausend Ocken würden eine Weile reichen, vielleicht konnte er ihn noch hochhandeln, das Ding sah superteuer aus. Ob er ihn anrufen sollte?

»Bloß nicht«, hatte Dingo gesagt, »nichts am Telefon!« Er war eindeutig paranoid, aber wenn sie jeden abhören wollten, die Bullen, kämen sie doch gar nicht mehr klar, soviel Leute hatten sie gar nicht.

Die Kieler Straße runter, dann fummelte er sich in die Innenstadt. Schließlich parkte er vor dem »Bazaar« am Hauptbahnhof, tatsächlich fuhr vor ihm einer aus der Lücke. Mittlerweile war es später Nachmittag, Dingo würde noch zwei Stunden zu tun haben.

Die Ladentür klingelte, als er eintrat. Sahid stand an der Kasse und schaute auf.

»Ist Dingo da?«

»Hinten«, sagte Sahid und musterte ihn missmutig.

Putzer entdeckte seinen Kumpel in der Ecke für Saris und Wasserpfeifen.

»Hi Dingo«, sagte Putzer, »was geht?«

Dingo, ein schmaler Bursche mit Ohrring und Piercing in der Unterlippe, antwortete nervös: »Da bist du ja endlich.«

Sie hatten natürlich telefoniert, vor ein paar Tagen, mit

jeder Menge komischer Codewörter, hatten von »Baukasten« geschwafelt und »Technikfreak« und »stark interessiert«, so viel zur Telefonsperre, sie hatten sich auf den Tag geeinigt, aber die Uhrzeit offen gelassen. »Jetzt muss ich erst mal den Typen anfunken«, sagte Dingo. Sie verzogen sich noch tiefer in den Laden, hin zur Feuertür, und Dingo tippte eine Nummer in sein Handy. Anrufbeantworter. »Hier Dingo, der Baukasten ist da. Ruf durch.«

Dann zu Rico: »Alter, ich melde mich, wenn ich Bescheid weiß, du kannst ja noch 'ne Runde drehen, irgendwo Kaffee und so …«

»Alles klar«, sagte Putzer.

Er verließ den Laden, klemmte sich hinters Steuer, fuhr um die Ecke zum Bahnhof und stellte sein Auto dort in einer der Parkbuchten ab. Immer der gleiche Scheiß. Warten. Das Leben bestand aus Warten. Am meisten ließen einen Dealer warten, das gehörte mittlerweile zu seiner Lebenserfahrung.

Dealer ließen sich Zeit, weil sie wussten, dass der Kunde nicht wegläuft, nie wegläuft, das kannte er aus seiner Zeit als Junkie. Er schlenderte hinunter zum Hansaplatz und ließ sich von einem Schwarzafrikaner ansprechen, wahrscheinlich aus dem Senegal, die Senegalesen hatten hier das Sagen.

»Wie viel?«

»Für zwanzig.«

»Okay.«

Sie liefen Richtung Steindamm, unterwegs schob ihm der Mann im Parka das Plastiktütchen zu, er legte seinen zusammengefalteten Schein in die schwarze Hand, das ging sehr routiniert und schnell und unauffällig ab, Profis unter sich. In einem Zigarettenladen erstand er die schwarzen

OCB-Papes mit den eingehefteten Pappfiltern, lief weiter Richtung Mariendom und setzte sich auf eine Bank, um sich den Joint zu rollen. Die Gegend war menschenleer, so zog er die Keule an Ort und Stelle durch.

Er spürte, wie er entspannte. So was wie Glück überströmte ihn. Bald würde er das Geschäft abschließen und dann hieß es schnell wieder an die Küste, in die Kate, zu Goody. Er zog sein Handy hervor und tippte ihre Schnellwahl-Nummer ein. Ein langes Summen in der Leitung, dann sprang die Ansage an »Der Teilnehmer ist zurzeit nicht erreichbar. Sie können eine Nachricht … bla bla bla.«

»Hallo mein Engel, ich bin's, es dauert noch eine Weile. Hoffe dir geht's gut, liebe dich, ich melde mich wieder!« Wahrscheinlich schläft sie, dachte er sich, endlich kommt sie zur Ruhe.

Völlig gedankenverloren saß er auf seiner Bank, dachte an Goody und überließ sich seinem kleinen Rausch der Schwerelosigkeit, so ichversunken, dass er keine Notiz nahm von diesem Mann in dem merkwürdigen dunklen Cape, der auf einer Bank an der Nordseite des kleinen Spielplatzes Platz genommen hatte. Wenn er nicht geträumt hätte, hätte er vielleicht bemerkt, dass diesem Kerl im bleichen Gesicht rote Augen glühten und dass sich bald zwei gleich gekleidete Männer zu ihm gesellten, aber möglicherweise hätte er auch einfach gedacht: Mann bin ich stoned.

Rico hatte die Augen geschlossen. Die Stadt hatte durchaus ihre Vorzüge, hier kannte er jede Ecke, jeden Straßenzug, besonders die Schanze hatte ihre Vorteile und hinter der U-Bahn-Station dort konnte man alles bekommen. Und die Cafés und die Restaurants. Wie hatte er sie verteidigt gegen die Bullen, als sie während des G20-Gipfels anrückten.

Natürlich hatten sie demonstriert. Und natürlich hatten sie sich vermummt, sie waren doch nicht blöde, sie im schwarzen Block. Dort in der Elbphilharmonie hatten sich die Mächtigen dieser Erde versammelt, allen voran dieser Orang-Utan aus Amiland, Donald Trump, wenn es überhaupt eine Gelegenheit gab, die Weltmacht zu schlagen, dann war es dort. Selbst der Spiegel, das hatte er im Kiosk in der Sternschanze gesehen, hatte auf dem Titel gefordert »Wehrt euch«, und hatte die Bande, das ganze System irgendwie, als bösen Wolf gezeigt, der nach der Weltkugel schnappt, das ganze Land stand hinter ihnen, dem schwarzen Block, sie wehrten sich stellvertretend für alle, und wie, sie schmissen Steine und Flaschen auf die Bullen, ein regelrechter Hagel aus Wurfgeschossen, bis die Schweine Wasserwerfer aufgefahren hatten und hinter ihren Schildern vorrückten.

Schließlich waren sie weitergezogen in die Bonzenviertel jenseits der Alster, rüber zu diesem Health Club, wo offenbar der Hausmann mal gewohnt hat und hatten ein paar Mollies in den parkenden Autos versenkt, allerdings waren die richtig dicken Kisten wohl in irgendwelchen Garagen, auf der Straße stand nur japanischer Kleinschrott rum. Doch später dann in der Schanze, die Bullen rückten vor und er aufs Dach, er hatte eine Fackel dabei, sie brannte und er – plötzlich fühlte er sich wie der Superchef – mit bloßem Oberkörper, und von dort sprang er aufs nächste Dach, wo ein Haufen Platten lag, und die dann runtergedonnert, mittenrein in die Bullenschweine: Er war der Oberindianer und er wollte Blut.

Sie hatten ihn schwer abgefeiert später, die ganze Schanze lag ihm zu Füßen. Ihm, dem Putzer.

Ein Todesdatum

Ein paar Tage nach seiner Rückkehr nahm Rico den gewohnten Weg zum Supermarkt über den Friedhof. Im hinteren Teil kniete ein Mann zwischen zwei neuen Gräbern, zwei Steine, die er zuvor nie bemerkt hatte. Er trug ein schwarzes Cape.

Zwei Kreuze waren dort aufgestellt, schwarz, aus Eisenblech mit Zierrat an den Enden nach slawischer Art, Kleeblattkreuze, St.-Thomas-Kreuze, gepresste Fabrikware, wie man sie von Kriegsgräbern kennt. Als er auf sie zuging über den Kies, merkte der kniende Mann auf und drehte sich zu ihm um. Dann wischte er hektisch über den Querbalken des kleineren Kreuzes und verschwand in der Heckenöffnung zum angrenzenden Park. In der Hand trug er eine weiße Lackdose.

Nun ging Rico auf die Gräber zu. Auf dem linken größeren Kreuz war ein russischer Name gepinselt, mit weiß auf dem schwarzen Blech, handgeschrieben. Oksana Pawlowa, geboren in Polozk, Belarus am Weihnachtstag, dem 24.12.1865. Gestorben am 9.4.1945 in Nadelhöft, einem Nachbarort.

Das kleinere Kreuz daneben trug überraschenderweise sein eigenes Geburtsdatum – die weitere Ziffernfolge war verschmiert. Von dem Namen darüber erkannte er nur ein »R. Ha…«. Dann verschmierte auch dieser Schriftzug.

Er erstarrte. Dann richtete er sich auf, schaute zur Hecke und eilte dem Mann hinterher. Nichts. Der Park lag menschenleer vor ihm, allerdings plötzlich düster, mit der großen Ahorngruppe vor dem kleinen Teich, die Enten standen still am Wasser, die Weide dahinter ließ ihre blattlosen Peitschen über das Ufer hängen, das Vogelhäuschen in der Mitte leer.

Und nun war diese vertraute Parkidylle in dieses unheimliche Licht getaucht, sie sah aus wie eine Schwarz-Weiß-Fotografie, als ob sich eine Wolke jäh vor die Sonne geschoben hätte und nur noch Grautöne zuließ. Sämtliche Farben wie ausgeblutet. Grau die Eschen und die Buchen, und diese Batterie von Haselnusssträuchern, alles grau, und dort hinten, am Häuschen für die Kneippgänger, glaubte er die fremde Gestalt zu erkennen, die hinter den Büschen verschwand.

Deutlich stach das rote Unterfutter seines Capes heraus, der einzige Farbtupfer weit und breit.

Das Gewehr

Es war Abend geworden, immer wieder hatte ihn Dingo vertröstet, er vertrieb sich die Zeit in einer Kneipe am Hansaplatz, schließlich kam der erlösende Anruf. Putzer sollte sich in einer Stunde in der Kieler Straße einfinden, es war weit dahin, doch in diesen Abendstunden waren die Straßen frei. Er düste zur angegebenen Hausnummer, und wartete. Schließlich sah er Dingo auf ihn zulaufen.

Aber was war das? Unter dem gelben Licht der Peitschenlampe sah Putzer, dass er in Begleitung einer Frau war. Er kam nicht mit einem dunklen schwerreichen Waffenhändler, so hatte sich Rico den Abnehmer vorgestellt, sondern mit einer Frau mit langen braunen Haaren! Und dann erkannte er, wer das war an Dingos Seite – Clara, schmallippig und entschlossen. Er wusste, Clara wurde steckbrieflich gesucht wegen eines Mordversuchs. Dingo das Schwein, hatte ihn reingelegt.

Putzer fühlte Panik in sich aufsteigen und er schoss mit

quietschenden Reifen auf die Fahrbahn, sodass der BMW hinter ihm abbremsen musste und wütend hupte.

Mann, es war Clara, die bei dem Video gegen Hausmann mitgewirkt hatte. Sie war nett, aber irgendwie irre, als er mit ihr gegen den Scheißstaat abgelästert hatte. Später war sie dann verschwunden, abgetaucht im Untergrund zur grünen RAF. Die waren hemmungslos und saugefährlich!

Putzer raste die Kieler Straße hoch, zur Autobahn, nur noch weg. Große Scheiße. Er grübelte, ob er Dingo Hinweise auf seinen Aufenthaltsort gegeben hatte, denn wenn die Alte bei ihm auftauchte, womöglich mit dem Schröter, war er geliefert.

Nur nach Hause jetzt, zur Küste. Goody hatte sich nicht bei ihm gemeldet, war sie etwa abgehauen? Zuzutrauen wäre es ihr. Er flog durch die Nacht.

Anderthalb Stunden später bog er in den Feldweg ein. In der Kate brannte Licht, stellte er erleichtert fest, sie war wohl zu Hause.

Totenwache

Putzer betrat die Kemenate der Gärtnerwohnung unter den drei Eichen. »Hallo Minimaus«, rief er und lief den Flur hinunter, »war leider umsonst, der Typ …« Dann blieb er erschrocken stehen, und sah auf das Bett, sah auf die Kleine und ihren schlanken weißen Arm, der zur Seite gefallen war, ihr Zeigefinger deutete nach unten, auf dem Boden die Spritze … Putzer schrie: »Nein!« und »Bitte!« und sank neben dem Bett zu Boden.

Er schüttelte sie, er pumpte ihren Brustkorb, öffnete ihren Mund und presste seine Lippen auf die ihren und blies, das hatte er in Pulp Fiction gesehen, er brauchte sofort eine Spritze mit Adrenalin, Rotz lief ihm aus der Nase, der sich mit seinen Tränen vermischte, aber sie blieb reglos, obwohl er Gott zu Hilfe rief zum ersten Mal in seinem Leben. »Lieber Gott, lass sie nicht tot sein!«

Schließlich gab er auf. Weinend legte er sich neben sie und streichelte sie und spürte, dass sich ihr kleines Gesicht unter der Flut schwarzer Locken kalt anfühlte. Nach einer Stunde raffte er sich auf und machte sich auf den Weg nach Ahrensfeld und bahnte sich im Dunkeln seinen Weg durch den Friedhof. Er ließ die Taschenlampe seines Handys über die Gräber streichen, er suchte nach den frischen, die noch zu kleinen Hügeln aufgeworfen waren. Auf nahezu allen flackerten LED-Lichter in ihren roten Gläsern wie Kerzenflammen. Aus den dunklen Wolken brach fahles Mondlicht. Zielstrebig suchte er die Gräber ab, nahm Tannenzweige auf und Blumen und rote Lichter, dazu kleine Porzellanengel und anderen Grabschmuck und packte sie in seinen Seesack.

Zwanzig Minuten später stand er wieder in der Kate vor ihrem Bett. Er bahrte sie auf und faltete ihre Hände auf der schmalen Brust. Wie ein Engel lag sie da. Er drapierte die Tannenzweige und die Lichter um sie herum, legte die Porzellanengel ans Kopfende und setzte sich schluchzend zu ihr. Nach ein paar Minuten sprang er auf und kramte im Flur in einer Kommode nach der Flasche mit Fleckenlöser, die er dort gesehen hatte.

Er zündete die Kerze neben dem Bett an, zu deren Schein sie Musik gehört hatten – Rihanna musste es sein – und sich geliebt hatten. Nun brannte sie still und hoch wie in einer Kirche. Wie bei einer Totenmesse – schätzte er, er hatte noch nie eine besucht. Ihr Licht fiel auf die braunen Lattenwände, auf das Bücherbord mit dem Segelschiff und den Sagen des Angellandes und den Krimis. Und sie legte ihren Lichtschein auf das bleiche Antlitz des Mädchens.

Er kippte die Flüssigkeit in eine Lidl-Plastiktüte, legte sich neben Goody und zog die Tüte über Mund und Nase und atmete tief ein.

Da kam die gewohnte Druckwelle und dann schoss der rosa Nebel in sein Hirn, aber anders als sonst merzte er nicht alles Übrige aus, ein dunkler Rest blieb da, ein dunkler messerscharfer Punkt, ein Seelenschmerz, der sich nicht verjagen ließ. Goodys Tod bildete das Loch, aus dem die gewünschte Betäubung entwich. Sie war ewig, diese Lücke, das wurde ihm bewusst, während er inhalierte. Einen Moment lang schoss in ihm der Gedanke hoch, dass es eine Möglichkeit geben könne, diesen Schmerz auf immer zu beenden, und er zog die ganze Tüte über den Kopf und inhalierte weiter.

Doch dann griff der Überlebensreflex. Ein Impuls aus den Tiefen des Körpers. Er riss sich die Tüte vom Kopf und blieb keuchend neben dem Leichnam liegen. Selbstmord war nicht die Lösung für seinen Schmerz. Seine Lösung hieß Rache.

Karwoche

Anders als in Paris hatte sich der Frühling an der Küste noch nicht gezeigt. In den Tagen nach Ricos Rückkehr blieb eine dunkle Wolke am ansonsten schwefelgelben Himmel über dem Park hängen und ließ ihn grau und leer und tot erscheinen.

Die Karwoche hatte begonnen, Rico setzte sein unterbrochenes vorösterliches Fasten fort, trank viel und ernährte sich von Säften. Das Gefühl der Schwerelosigkeit und Wachheit kehrte zurück. Mit klopfendem Herzen las er in Bensons »Herr der Welt«. Las, wie die schöne neue Ordnung, die dieser Felsenburgh versprach, in einen Ausrottungskrieg gegen Priester und alle Geistlichen des Vatikans ausartet, Rom wird bombardiert und ausgelöscht. Aus Entsetzen darüber und über die Pogrome, die gegen die letzten verbleibenden Katholiken durch die Straßen Londons toben, begibt sich Mabel, die Frau des treuesten Felsenburg-Anhängers, in eines der neuen Euthanasie-Institute, um ihrem Leben ein Ende zu setzen.

In ihrem Abschiedsbrief an ihren Mann Oliver schreibt sie: »Damals begriff ich nicht, wie ich es jetzt verstehe, dass es so weit kommen musste, dass alles vollkommen logisch und folgerichtig ist.« Und dann umklammert sie das Fensterbrett ihres Zimmers und ruft in die Nacht: »Gott, wenn du wirklich dort bist ... ich weiß, es gibt dich nicht, aber wenn es dich gäbe ... ich möchte dass du dich um Oliver kümmerst und um all deine armen Christen ...«

Rico ging jetzt, wenn er die Gräber auf dem Friedhof besuchte, nicht zu Lidl, sondern weiter geradeaus zur evangelischen Dorfkirche dahinter und setzte sich auf eine der Bänke in diesem schönen, blau-weiß gestrichenen Kirchenraum und las in der Offenbarung des Johannes, in der von Krieg und Hunger und Seuchen die Rede war – all das war ja eingetreten und in der Welt und, tatsächlich, Teuerung, also Inflation.

Katja hatte wie viele andere im Land begonnen, Vorräte anzulegen, Reis, Haferflocken, Kondensmilch, Instantsuppen. Campingkocher, Gaskartuschen. Kerzen. Streichhölzer, um gewappnet zu sein gegen das, was auf sie zurollen würde und noch keinen Namen hatte, ob es Krieg hieß oder Mangel wegen der sogenannten Energiewende.

Und immer wieder suchte Rico in diesen Tagen das Grab auf dem Friedhof auf und versuchte, aus den Wischspuren auf dem Kreuz im hinteren Teil der Zahlenreihe ein Datum zu entziffern. R. H... und verwischte Zahlen ... War es das Datum seines eigenen Todes?

Wieder spürte Rico die dunklen Schatten wachsen, seit er zurück war in diesem Land. Wenn er über den Friedhof ging, spürte er bisweilen ein dunkles Wischen über seinem Gesicht. Und drüben, dort hinten in der Bude, die für Rentner dorthin gestellt worden war, die das Kneippbecken benutzen wollten, meinte er, den Mann in seinem dunklen Cape zu erblicken, wie er ihn in Paris gesehen hatte und in den folgenden Tagen bekam er dort Gesellschaft von weiteren Schwarzgekleideten.

Eines Tages erzählte Katja, dass eines der Kinder von ihr wissen wollte, ob es den Teufel gibt. Sie, die in der DDR ohne Religion aufgewachsen war, konnte darauf keine Antwort geben.

»Natürlich gibt es ihn«, sagte Rico. »Und er hat dieses Land im Griff!«

Die präpotente deutsche Außenministerin hatte nicht nur Russland den Krieg erklärt, sondern auch die Supermacht China gewarnt. Sie tat es auf ihre eifrige schnatterdumme Art, eine kriegslüsterne deutsche Musterschülerin ohne historische Tiefenschärfe. In Gedanken setzte Rico die Losungen aus Orwells 1984 hinzu: Krieg ist Frieden. Wahrheit ist Lüge. Unwissenheit ist Stärke. Sklaverei ist Freiheit.

Wer die Sprache beherrscht, beherrscht das Denken. Wie sagte dieser Silone? Wenn der Faschismus zurückkehrt, nennt er sich Antifaschimus?

Der große Verwirrer leistete ganz Arbeit.

Putzer schreitet zur Tat

Putzer hatte sich neben das Bett auf den Fußboden der Kammer gelegt, auf Goodys und seine Klamotten. Tatsächlich hatte er ein paar Stunden geschlafen und nun wusste er, was zu tun war. Jetzt ging es darum, die Maus zu rächen. Das Schweinesystem musste büßen. Vor allem der Fascho Hausmann sollte büßen.

Finster entschlossen packte er die Kleidung zusammen und stopfte sie in den olivgrünen Bundeswehrsack, den er einst im Trödel erstanden hatte. Ein Haufen Zeug musste da auf dem Markt sein, dachte er sich, all die Waffen, seit die Armee abgeschafft war. Er roch an Goodys Wäsche, er barg sein Gesicht in ihr, bevor er sie in den Sack stopfte. Natürlich musste er die Kleine zurücklassen, und ansonsten alles mitnehmen und dann verschwinden, auf immer. Warum nicht als Söldner in den Krieg, in die vorderste Reihe, dann ging es schneller.

Ihre paar T-Shirts, ihren braunen kleinen Teddy. Ihre

CDs. Ihr Schminkkram. Seine Zahnbürste, seine Entzündungscreme. Er würde verschwinden.

Aber vorher würde er seine Pflicht erfüllen, seine heilige Pflicht, und Hausmann würde bezahlen, es war eindeutig Hausmann, der Goody auf dem Gewissen hatte. Er musste dran glauben, und er würde dran glauben, da war er sich sicher.

Damals, nachdem er das Gewehr hatte mitgehen lassen, hatte er Munition organisiert und Schießübungen im Sachsenwald veranstaltet. Hatte ihm Spaß gemacht. Auf Illustriertenfotos von Ekeltypen wie Markus Lanz oder irgendwelchen Politikern hatte er geballert, hatte die Seiten aus den bunten Heften gerissen und an eine Eiche gepinnt und hatte rund hundert Schritte weiter sein Gewehr auf das Stativ gestellt. Dann hatte er sich dahinter gelegt und durchgezogen. Im Fadenkreuz konnte er alles bestens erkennen. Wenn er sich entschloss, ins linke Auge zu schießen, traf er ins linke Auge. Wichtig war es, auszuatmen kurz vor dem Schuss.

Warum hatte dieses fette Schwein nur seine Kleine umgebracht? Also mittelbar. Wenn Hausmann nicht gewesen wäre, wäre er gar nicht erst nach Hamburg gefahren, er wäre bei Goody geblieben und hätte auf sie aufgepasst. Sie hatte ihn gebraucht.

Ob das nun alles direkt logisch war, war Putzer jetzt egal. Einer musste dran glauben, das war er Goody schuldig. Sie musste gerächt werden. Und jetzt, sagte er sich, hatte ihm das Schicksal die Waffe in die Hand gedrückt. Er würde vollenden, was sie in dem Video nur gespielt hatten. Scheiß auf die Band, die nur spielte. Bisher war alles Probelauf, jetzt wurde es ernst, jetzt kam die Premiere. Faschoschwein.

Wie war das noch mal? »Und fällt ein Rechter, ist das

Geheule groß.« Er würde jetzt für das ganz große Geheule sorgen. Mit einem letzten Rundblick versicherte er sich, dass die Bude geräumt war. Dann ging er noch einmal ans Bett und küsste den aufgebahrten Leichnam. Ihre Lippen waren nun kalt und ihre Haut fühlte sich an wie Holz.

Putzer hatte Rico Hausmann ausgespäht. Meistens am frühen Nachmittag, so gegen zwei Uhr, pflegte er über den Friedhof zu laufen und dann weiter zur Kirche dahinter, offenbar brauchte er nichts mehr im Lidl, sollte ihm recht sein, solange er regelmäßig seine Pause einlegte vor dem Grab, und das tat er. Dann kniete er sich hin vor den beiden Soldatenkreuzen, und wischte über das schwarze Kreuzblatt des kleineren. Komischer Vogel.

Kurz nach eins warf Putzer ein paar Plastiktüten und den olivgrünen Bundeswehrsack in den Kofferraum seines Toyota und holperte den Feldweg hinunter zur Landstraße. Zwanzig Minuten später rollte er links in die Stichstraße ein paar Hundert Meter vor dem Lidl-Supermarkt und stellte sein Auto am Rande eines geeggten Feldes ab. Er schaute sich um, niemand war da unterwegs. Er nahm er den Geigenkasten mit der Waffe aus dem Kofferraum und schlenderte zum Friedhof

Er näherte sich von der Ostseite; dort im Gestrüpp der Haselnusssträucher hatte er den Stumpf einer abgesägten Pappel entdeckt. Er setzte sich und entnahm das Gewehr dem Geigenkasten, baute das Stativ auf und wartete. Die schwarze Strickmütze hatte er ganz heruntergezogen, nun lagen nur noch Mund und Augen frei.

Putzer saß da, erstaunlich ruhig, eisern entschlossen, abgeschirmt vor neugierigen Blicken durch das Gestrüpp und die Hecke, und wartete dort etwa eine halbe Stunde.

Armageddon

Ja, Rico Hausmann war pünktlich. Eine turbulente Karwoche lag hinter ihm.

Am Palmsonntag, an dem die Passionsgeschichte mit verteilten Rollen am Altar verlesen wird, traf er nach seinen drei vorhergehenden Fastentagen reichlich entkräftet in der Schlosskapelle ein. Er hatte nur Wasser getrunken, da ihm der Joghurt ausgegangen war, den er normalerweise mit Honig und Walnuss in der Frühe zu sich nahm. Sie hatten sich aufgebaut am Altar, die Ministrantin und Küsterin Ingrid, Father Bernhard und Rico und trugen vor, die Anklagen der Hohepriester, den abwägenden Machtmenschen Pilatus – »Was ist Wahrheit«, sagt er und liefert Jesus seinen Verfolgern aus und erfüllt paradoxerweise dadurch den göttlichen Heilsplan.

Rico kam an die Stelle, an der Petrus den Herrn zum dritten Mal verleugnet. »Und über eine kleine Weile traten die hinzu, die dastanden, und sprachen zu Petrus: Wahrlich du bist auch einer von denen; denn deine Sprache verrät dich. Da hob er an sich zu verfluchen und zu schwören: Ich kenne diesen Menschen nicht. Uns alsbald krähte der Hahn.«

Da wurde ihm schwindelig, kalte Blässe hatte sich über sein Gesicht gegossen, seine Beine gaben nach. Ein klassischer Kreislaufkollaps. Nun ging er dort am Altar weich in die Knie und kippte weg, Father Bernhard, der neben ihm stand, fing ihn auf, und half ihm die paar Schritte vor die Tür. Kurz darauf eilte Maria, die polnische Krankenschwester zu ihm, setzte sich neben ihn auf die Stufen zur Kapelle und Father Bernhard kehrt zurück an den Altar.

Später erinnerte er sich, wie er mit Katja ein paar Jahre zuvor die Via Dolorosa hinaufgestiegen war, jede Station des Kreuzweges war mit kleinen Kapellen versehen, Pilgergruppen aus aller Welt, kaum Deutsche, dafür viele Schwarzafrikaner, viele Polen, eine philippinische Gruppe trug ein großes Holzkreuz durch das merkantile Gewühl in diesem religiösen Bazar mit all den Rosenkränzen, den Votivbildern, dem goldgerahmten Kitsch. Start des Kreuzweges war der Palast des Pilatus am Damaskus-Tor, vor dem Jesus gegeißelt wurde.

Am Montag hatte sich Rico zum Lidl begeben, um sich erneut mit griechischem Joghurt und Honig einzudecken, aber auch mit Brokkoli für sein Fastenbrechen. Von dem Antifa-Typen war nichts zu sehen. Dafür hatte sich aber eine Gruppe der Zeugen Jehovas auf dem Kundenparkplatz postiert, die seine Neugier erregte. Eine junge Schwarzafrikanerin hielt eine Tafel, auf der eine Frau abgebildet war mit dem Spruch »Eine gesunde Psyche – wie die Bibel helfen kann«. Neben ihr verteilte ein lächelnder Rentner Handzettel mit dem gleichen Spruch. Er trug eine silberne Brille unter grauem Haar, einen blauen Anorak, adrettes Hemd und braune Schuhe, und in seinem Gesicht stand eine Art besorgter Menschenliebe, und zwar groß. MENSCHENLIEBE.

Rico sprach ihn auf den bevorstehenden Weltuntergang an, auf die Apokalypse, und er meinte nicht den Klimatod der endzeitlichen Klimasekte, denn der variiert in den Hysterien der verschiedenen Grüppchen, sondern die, die in der Offenbarung des Johannes niedergelegt ist. Diese Apokalypse meint die Vernichtung Babylons und sie wird verfügt durch Gottlosigkeit. Sie meint den spirituellen Weltuntergang.

Wenn es Profis für derartige Voraussagen gibt, dachte er, dann waren es wohl die Leute, die den »Wachturm« in die Höhe hielten. Der Mann war Soldat und hatte, nachdem er »zum Glauben gefunden« hatte, den Wehrdienst verweigert, denn in der Bibel steht: »Du sollst nicht töten«. Er schien mit sich völlig im Reinen. Sie sprachen über Johannes 16, 16, über jene Stelle, in der die Endschlacht, das Armageddon erwähnt wird, als Ort, wo sich die Könige der Erde zur Schlacht versammeln.

Auf einen Zeitpunkt für den finalen Akt, den Zusammensturz der bekannten Welt und ihr Verschwinden im Chaos, wollte sich der Mann im blauen Anorak nicht festlegen. Kein Wunder, offenbar hatten die »Zeugen« dazugelernt, sie hatten eine lange und beeindruckende Strecke von Fehlalarmen hinter sich. Auch der Evangelist drückte sich um ein genaues Datum, in der Offenbarung heißt es dazu nur: »Siehe, ich komme wie ein Dieb. Selig ist, der da wacht und seine Kleider bewahrt, damit er nicht nackt gehe und man seine Blöße sehe. Und er versammelte sie an einen Ort, der heißt auf Hebräisch Harmageddon.«

Nach Ansicht des freundlichen Ex-Soldaten hatte die Endzeit bereits 1914 begonnen, der Krieg und die spanische Grippe hatten Millionen dahingerafft. Und dass nun die große Verwirrung eingesetzt hatte, Teufels Werk eben, war unbestreitbar. Frauen nannten sich Männer, und geschminkte Männer behaupteten, sie seien Frauen und könnten Kinder gebären. Ja, sie hatten ein Gerichtsurteil erwirkt, das jeden zwang, sie als Frau anzureden und anzusehen, auch wenn es der Wahrheit widersprach. Schon währen der Coronapandemie hatte es ähnliche Anordnungen zur Lüge gegeben – wer der offiziell beglaubigten Sprachregelung widersprach, wurde kujoniert und sozial geächtet. Für den Ukraine-Krieg galt das Gleiche – wer bezweifelte, dass es hier um Verteidigung der westlichen Werte ging und nicht lediglich um einen geopolitischen Kampf der USA gegen Russland auf dem Gebiet der Ukraine, galt als Putin-Troll.

Alles stand Kopf wie in Orwells 1984, wo das Propagandaministerium, das sich Wahrheitsministerium nannte, die Parole ausgibt: »Krieg ist Frieden.«

Schwer und dunkelgrau hing der Himmel über dem Parkplatz, und links und rechts von ihrem Grüppchen hasteten die Kunden mit ihren scheppernden Einkaufswagen unter einem tröpfelnd einsetzenden Regen ihren Autos zu, vollbepackt, wie letzte Proviantaufnahmen für eine schwere Zeit. Lamm, Gemüse, Klopapier und die obligatorischen Schoko-Osterhasen, die es, der Gendersprache zu Folge, nun auch als HasInnen gab.

Rico war verblüfft von der Gelassenheit des Jehova-Zeugen, selbst als der ihm in seinem mit Bibelsprüchen versehenen Prospekt das Foto des jungen Ghanaers zeigte, der von einem Amokläufer, einem Sektenabtrünnigen, gemeinsam mit weiteren fünf Jehova-Zeugen einen Monat zuvor in Hamburg erschossen worden war. »Was für ein sanfter Mitbruder er war«, sagte der Rentner versonnen. »Und lustig. Meine Enkelin fragte ihn mal, warum er nur weiße Schokolade esse, und er sagte, damit er sich nicht aus Versehen in die Finger beiße. Meine Enkelin hat die Antwort auf der Stelle überzeugt.« Er lachte. Alles, was ihm in diesem Moment von seinem erschossenen Mitstreiter in der Erinnerung hochstieg, war ein politisch inkorrekter Witz.

Der Mann schien von einem unbegreifbaren Fatalismus erfüllt zu sein. Gott greift dann ein, wenn ER es für richtig hält. Allerdings komme es auf Wachsamkeit an, und die Zeichen stünden auf Sturm. Womöglich rechnete er fest damit, zu den 144 000 Geretteten zu gehören, oder zu den Zahllosen, die aus allen Richtungen der Welt zusammenkamen in ihren weißen Gewändern, im Blut es Lammes gewaschen, die zum Glauben gefunden hatten, von denen in der Offenbarung die Rede ist. Die Zeit ist nah. »Denken Sie an die Kriegsbegeisterung, die durch die Welt zieht, das ist doch wie ein schreiender besinnungsloser Vorbote, wie der Apokalyptische Reiter auf dem roten Pferd. Gleich hinter ihm das schwarze, auf dem der Tod sitzt. Die Mächte rüsten auf. Eine nukleare Katastrophe steht bevor.«

Und er lächelte weiter, sanft und überlegen wie einer, der über geheime Informationen verfügt. Und während die gestressten Lidl-Kunden an ihrer Gruppe vorbeieilten, kopfschüttelnd, fühlte sich Rico diesen Jehova-Zeugen zugehörig, diesen Außenseitern und Ausgestoßenen und Mehrwissern, die ihrerseits der finalen Geschäftigkeit der Welt zulächelten und darüber den Kopf schüttelten.

Zu Hause las Rico noch einmal in der Offenbarung,

denn nun wollte er es wirklich wissen. »Und der siebente Engel goss aus seine Schale in die Luft; und es kam eine große Stimme aus dem Tempel vom Thron, die sprach: Es ist geschehen! Und es geschahen Blitze und Stimmen und Donner, und es geschah ein großes Erdbeben, wie es noch nicht gewesen ist, seit Menschen auf Erden sind – ein solches Erdbeben, so groß. Und aus der großen Stadt wurden drei Teile, und die Städte der Heiden stürzten ein.«

In Hugh Bensons »Herr der Welt« findet die Endschlacht in der Ebene von Jesreel statt, wohin sich die Papsttreuen vor dem Bombardement der Luftschiffe des Satans Felsenburgh flüchten, und er stellte sich vor, dass der Bürgerpark durchaus Ähnlichkeit mit ihr haben könnte. Er hatte Bensons Dystopie am Mittwoch nachts zu Ende gelesen.

Am Gründonnerstag hatte Rico sein Fasten gebrochen. Wie hatte er sie genossen, die Bouillon und die gekochte Kartoffel und den Brokkoli. Gaumensensationen. Später zeichnete Rico seine Sendung auf, mit fiebernder Erregtheit.

»Liebe Freunde, es ist so weit«, brüllte er. Diesmal war er entschlossen, dem Teufel und seinem Gesindel die Stirn zu bieten und Namen zu nennen mitsamt ihren Werken, so wie es Mick Jagger in seinem »Sympathy for the Devil« tat. »And I was 'round when Jesus Christ / Had his moment of doubt and pain / Made damn sure that Pilate / Washed his hands and sealed his fate« Und weiter: »Stuck around St. Petersburg / When I saw it was a time for a change / Killed Tsar and his ministers / ... I rode a tank / Held a general's rank / When the blitzkrieg raged / And the bodies stank«

Doch dieses Mal ging es nicht um die Passion oder den Mord am Zaren, auch nicht um den Weltkrieg, sondern um die Gegenwart.

»Wir sind am Ende unserer Geschichte angelangt liebe Freunde«, rief Rico in sein Mikro, »schaut euch die Gesichter genau an, schaut sie euch genau an, die euch vorgaukeln, sie wollten das Schlimmste verhindern – sie sind es, die das Schlimmste vorantreiben. Sie verzerren die Wahrheit, sie verdrehen sie in ihr Gegenteil, und genau das ist nach Orwell das Anzeichen für Totalitarismus. Zuerst kommt die Wahrheit dran, die Kerker kommen später. Der Totalitarismus unserer Tage ist grün, und er ist die Herrschaft des Teufels!«

Sein Produzent Andreas meldete sich über Kopfhörer: »Armlänge zum Mikro, Rico!«

Rico blaffte: »Meinetwegen, aber das wird ohnehin die letzte Sendung sein.«

»Wieso, steigst du aus?«

»Wir alle steigen aus«, rief Rico zurück.

Dann wendete er sich wieder an die Hörer, Andreas würde das Zeug rausschneiden: »Schaut euch die Gesichter an. Fällt euch nichts auf bei diesem Habeck? Wie ihm auf diesem Bauernschädel Hörner wachsen. Oder diese lüsterne Kriegsbraut Annalena, die kann noch so viele Visagisten bezahlen, ihre Augen leuchten trotzdem rot auf, die glühen regelrecht. Und der kleine Mann mit der Glatze? Wenn der grinst, verschwinden die Augen völlig. Pleased to meet you … hier haben wir sie versammelt, die Teufelsbrut!«

Und er setzte seinen atemlosen Rap fort, er hastete geradezu von Namen zu Namen, und er ließ nichts von dem aus, was vor Gericht nicht als Beleidigung oder Verleumdung gelten könnte. Rico zitterte am ganzen Körper, ja, er war schweißgebadet nach seiner Sendung.

Natürlich gab es Diskussionen. Der Sender würde ihn

trotz aller Bedenken ausstrahlen. Er gab seine Stunde schlicht als Satire aus. Wenn Böhmermanns »Ziegenficker« Satire ist, meinte der Senderchef, dann sei Rico unantastbar. Selbst wenn er Habeck als Teufel bezeichnete, an den der sowieso nicht glaube. In seinem Kosmos wäre es eine Beleidigung wie »Zuckerwatte« oder »Überlaufventil«. Im Übrigen würde ihre Anstalt sich nicht umsonst »Kontrafunk« nennen. »Wenn Erdogan ein Ziegenficker sein darf, dann erst recht der Teufel, selbst wenn er sich Habeck nennt.« Er lachte. »Es gibt zahllose Darstellungen aus dem Mittelalter, auf denen der Teufel eine Ziege fickt.«

Hier hätte Rico normalerweise das berühmte »Wenn's passt« von Loriot eingeworfen, aber ihm war nicht nach Scherzen zumute. Und noch während Rico in den Hörer rief, dass es sich beileibe nicht um Satire handle, sondern dass es sein »verdammter Ernst« sei, hatte der Boss aufgelegt. Auch der Senderchef nahm ihn offenbar nicht mehr ernst.

Der Hörerpost am nächsten Morgen, dem Karfreitag, konnte Rico entnehmen, dass der Senderchef mit seiner Meinung nicht allein war – die meisten reagierten ratlos, einige sarkastisch (»Mit der Satansbraut würde ich gerne mal auf dem Besenstiel reiten«) und einer schrieb: »Jetzt ist Rico Hausmann völlig übergeschnappt!«

Rico las die Post, beantwortete sie mit düsteren Verwünschungen und machte sich auf den Weg zum Friedhof. Wie gewohnt steuerte er auf die Kreuze der Kriegsgräber zu und kniete vor ihnen.

Wenn er einen Blick über die Buchsbaumhecke geworfen hätte, wären ihm vermutlich die Haare zu Berge gestanden.

Die Talsenke des Bürgerparks hatte sich gefüllt mit einer Riesenschar schwarz gekleideter Männer und Frauen, weißhaarige, die Haare zurückgebunden, aber auch junge Mädchen darunter mit roten Dreadlocks oder blauen Bürsten, einige trugen Schnurrbärte, sie murmelten in einer fremdländischen Sprache und sangen, auch Habeck war unter ihnen, seine Hörner waren nun sichtbar, ja das ganze Kabinett war versammelt und die Ministerinnen schrien: »Krieg, wir wollen Krieg« und die Minister und der Kanzler versuchten staatsmännisch zu wirken in dem Schlamm. Alle schleppten sich schwerfüßig durch einen schweren Morast, wie dem, in dem sich Demonstranten und Polizeibeamte an der Baugrube in Lützerath bekämpft hatten, ja, auch der falsche Mönch war unter ihnen, doch nun bestand der Morast aus Exkrementen, aus dem ab und zu das bleiche Gesicht eines Böhmermann hochschoss, schlammübergossen, aber grinsend, ja Böhmermann kam an verschiedenen Punkten aus dem Sumpf hochgeschossen, offenbar gab es ihn in mehreren Ausführungen, auch Jan Fleischhauer war darunter und Kurt Krömer, der über Depressionen jammerte. Da war auch »Stucki« Stuckrad-Barre, der versuchte, den Hashtag »#MeToo« zu singen und seine weißen Söckchen emporhielt, vergeblich, denn der Schmodder war ein einziges Brodeln und Spritzen, von Kai Diekmann floss der Schmodder ab, weil er so schmierig war, er machte »Wuff Wuff« oder »Wulff Wulff«, und der schwere und nun tiefschwarze Himmel war von grünen Blitzen durchzuckt, und Klaus Schwab und Bill Gates, schwer mit Schmodder behängt, schleppten sich voraus, und Ursula von der Leyen hob die Hände, um ihre Frisur zu schützen, und alle hatten diesen irren stieren Blick, während sie vorwärts stapften, als hätten sie ein Ziel, dabei liefen sie in diesem Talkessel ahnungslos im Kreis herum, der gesäumt war von Männern in schwarzen Togen mit schillerndem Unterfutter, den Todesboten, den Wächtern, den Exekutoren.

Sicher hätte Rico das Grauen gepackt. Womöglich hätte er aber auch befriedigt genickt und gemurmelt: »Ich habe doch immer gesagt, sie stecken alle in der gleichen Scheiße.«

Der Schuss

Der Putzer nahm Rico Hausmann ins Visier und folgte ihm mit dem Gewehrlauf. Hausmann schien wie immer in Gedanken versunken, als er sich vor den beiden Grabkreuzen hinkniete und am schwarzen Blech des kleineren wischte.

Putzer spürte ein donnerndes Beben, als er den Abzug drückte, gleich darauf war er für einen Sekundenbruchteil von einem giftgrünen Blitz geblendet. Rico Hausmann brach über dem Kreuz zusammen.

Der Schuss hatte das Murmeln der schwarzen Menge anschwellen lassen. Doch im nächsten Moment versank sie im Boden wie ein Spuk, als hätte sie die Unterwelt verschluckt.

Der Putzer schenkte dem Geschehen im Park keine Aufmerksamkeit. Er räumte das Gewehr wieder in den Kasten zurück, lief zu seinem Auto, wendete und gab Gas.

Rico Hausmann, der »umstrittene« und überdies »erzkatholische« Journalist, dessen Blutdruck- und Zuckerwerte im Prinzip okay waren, auch wenn letztere leicht erhöht waren, weshalb der Arzt sein Fasten in der vorösterlichen Zeit durchaus begrüßte, spürte einen Stich unter dem Schulterblatt in der Herzgegend, aber merkwürdigerweise keinen Schmerz.

Nein, er fühlte sich leicht und immer leichter. Er sah ein Licht.

Wie durch Nebel hörte er einen Hund bellen und er spürte, wie der an ihm herumschnüffelte. Dann hörte er das Frauchen des Hundes, Maria, seinen Namen rufen. »Ja ...« murmelte er und spuckte Blut. Aber er wollte nicht bleiben er wollte dort hinein in dieses wunderschöne überirdische Licht.

Eine Viertelstunde später verfrachteten drei Sanitäter Rico auf einer Trage in ihr Auto und rasten unter Blaulicht zum Hospital nach Flensburg, wo er schnell auf dem Operationstisch landete. Dieses ferne, verlockende Licht sah er nun nicht mehr, dennoch wurde er überschwemmt von einem dumpfen Glücksgefühl. Aber das lag an dem Morphium, das ihm gespritzt worden war.

Der Putzer wurde wegen überhöhter Geschwindigkeit in einem Dorf kurz vor der Autobahn angehalten und festgenommen.

Ostersonntag brachte Bild die Schlagzeile: »Bestsellerautor Hausmann von linkem Aktivisten erschossen!«

Nachspiel

Johannes Lorenzen von der Inspektion in Flensburg faltete die Zeitung zusammen, warf sie auf den Schreibtisch und schaute seinen Kollegen Nils Peters aus Hamburg an. »Bisschen voreilig«, sagte er, »schließlich scheint Hausmann zu überleben.«

»Also niedergeschossen, müsste es heißen?«

»Na ja«, sagte Lorenzen, »das trifft es auch nicht.« Er biss von seinem Matjesbrötchen ab und kaute, und wischte mit der Handkante die Brötchenkrümel von der Schreibtischauflage.

Peters schaute ihn erwartungsvoll an. Man hatte ihn hinzugezogen, nachdem das Scharfschützengewehr zu einer Vorgangsnummer passte, die drei Jahre zuvor in der Hamburger Polizeiwache 31 angelegt worden war. Es stimmte mit dem Gewehr überein, das dort aufgeführt war.

»Nun lass dir nicht alles aus der Nase ziehen, Joe«, sagte Peters. Die beiden hatten sich während ihrer Ausbildung kennengelernt.

»Ihr habt da wohl ziemliche Scheiße gebaut, damals«, sagte Lorenzen und tippte auf das Protokoll des Staatsschutzes. »Spätestens mit der Typennummer des Präzisionsgewehrs hätten bei euch alle Alarmsirenen angehen müssen.«

Peters rutschte in seinem Bürostuhl unbehaglich hin und her.

»Konnte doch keiner wissen, dass diese Hobbyfilmer die Waffe für echte Morde nutzen«, sagte er.

»Mordanschläge«, verbesserte ihn Lorenzen. Offenbar hatten die Ärzte Wunder vollbracht und Hausmann zurückgeholt nach stundenlangen Operationen. »Seit Ostersonntag ist er übern Berg.«

»Auferstanden von den Toten«, sagte Peters gehässig. »Passt zu ihm. Ich habe mir seinen Wikipedia-Eintrag angeschaut. Er schien sich ja für eine Art Gott zu halten, der rechte Angeber, für einen Schreibgott. Für den besten Journalisten aller Zeiten, bis auf diesen Katholiken da, den Chesterton, der die Krimis mit Pater Brown erfunden hat, den bewunderte er wohl. Und Heinrich Heine.«

»Den mag ich auch«, sagte Lorenzen. »In unserm Gesangsverein steht die Loreley ziemlich weit oben auf der Wunschliste. Haben wir auf dem letzten Schützenfest gebracht, klang wunderschön, ein paar aus dem Publikum haben sogar mitgesungen. Naja, die älteren.«

Sie schauten beide aus dem Fenster des Büros im ersten Stock auf den Hafen, auf das Funkeln der Frühlingssonne auf dem Wasser der Förde und den weißen Stangenwald der Masten und all die Feriengäste auf der Promenade.

»Ihr habt Schwein gehabt, Peters«, sagte Lorenzen schließlich. »Die Kugel, die Hausmann niedergestreckt hat, stammt nicht aus dem Gewehr, das wir bei diesem Antifa-

Typen sichergestellt haben. Also nicht aus dem Präzisionsding, das Hausmann euch immerhin vor drei Jahren gemeldet hat.« Er klappte einen Aktendeckel auf:

»Das L115A3, ein Präzisionsgewehr im Kaliber .338 Lapua Magnum. Es wird von der britischen Armee und Marine eingesetzt und von der britischen Firma Accuracy International hergestellt … ihr hättet dem Hinweis von Hausmann nachgehen sollen.«

Peters stöhnte. »Wir haben's nicht ernst genommen. Es war ein verdammtes Musikvideo, wer hätte wissen können, dass die Typen an so was rankommen.«

»Aber wie gesagt, ihr habt Schwein gehabt.«

Peters beugte sich erwartungsvoll über die Tischplatte seinem Kollegen entgegen.

»Ja, ich habe alles noch mal genau absuchen lassen. Die Kugel aus dem nun endlich sichergestellten Gewehr«, dabei schaute er Peters kopfschüttelnd an, »hat nur einen schwarzen Marmorstein gespalten, der zehn Meter weiter hinter ihm lag, links von ihm, wir haben das Projektil gefunden.« Lorenzen pausierte. »Und dieses Cape, aus dem alle Etiketten entfernt waren – wir konnten nicht rauskriegen, woher das stammt. Das lag da, wo der Schütze sich postiert hatte, dieser Bernhard Olschewski von der Antifa.«

»Und die Kugel aus Hausmanns Körper?«

Lorenzen schwieg wieder, kratzte sich am Kopf und schüttelte dann ratlos den Kopf. »Es ist zum Verrücktwerden … wir haben das Kaliber und die Bauart durch sämtliche erreichbaren Datenbanken gejagt, aber es gab keine Übereinstimmung … und nicht nur das … es gibt diese Art von Munition gar nicht. Nirgends.«

»Keine Auffälligkeiten, keine Merkmale?«

»Doch, ein Merkmal war da«, sagte Lorenzen. »In die Kugel war ein fünfzackiger Stern eingraviert.«

»Also der rote Kommunistenstern!«

»Nicht ganz«, sagte Lorenzen und schüttelte erneut den Kopf, »es war dieser Stern mit durchgezogenen Linien … eher eine Art Pentagramm, wie man es von Teufelsdarstellungen aus dem Mittelalter kennt. Der Drudenfuß aus der Studierzimmerszene von Goethes Faust.«

»Von was?«

»Egal«, sagte Lorenzen. »Es wurde im Mittelalter eigentlich als Abwehrzeichen gegen böse Geister verwendet. Scheint ganz so, als hätten die bösen Geister dazugelernt und sich technologisch mit den Mitteln der Gegner aufgerüstet. Auch die Satanisten haben sich unter diesem Zeichen versammelt.«

»Wo hast du nur dieses ganze Zeug her?«, fragte Peters gereizt. »Und was hat das mit dem Fall zu tun? Egal, alles, was wir von diesem Hausmann wussten, war, dass er zu den Rechten gehörte«, und nun klang Peters sehr bestimmt und sehr ärgerlich. »Er hat auf dieser Demo gegen Merkel gesprochen. Da waren nur Rechte. Und wir mussten schweres Gerät auffahren, um zu verhindern, dass es da zu einem Gemetzel der Antifa kommt.«

»Woher wolltet ihr das denn wissen, dass da nur Rechte waren?«, erwiderte Lorenzen. »Es gab damals eine Menge von Leuten, die nicht einverstanden waren mit der Richtung, in die unser Land rutscht, auch hier oben.« Dann schaute er gedankenverloren auf die Förde, als er murmelte: »Und die immer noch nicht damit einverstanden sind.«

Morphium

»Na wie geht's uns denn?«, fragte die muntere Krankenschwester Monika, die in Ricos Krankenzimmer eintrat. Katja saß bei ihm auf der Bettkante und hielt seine Hand. Ricos Oberkörper war bandagiert, blass, wirrer Haarschopf, die Rückenliege war halb aufgerichtet,

»Geht so ... natürlich immer noch Schmerzen.«

»Kann ich ihnen etwas bringen?«

»Ja«, sagte Rico kläglich, und er übertrieb sein Leiden ein wenig.

»Dieses Medikament, das mir der Notdienst da im Rettungswagen gegeben hat ... wie hieß das noch ... Morpf ... Moff ... Morphium oder so ähnlich ... das hat mir sofort geholfen.«

Schwester Monika lachte und nickte und sagte: »Wissen Sie was, Herr Hausmann, ich bring Ihnen erst mal eine Ibuprofen.«

»Ich weiß nicht, ob das wirklich hilft«, jammerte Rico der Schwester hinterher, die sich bereits zu Tür bewegte.

Katja schüttelte den Kopf und drückte ihm die Hand. Sie sah hinreißend aus unter ihren braunen Haarwellen, den lächelnden Augen mit den Fältchen in den Winkeln, dem roten Wickelrock mit den weißen Polka Dots, dem weißen Oberteil, und wie sie duftete.

»Willkommen in der Wirklichkeit, mein Schatz.«

»Scheiß auf die Wirklichkeit hier unten«, murmelte Rico leise. Er wollte in dieses weiße Licht zurück, das ihn auf dem Friedhof in diesem kurzen Moment gelockt und ihn mit einer nie gekannten Freude erfüllt hatte. Besser als alles Morphium der Welt. Obwohl auch das nicht schlecht war, wenn er ehrlich war. Mehr war hier wohl nicht zu haben.

Katja hatte ihm in einer großen Wasserkaraffe einen Strauß von leuchtend gelben Narzissen auf den Nachttisch gestellt.

Zum ersten Mal fiel Rico auf, wie schön die Blumen waren.

Sechs Blütenblätter umgaben wie ein Stern die Trompete mittendrin mit ihren zarten Samenstengeln, Osterglocken hießen sie in seiner Kindheit auf dem gedeckten Frühstückstisch am Ostermorgen, mit der gesegneten Osterkerze und dem Lamm aus Sandkuchen, das mit Puderzucker bestäubt war. Göttliche Symmetrie, damals am Tisch am Ostermorgen im Kreis der Brüder und der Eltern spürte er dieses Gefühl von Geborgenheit und Freiheit, das in unser aller Kindheit schien, von dem der messianische Marxist Ernst Bloch geschrieben hatte, aber nun fiel die Sonne durchs Fenster und ließ die gelben Blumen leuchten und Rico war plötzlich fröhlich und nach Singen zu Mute, ihm fiel sein liebstes Kirchenlied ein, Paul Gerhardts »Geh' aus mein Herz und suche Freud« und die Zeile: »Narcissus und die Tulipan / Die ziehen sich viel schöner an / Als Salomonis seyde.« Dass der Dichter des Liedes ein Protestant war, ließ er in diesem Fall durchgehen.

Er wandte sich von der gelben Blumenpracht ab. »So schön«, sagte er. Und diesmal meinte er Katja.

»Hier, ich habe dir was mitgebracht«, sagte sie trocken und breitete ein paar Fotos auf seinem Bett aus. »Da sind wir im Sommer.«

»Was ist das?«

»Meine Freundin hat uns eingeladen.«

»Und wo ist das?«

»In Kanada.«

»Das ist aber weit weg!«

»Das ist der Sinn der Sache«, sagte Katja. »Vier Wochen lang. Schau mal«, und sie zeigte auf eines der Fotos. »Das ist unser Blockhaus, mitten im Wald.« Sie setzte sarkastisch hinzu »Da kann keiner deine Schreie hören.«

»Oder deine«, lachte Rico und verzog gleichzeitig das Gesicht vor Schmerz. Dann sagte er leise und zärtlich »Nur du und ich. Meinst du, du hältst das aus?«

Katja neigte sich über ihn und küsste ihn.

»Aber ich muss doch meine Radiosendung liefern«, fiel ihm plötzlich ein.

Katja sagte: »Ich bin sicher, dass sie in der Zeit eine Vertretung für dich auftreiben werden. Einen anderen, der das Land retten will.«

Der Umwelt zuliebe
- produzieren wir zu über 90 % in Deutschland
- achten wir auf kurze Transportwege
- drucken wir auf Papier aus verantwortungsvollen Quellen

© 2023 Europa Verlag in der Europa Verlage GmbH, München
Redaktion: Silwen Randebrock
Umschlaggestaltung: Agentur sli.ch nach einer Idee
von Matthias Matussek
Auch nach aufwendiger Recherche ist es dem Verlag nicht gelungen,
den Rechteinhaber des Coverfotos ausfindig zu machen;
wir bitten diesen darum, sich ggfs. beim Verlag zu melden.
Layout & Satz: Robert Gigler, München
Druck und Bindung: Pustet, Regensburg
ISBN 978-3-95890-595-5
Alle Rechte vorbehalten.

Europa-Newsletter: Mehr zu unseren Büchern und Autoren
kostenlos per E-Mail!
www.europa-verlag.com